来安風物

来安县文学艺术界联合会 组编
王道琼 叶永寿 王德聪 编

来安文化叢書

U0833058

时代出版传媒股份有限公司
安 徽 教 育 出 版 社

图书在版编目（CIP）数据

来安风物 / 来安县文学艺术界联合会组编；王道琼，叶永寿，王德聪编. —合肥：安徽教育出版社，2024. 11
（来安文化丛书）
ISBN 978-7-5748-0101-1

Ⅰ. ①来… Ⅱ. ①来… ②王… ③叶… ④王… Ⅲ. ①散文集—中国—当代 Ⅳ. ①I267

中国国家版本馆 CIP 数据核字（2023）第 201276 号

来安风物
LAI'AN FENGWU

出 版 人：王能玉
策划编辑：黄 玲
责任编辑：李勇军 于 芳
装帧设计：梅比安
责任印制：陈善军

出版发行：安徽教育出版社
地 址：合肥市经开区繁华大道西路 398 号 邮编：230601
网 址：http://www.ahep.com.cn
营销电话：(0551)63683012，63683013
排 版：安徽时代华印出版服务有限责任公司
印 刷：安徽新华印刷股份有限公司

开 本：710 mm×1010 mm 1/16
印 张：18.5
字 数：233 千字
版 次：2024 年 11 月第 1 版
印 次：2024 年 11 月第 1 次印刷
定 价：78.00 元

总　序

来安县地处皖东，历史悠久，早在新石器时代就有人类在此繁衍生息。来安地界唐虞时代属扬州之域，周初属徐国，春秋时先属吴后属楚。秦王政二十六年（前221）始置县，称建阳。后历经沿革，几易县名，曾名顿丘、高塘、新昌、清流、永阳，至南唐中兴元年（958）改永阳为来安。

来安位于江淮之间，紧邻六朝古都南京，据江北之门户，扼浦泗之要邑。2000多年来，随着朝代更迭、商贸流通和移民迁徙，淮河文化、徽州文化、长江文化、齐鲁文化在这片土地上交汇融合、传承发展，形成了兼收并蓄的独特地域文化。为深度挖掘地域文化，传承弘扬优秀传统文化，进一步增强来安民众的文化归属感、认同感，来安县委、县政府决定编撰出版《来安文化丛书》。

本套丛书共计8本，旨在多角度呈现来安人文历史、民风民俗和文学艺术创作成果，多层次展示来安文化艺术魅力。《来安地名探源》展现了来安的地理特征、经济和社会发展脉络，力求让具有特色的地名资料得以保存和传承，进而起到弘扬地名文化、加强地名文化遗产保护和传承的积极作用。《来安风采》收录古代、近现代来安著名人物的事迹或简介，彰显各时期的来安人文精神。《来安风物》通过对史料典籍与民间传说的挖掘，以生动通俗的文字多角度、多方位呈现来安的人文历史、名胜物宝、民间歌舞、民风民俗、特产美食等。《诗意永阳》收录来安籍或在来安工作生活过的文人墨客、诗词爱好者创作的古诗词、新诗和与诗歌有关评论文章，以及非来安籍人士歌咏来安人文风物的诗词作品。《文韵来安》收录来安籍或在来安工作生活过的作者，以及省内外知名作家创作的与来安有关的优秀散文、小说、报告文学、剧本等文学作品。《永阳墨韵》主要收录社会公认成就突出、德艺双馨的来安籍和在来安工作生活过的非来安籍书画家代表作品，同时收录部分名家评论随笔，让读者更好地品读书画家及其书画艺术的特点，并从其艺术成长经历中汲取向上的力量。《影像来安》精选大量图片，结合文字介绍，让读者通过光影直观感受1949 年以来来安的发展变迁。《战地黄花——抗日战争时期的来安文艺》围绕抗日战争期间活跃在皖东淮南抗日根据地特别是来安境内的文艺团体，以及戏剧、文学、音乐、美术、报刊等红色文艺及其代表性人物的辉煌与荣光，全面呈现那个时代的文艺高峰和文艺特质。

丛书的编者、作者或在来安本地长期从事地方文化研究，或在文学艺术创作领域有所成就。他们积极搜集整理、深入研读挖掘资料，潜心筛选编撰稿件，力求更好地实现每一本书的定位。书稿完成后，丛书编撰推进工作领导小组又先后聘请了张祥林（滁州市政协文史委原主任、滁州市地情人文研究会副会长）、贾鸿彬（中国作家协会会员、安徽省报告文学家协会副主席、滁州市文联副主席、滁州市作协主席）、黄学海（来安县委宣传部原副部长）、吴朝元（来安县委史志研究室原主任）等专家、学者对 8 部作品分别进行审读，提出修改意见。在此，我们向各位主编、作者和专家表达衷心感谢！

党的十八大以来，习近平总书记指出，“文化自信，是更基础、更广泛、更深厚的自信，是更基本、更深沉、更持久的力量。坚定文化自信，是事关国运兴衰、事关文化安全、事关民族精神独立性的大问题”，“乡风文明，是乡村振兴的紧迫任务”，“我们要深入挖掘、继承、创新优秀传统乡土文化”。习近平总书记的重要论述，彰显了中国共产党人高度的文化自信和文化使命感，也为我们推动新时代县域文化振兴、筑牢文化自信之基提供了重要遵循。《来安文化丛书》的编撰出版，正是践行习近平文化思想的具体体现。希望这套丛书能够成为打开品读来安地域文化的一扇窗，让更多的人了解这片土地的过往；让更多的人铭记，没有一代又一代人的辛勤耕耘，没有前辈的浴血奋战，就没有今天的幸福生活。

来安，近者悦，远者来，来者皆安。愿中华优秀传统文化和来安地域文化藉此不断发扬光大。

是为序！

《来安文化丛书》推进工作领导小组

2023 年 10 月 22 日

前　言

来安县位于安徽东部，地处江淮之间，自公元前 221 年置县。在漫长的历史岁月里，淮扬文化、吴楚文化在这里交融，山东、皖南等地移民迁入，带来齐鲁文化和徽文化，多元文化在这片古老的土地上相互融合，构建了内涵丰富、底蕴深厚的县域文化。

《来安风物》旨在继承和弘扬来安地域文化，让更多的人了解来安风景名胜、风俗物产。本书分为“山河舜歌”“名胜物宝”“来城史话”“民间歌舞”“民风民俗”“特产美食”六章，力求通过史料典籍与民间传说的挖掘，以生动通俗的文字多角度、多方位呈现来安的风土人情、历史遗存、寺观教堂、桥梁津渡、非遗传承、红色印记、特产美食等。收录内容除少部分来源于《来安县志》外，其余或是公开发表出版过，或是由本县文学爱好者现场采风撰写而成，以增强本书的文学性、可读性。另外，在《来安文化丛书》其他书目中有相同内容或相同主题的，本书尽量避免重复，即便有所涉及，也力求变换呈现的方式或角度。

“山河舜歌”主要介绍来安山水风光、圩田古渡等。位于来安与江苏六合交界处的池杉湖国家级湿地公园，总占地 5800 亩，其中在来安境内约 2200 亩，华东地区面积最大的池杉林核心区位于来安县雷官镇。据不完全统计，公园内已发现各种野生鸟类 102 种，其中不乏世界濒危的珍稀物种青头潜鸭，以及珍稀鸟类震旦鸦雀、棉凫、绿鹭、黄嘴白鹭等。常年栖息于此和每年经此迁徙的鸟类总数过十万只，是名副其实的池杉湿地、鸟类天堂。

“名胜物宝”主要呈现人文景观、珍贵文物、古代遗址等，以期让读者更多地了解来安过往，展望美好未来。皖东烈士陵园是弘扬革命传统的教育基地、红色旅游胜地，园内半塔保卫战旧址是全县唯一的国家重点文物保护单位；有着 1500 多年历史的杨郢古银杏树被称为“皖东银杏王”；出土文物从殷商到明清，品种众多，其中卜甲是本省江淮地区首次发现，弥足珍贵，国家一级文物金扣玛瑙碗被安徽博物院收藏；《尊胜禅院碑记》系清代名臣曹寅（《红楼梦》作者曹雪芹祖父）撰写，具有较高的史学和文学价值；建于明朝的永安桥至今安然横卧在三汊河之上。同时收录了《来安县志》中有记载，备受古代文人雅士称颂赞誉，并以诗文记之传之的来安古十景。

“来城史话”收录有关来安古城历史沿革和部分有代表性的古建筑、寺观教堂等方面文章，以期达到窥一斑而知全豹的愿景。据《来安县志》记载，来安古城曾经城墙环绕，县衙、学宫、书院、寺观林立，古韵悠悠，文化内涵十分丰富。明清建筑武家大院、福音堂如今虽被周边现代化建筑包围，但仍能从中触摸到岁月的沧桑。

“民间歌舞”收录省级非物质文化遗产 4 项。来安现有县级非物质文化遗产 46 项，市级 2 项（十番锣鼓、雷官板鸭），省级 4 项（秧歌灯、洪山戏、手狮灯、白曲），确认为市级以上非遗传承人 9 人。这些独特的非物质文化遗产是精神财富、智慧结晶，是劳动人民共同创造的成果，也是生动丰富的地域文化的具体传承与展现，其价值难以用金钱衡量。它们为建设文化强县，丰富来安人民的精神家园奠定了坚实的基础。

“民风民俗”着重介绍了来安历史上及现存的一些民俗，主要包括岁时节日、生活习俗、婚育寿庆、丧葬习俗等方面内容。本章内容主要选编于王道琼著作《滁州民俗面面观》和来安县文化馆原副馆长陈甦编印的《来安县地方风俗志》。为了避免单一枯燥地阐述，在对历史文化中积淀下来的民风民俗的渊源流变进行细致梳理的同时，选取历代典籍史料、文人墨客有关民俗的记载或诗词文章、轶事奇闻，有的则通过个人经历见闻去还原呈现，以期更好地增强其知识性、趣味性和可读性。因篇幅所限，本章略去方言俗语等内容，仅收录与来安方言有关的文章《南腔北调话来安》。

“特产美食”收录了19种特色产品、舌尖美食。来安地貌南圩北山，农桑禽畜并重。雍正年间来安县令伍斯瑸在《劝农》诗中写道：“呼吏随舆挈酒觞，西阡南陌绕村庄。稻逢霖雨香风远，话到桑麻民虑长。纵道田家祈岁稔，休忘穑事趁时忙。乘闲小憩松林下，布谷声声唤夕阳。”如今，除水稻、小麦、油菜、玉米等常规农作物外，来安花红、半塔葡萄、冬桃、茶叶、麻油、葛根、汊河莲藕等特色农副产品享誉盛名。来安饮食文化渊源悠久，南北相互交融，兼收并蓄，形成了地方独特风味，深得消费者青睐。雷官板鸭、汊河“吴记”牛肉、蟹黄包、水口鹅煲、半塔全羊汤、屯仓一网捞、独山小豆腐、汊河月饼等堪称舌尖上的美食佳肴，既有徽菜底蕴，亦含淮扬古风。千百年来，在这片古老的土地上，勤劳的来安人民繁衍生息、发展创造，谱写了一曲曲赞歌，书写了一篇篇华章，而来安美食文化，不仅是历史文化积累沉淀出的一颗明珠，也是绽放在新时代背景下的亮丽名片。

经多方努力，《来安风物》终于编辑成书，但因编者水平所限，未能全方位展示和诠释来安风情风貌，也难免存在漏误，恳切希望读者提出宝贵意见。

在本书编辑过程中，来安县档案馆、来安县委史志研究室、来安县文化馆、来安县文物管理所（博物馆）、来安县作家协会，以及各乡镇等均给予大力支持和协助，在此表示衷心感谢！

编　者

2023年4月8日

目　录

第一章 山河舜歌

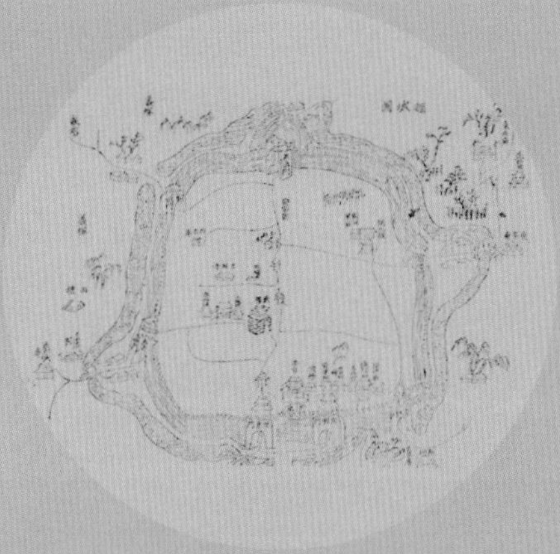

恋子湖畔白鹭飞

一年美景在春夏，初夏的神笔将古永阳——来安大地描绘成百花盛开、莺歌燕舞的绚丽画卷，山河生机勃勃、令人神往。

人在旅途心驰山水，在来城公交车站候车，常见一辆辆标着“白鹭岛”地名的客车飞驰而过。海是龙世界，云是鹤家乡，顾名思义，这白鹭岛应是山湖环抱、天生丽质的白鹭鸟栖息之地。虽则自小就陶醉于唐人诗词“两个黄鹂鸣翠柳，一行白鹭上青天……”“西塞山前白鹭飞，桃花流水鳜鱼肥……”那些美妙的意境，却一直为学计生计而忙忙碌碌，至今未见白鹭之真形……此番，我一定要去一趟白鹭岛开开眼界哦。

既有美好的理想就应付诸行动呀。6 月上旬这天风和日丽，所乘坐的客车奔驰在来城西北郊外的乡间大道上——这条路我并不陌生。读小学时的一个腊月天，我曾和姐姐步行 10 多千米去练山滁县行署五七干校看望爸爸。我们姐妹俩穿着草绿球鞋大步行走在砂石路上，迎着寒风高唱《我们走在大路上》而意气风发，少女的歌声在田野山间悠扬回荡……

40 余年弹指一挥间，我们与路旁的小树一同成长。往昔的小白杨嫩苗变为一棵棵粗壮的大树，绿叶婆娑遮阴路人，习习夏风中，它们的枝叶频频点头致意，仿佛热烈欢迎着当年那个细高个、梳着两条小辫子、勤奋单纯的小姑娘又回归故里。坎坷不平的砂石土路也改造成了平坦闪光的柏油路，田野里的农家茅屋演变成了一栋栋的漂亮楼房……的确，几十年的时代变迁、沧海桑田足以证明：社会的发展是历史决定的，人生的道路是自己走成的……

我沉思并感慨着，不觉中客车已穿越了复兴集的繁华街市，亦是旧貌换新颜：街面商铺林立，穿戴一新逛街的人群熙熙攘攘，街市面积扩大了好几倍。

又前行数千米，一座古堡式大门掩映在花团绿荫之中，哦，这便是白鹭岛度假胜地了。进内顿觉天地辽阔，苍翠的林荫大道鸟语花香，奇石假山屹立点缀林间。沿蓝色游览指南标牌西行数十米，一飞檐翘角古亭立于路旁，亭内巨石镌书着大大的“泉”字，告示游人清冽的松林温泉便在近旁。

继续西行，渐闻道旁茂密的林间鸟雀“嘎嘎叽叽”的欢唱声。一只只黄嘴白羽的鸟儿跳跃于枝头或翱翔蓝天，哦，这便是让人们流连忘返的白鹭岛了。走近前去，它们并不怕人，扬起长着嫩黄尖嘴的小脑袋，那蓝宝石般的圆眼睛闪着妩媚，洁白耀眼的羽毛银光闪闪，加上细长的脖颈与双腿，愈发显出身材修长、气质高雅，就像一群高贵的白雪公主俯瞰着乡野大地。“嘘嘘、嘘嘘！”我满怀期待地向其中一只吹口哨打招呼，然而，它却淘气地眨巴着蓝眼，“嗖”的一声飞向了蓝天。它欢舞着洁白的双翅，修长的双腿并直，与身体呈一条直线，如同一架尊贵的直升机，英姿潇洒地穿行在辽阔的蓝天。

好了，你不睬我，我更懒得再瞧你呢，同样高傲的我扭过头去，向迎面而来的姑娘小伙问清了白鹭之湖就在前面，便头也不回地继续赶路了。

沿林荫路又前行了数十米，忽觉阵阵凉气扑面而来，道路前方出现一片白茫茫的湖水。湖岸垂柳依依，凉爽宜人。粗略估测这里的气温至少要比来城低三至五摄氏度，确是一处避暑胜地。

湖畔屹立着“恋子湖”巨大石雕与舜帝大型古铜雕像以及古典人物群雕，可想而知这恋子湖有着多少美好的传说故事。正午的游船静悄悄地停泊在湖边。

鸟的乐园　吴宗宝 摄

立于湖岸，夹杂

着清新水汽的凉风扑面而来，除却了燥热。极目远眺：清朗的湖水波光粼粼，横无际涯；含绿岛，拥远山，浩浩荡荡，水天一色，白鹭翔集。对岸翠峰环抱，那或许就是记载了舜帝仙踪的古老舜山支脉练山吧！这里的蓝天夏风、湖光山色，一切都是那么纯净清新，令人心驰神往、遐思无限。

岸柳轻拂，清澈的湖水倒映出我背着挎包的疲惫身影，却倒映不出我如同湖水般激荡的起伏心潮。忆起 20 世纪 70 年代初那个腊月天，我和姐姐风尘仆仆地来到这练山边的五七干校看爸爸。那时的恋子湖名曰练山水库，拥着半壁荒山，一片凄凉。原滁县地区行署五七干校就在山边的几排平房中。浩渺的水库半面环山，山坡因建筑采石被炸得坑坑洼洼，白花花的山坡前堆着白花花的石块。在山边土路，我们看见了正费劲拉着一板车石头的爸爸。"爸爸，爸爸！我们来看您啦!"我激动地喊着冲到他的面前。看到我们姐妹，他又惊又喜地停下脚步，黑瘦的脸上露出欣慰的笑容……

当时年幼的我实在不懂在此学习和改造的爸爸的心情，不晓得他吃了多少苦头……他为人厚道大度，从未诉苦怨恨。80 岁那年，他老人家覆盖着鲜红的党旗乘鲸西去。当地党政部门为他举行了隆重的追悼会，上下挽联第一字取自他的名字"乾坤博大今日乘鲸西去，良才难得何时驾鹤归来"，中联"万古长青"。说他是忠臣也好，愚臣也罢，他的人生最终画上了圆满的句号。

我想，如果他真能驾鹤乘风归来，到这当年经受艰辛磨炼的滁县地区行署五七干校遗址再走上一遭，一定会为如今风光如此秀美的练山水库——恋子湖和那欢快地自由翱翔于蓝天的白鹭鸟而由衷赞叹……

（苏淮，原名朱秀荣。原载《来安文艺》2015 年第 1 期）

十里长山展画卷

闻名遐迩的十里长山位于来安县东北部，逶迤连绵的崇山峻岭呈西北—东南走向，一山跨两省，大部分属来安县，东北部归南京市六合区，称为止马岭。长山既是大别山余脉，也属江淮分水岭东段，山清水秀，峰峦叠嶂，古木参天。长山在古代曾被称为五湖山。明天启元年（1621 年）《来安县志》载："县东北十八里，旧志按元《符图经》云，南北长二十里，广十余里，东与中顶属平诸村，西南属白茆村，其北属白禅村，下有五湖，因以为名。泗州官路行山脊上，北行自山前铺，南行自山后铺，皆即登山。在县境，最为险要，控扼南北。"明清时期著名的"五湖环秀""石固呈祥""马岭风声"等景观就分布在这一带。

来安地处吴头楚尾，历来是兵家必争之地，而悬崖峭壁纵横的长山恰似一道绵亘在其东北部的屏障，通往古泗州的官路行于山脊之上。20 世纪 50 年代末，滁天路横穿长山而过，北区才与县城直通车辆。

长山 70%以上人口是山东移民后裔，特别是张山镇的罗顶、长山、官山等村落至今还保留着很多山东的民风民俗，饮食起居、农耕种植、言语称谓等方面都与周边毗邻乡镇截然不同。早在明朝"洪武移民"大迁徙中，就有很多山东农民来到长山定居。清朝末年也有大规模的迁徙，之后在抗日战争、解放战争时期，没有战火硝烟的长山就成了南下山东人的理想去处。最后一次是在 20 世纪 80 年代，有不少山东人到长山投亲靠友，以求分得些田地。

长山的地形地貌与众不同，触目所及皆是沟壑纵横，连绵起伏，一眼望不到平原。"山不在高，有仙则名。"长山的山不太高，驻足平原地界远眺，却也算是高耸入云。自然生长在每一座山上的每一株小花小草、每一棵野菜，都有可能是《本草纲目》中记载的中药材，有些甚至是稀缺到可遇而不可求。春夏时节，随脚踢翻一块石头，下面就有可能会爬出来一条肥硕的红头蜈蚣，转瞬间便隐没于无边无际的草丛，这就是有名的“长山蜈蚣”，具有祛风、通络、解痉等多种作用，是很实用的中药材。

在长山遮天蔽日的茂密丛林里，惊险无处不在。徒步长山，可能会碰到比扁担还粗还长的大蛇盘踞在树干上“虎视眈眈”，仅蛇的品种据说就有一二十个。还有像箭一样从丛林中一掠而过的兔子，招展着漂亮羽毛的野鸡，灵巧的八哥，报喜的喜鹊等。十里长山，可以说是天天莺歌燕语、鸟语花香，最不缺的，就是这些对人类没有攻击性和伤害性的小动物。

长山特有的丘陵地形，缺水易干旱，村民们只能以种植五谷杂粮为主食。谁家若是能在稍微平整点的凹地上，修整出一块可以种植稻谷的水田，那得惹来多少人的羡慕妒忌。有水田就意味着家里能吃上软糯清香的大米。因为这山头“侉子”与平田“蛮子”天差地别的饮食习惯，长山很多人家的闺女都以能嫁给平田“蛮子”为荣，不但自己可以吃一辈子大米，就是娘家人也可以沾沾光。这种现象直到 2000 年之后随着打工潮的出现才逐渐消失，离开家乡的长山人用打工赚来的钱供家人们买大米，可以一年吃到头。

在长山沟壑纵横的山涧里，一条条山泉水天然汇集而成的小河，波光粼粼，清澈见底，潺潺流淌，让人不知起点从何地而来，终点到何地而止。最让人赏心悦目、兴味盎然的是河里成群结队的小鱼摇头摆尾，任人捕捞玩耍。河边的石头旁，会有横着走的螃蟹、透明色的草虾、灰黑色的泥鳅、黄褐色的黄鳝、绿白相间的青蛙等，它们不请自来，好奇地偷偷露个面，稍微有一点动静，便赶紧逃离。

“十里不同音，百里不同俗。”带有浓郁山东味道的长山人说起话来别具一格。父亲的称谓，在长山就有多种叫法，父亲被称为大大（dada 第一声）、爹、爷，所以在长山听到厚重的山东口音喊着：俺大大——俺爹——俺爷，不用太奇怪。“爸爸”这个专属名词只衍生于 30 岁以下的年轻人当中。母亲的称谓就简单多了，从“娘”到“妈”，一直沿用至今。若有闲情逸致，想听听那些耄耋老人讲讲十里长山的故事，则可以称呼一声“大爷”或“大娘”，他们便会用原汁原味的山东话娓娓道来。长山“侉子”直来直去的性格，真诚率真的笑容，乐善好施的仁义之举，独有的质朴善良、耿直纯澈，给初到此地之人营造了一份“采菊东篱下，悠然见南山”的美好感觉。

地道的山东煎饼、馒头、包子、饺子、大饼、千层饼、菜盒子，不用跨省去山东品尝，在来安的长山头，一应俱全，大饱口福。长山人秉承着祖辈山东人热情好客的优点，往往都是知无不言，言无不尽，能把山上山下、古往今来的故事翻个底朝天。

“仙人洞”的故事，几乎家喻户晓，和罗顶的棋盘山上有仙人在下棋的故事一样，虽然让人半信半疑，却又引人入胜。止马岭的故事，年轻一辈的人可能不太知道，年老的一辈人，却会气势磅礴地挥手一指，豪气地说：“看，那就是将军勒令止马的地方，所以就叫止马岭了。”仿佛他就是曾经的那个将军，横刀立马，威风凛凛，虽然手下率领着千军万马，却是令行禁止，军纪严明，令人肃然起敬。

东寺港抗日先烈视死如归、英勇就义的故事；陈港抗日武装指挥部机智勇猛，配合新四军主力阻击日寇向半塔解放区扫荡，坚守阵地，英勇抗敌的故事；民间组织的大刀会，除暴安良，维护一方安宁的故事；等等，他们都可以信手拈来，讲得唾液横飞，津津有味。

听他们讲故事的时候，别介意屁股下面坐的是板凳还是石头。长山人最朴实无华，热情好客的方式之一就是看到门口有陌生的客人来了，不管是西装革履，还是衣衫褴褛，都是一视同仁。他们往往指着大门口的几个石头墩，很是客气地说：“坐下歇歇吧，喝口水再走？”

坐吧，别客气，长山人的家门口，谁家还没有几个石头墩？坐在石头墩上听长山人讲故事，那真的叫返璞归真，回归自然。当年长山人最穷的时候，老一辈人对年轻的一辈人说：“咱长山头啊，漫山遍野的都是石头，等到哪一天石头能卖钱了，咱长山人就有钱了。”

老人一语成谶。不知道在哪一年哪一月的哪一天，长山那漫山遍野大小不一的石头，忽然真的能卖钱了，而且还越卖越贵，都被平原地区的人买去做地基、做护坡、砌墙等等。长山的石头再多，也架不住“物以稀为贵”，于是不知用了几年的光景，地表上的石头变得比真金白银还稀缺。长山人尝到了卖石头比种植五谷杂粮还来钱的甜头，自然是不甘心放弃这么好的一项改善生活的收入。于是，聪明的脑袋就想到了地表下的石头。

他们用大锤、撬杠、錾子、手锤，甚至是火药，把地表深处的石头，费尽九牛二虎之力给起出来，再费尽九牛二虎之力，按照货主的要求，给打磨成块石、条石、方片石等类型，形状不一样，价格也不一样。鼎盛时期，在金钱的驱动下，诞生了一大批驰名方圆百里的能工巧匠。独领长山数十年风骚的石匠，心灵手巧，胆大心细，不但在长山，甚至在整个来安、滁州、南京等地，都是无可替代的存在。

在长山，石匠应该是一个统称，既是指会打磨石头的人，又是指会用石头给人砌墙盖房子的人。一般来说，优秀的石匠，既会打磨石头，又会砌墙盖房；普通的石匠，则只会砌墙盖房，不会打磨石头。初期为了生活，他们是混为一体，有活就干，不分彼此，后期渐渐两极分化。优秀的石匠凭借高超的技艺打磨出来的石头，可以卖很好的价钱，他们就专以此道谋生了。普通的石匠，在砌墙盖房子领域，也是那个年代优秀到无可替代的存在。因为平原上的匠人，只会码砖墙，不会码石头墙，所以他们称之为瓦匠。而长山的石匠，既码得了砖墙，也码得了石头墙，石匠一词，就烙下了时代的烙印，成了他们的专属名词。

在长山的丛林之中，那些已经为数不多的石头墙房子、石头墙院墙，依然可以很霸气地证明，它们就是长山曾经的丰碑，是长山曾经的一个时代抹不去的辉煌，更是长山历史的印证和宝贵的人文遗产。

石匠的技艺，在现代长山年轻人当中，已经失传很久了，估计 50 岁左右的人，会的已经寥寥无几。随着那个时代的逝去，那群石匠的衰老仙逝，他们已经退出历史的舞台，成为历史的陈迹，只能在字里行间，或者从年长的大爷大娘的讲述中，寻觅他们曾经创造过的神话般的故事了。

十里长山虽是“弹丸之地”，却是包罗万象，精彩纷呈，因为山东移民后裔的繁衍生息，历经时代变迁，与时俱进，生生不息。在日益喧嚣浮躁的时代背景下，这里却保持着山东人独特的风土人情，形成独特的风情风貌，仿佛一幅淡妆浓抹总相宜的山水人文画卷，铺陈在江淮岭上，等待着外乡人来探险觅奇……

（李艳）

山谷叠翠藏“龙窝”

从半塔驱车北行，一路峰峦起伏，阴霞远岫，阳景回流。一堵五彩石风景墙上几个猩红大字“龙窝寺森林公园”赫然在目，近旁有一座巨大的腾龙雕塑，还有凉亭、回廊、徽式建筑的房屋以及宽敞的停车场。

林场负责人告诉我们这里是森林公园入口处。接着他介绍说，眼前这高峻的山峰就是龙窝山，山上曾经有座寺庙称为龙窝寺，森林公园缘此而得名。据县文管所存档资料记载，龙窝寺建于南朝梁武帝萧衍大同三年，即公元537年。寺庙曾毁于宋金战乱，其后屡毁屡建，延续至1949年仍有庵棚寮房、僧人居守。当地还流传一则神话故事。传说很久以前，一条老龙领着一群小龙在空中遨游，被这里的美景吸引了，便长吟一阵，从天而降，在此安了家。老龙从不惊扰百姓，和百姓亲密相处。一年夏天，干旱无雨，禾苗枯萎，百姓焦急无助，老龙为救苍生冒着风险，腾飞到东海取水，浇灌庄稼，甘霖解除了旱情。可是，东海龙王还是把老龙告到玉皇大帝那里，老龙被解上天庭问罪，小龙也无辜受罚，从此老龙再也没有回到人间。人们感念老龙恩德，建寺庙，朝夕祭奉，定名为龙窝寺。这虽然是神话，但反映了古代人民与大自然和谐共生的美好意愿。接着，他说，寺庙虽废，遗址犹存，山景仍在。于是引领我们探寻寺庙遗址，欣赏高山峡谷风光。

伸向峡谷有一条蜿蜒曲折、湿滑陡险的石级山道，峡谷两旁诸峰叠翠，山涧溪流淙淙。我们一行个个“脚踏实地”，一级一级下移，惊得冷汗涔涔，终于到达谷底。溪流到这里被堤坝拦截，形成一汪石潭，潭水清冽，潭底碎石直视无碍。堤坝上留几条过水槽，丰水时水不漫堤，多余的水经水槽沿山涧流入凤凰台水库。坐在潭边，回望来径，层层天梯路，处处横翠微。仰视天空，白云飞渡，苍穹高邈。环顾四周，层林耸翠，竹树环合。顿时感觉心灵得到净化，从而也领会到吴承恩先生“果然净土人间少，天下名山僧占多”的妙谛。由此想到在龙窝山建寺确为绝佳选择。从遗址看，龙窝寺门朝北，背依龙窝山层层建造经堂佛殿。山门前有一方平坦的小广场，一侧有道光九年（1829 年）立碑一座，但因年代久远，字迹漫灭，难以辨识，从可读的文字看，似为护林、保护寺院而立，详细内容有待专家考证。广场北端尚存古井一口，名曰寒潦，这雅致又冷僻的名字应该来自一位古人的诗句。清乾隆年间，邑举人武家彦曾偕友游龙窝山，借宿龙窝寺，并赋诗一首：“落日明西岭，相携访翠微。涧迴寒潦洑，山静暮禽归。古寺参差合，残烟黯淡霏。僧情能不俗，珍重款双扉。”西岭落日，残烟远岫，山涧潦洑，百鸟归巢，僧掩双扉，好一幅山栖黄昏图，恰与“蝉噪林愈静，鸟鸣山更幽”异曲同工！前些年发现在小广场上散落一些大小石础、残破香炉和石构件。其中一块石础上镌“大清道光二年”字样，道光二年即公元 1822 年。我想这些珍贵文物应该珍藏保护了吧！

离开广场，缘山而上有三层较为宽阔的平台，平台上部分墙垣仍清晰可见，应该是天王殿、大雄宝殿、藏经楼、方丈室、斋堂和僧房之所在。当年一定是层层殿阁，迭迭廊房，松篁清幽，桧柏傲丽，古佛青灯，贝叶阵阵，钟鼓徐歇。越过三层平台，攀上峰顶。远眺山峦起伏，沟壑纵横，万亩林海风吹林响，犹如波涛涌向天际，云天相接，蔚为壮观。十余公顷毛竹婆娑起舞，幽雅别致，颇有“竹林葱郁千山翠，绿海苍茫万顷涛”的韵致。林场负责人跟我们说，今天游览龙窝寺遗址是公园南部一隅。他接着介绍道，早在 2010 年，安徽省林业厅已准予设

龙窝寺残存的柱基石　王道琮 摄

立龙窝寺省级森林公园，定名为“安徽省龙窝寺省级森林公园”。园内林地面积 200 公顷，地处江淮分水岭，属于江淮丘陵岗地地貌，亚热带季风气候，四季分明，水热同季，夏无酷暑，冬无严寒，温和湿润，年平均气温 14.9 摄氏度，年日照时数可达 2100 小时，光照充足，温度适宜，水源丰富，园内有凤凰台、老虎洼等人工水库，其水系均为长江二级支流源头。凤凰台是海拔 100 多米的山峦台地，传说曾有凤凰栖于台上而得名。它位于公园北部，与江苏省铁山寺毗邻，和龙窝寺遥遥相望。沿山脊小路登临山顶，举目远眺，村庄错落，塘坝星罗棋布，沟壑纵横，一番田园风光。凤凰台水库犹如一条玉龙在绿色海洋中翻腾，山重水复，碧绿葱茏，仙境一般，让人如痴如醉。

园区大气质量、水质量、土壤质量均达到一级标准。公园内植物种类繁多，黄檀、朴树、南京椴、枫树、黄连木、杉木、杨树、板栗、马尾松、金钱松、白杨、淡竹等分布园中，还间杂种类繁多的落叶或常绿阔叶灌木丛，初步统计有 100 多科 300 多种。南京椴是以城市命名的乡土植物，连南京都很少见的濒危树种，其中一株树龄在百年以上，离地面约 60 厘米处开始分叉成为两枝主干，胸围均在 1.5 米，主干高 25 米，冠覆直径 25 米，长势古朴苍劲，乍看犹如连理枝，人们爱称“二乔”（二乔指三国时东吴乔玄的两个女儿，大乔嫁孙策，小乔嫁周瑜）。黄檀、朴树、黄连树高大挺拔。白杨树树干直冲云汉，一行行整齐划一，与次生林相映成趣。淡竹林则挺秀幽雅，错落有致，婆娑起舞，风趣独特。园区森林覆盖率高达 93%。森林繁茂，溪水潺潺，气候温润，适宜各种动物生存和繁衍。兽类有獐、黄鼬、獾、刺猬、野兔、狼、野猪等十余种；鸟类有白鹭、灰喜鹊、啄木鸟、斑鸠、翠鸟、猫头鹰、黄鹂、杜鹃、雉、野鸭、山雀、乌鸦、麻雀、白头翁等 70 余种，种群数量成千上万。园内有多种中药材，何首乌、黑背蜈蚣享有盛名。各种不知名的山花点缀其间，芳香扑鼻，异彩纷呈。蝴蝶留恋花丛，蜜蜂轻歌曼舞，鹃啼莺歌，野兔觅食，野雉漫步，山林野趣足以怡情。

林场负责人自豪地向我夸赞，龙窝寺这一带，春天，春风和煦，鸟啼枝头，正是龙窝寺新茶上市之时，是踏青品茗的好去处；夏天，置身万亩林海，在青山碧水间享受夏日清凉，是休闲避暑不二选择；秋天，果挂枝头，枣甜栗香，满山红叶让人心醉；冬天，满山遍野银装素裹，雪压青松，绿白相间，分外妖娆。

在我们和龙窝寺森林公园即将告别的时候，林场负责人说，县委、县政府高度重视旅游业发展，提出“工业强县，旅游兴县”的战略，充分发挥来安旅游资源优势，将旅游业作为第三产业的支柱和地方经济增长点加以培育。政府主导型的开发战略，为来安旅游业的快速、健康发展提供了有力的政策保证。龙窝寺省级森林公园在这优越环境中，加之得天独厚的自然地理条件，不断开发建设，必将更加优美，成为新时代的乡村旅游胜境。

（叶永寿）

天工画作池杉湖

很久以来，我对湿地的印象都较为模糊，即便到过这些地方，由于未加留意，谈不上有什么体会。后来通过查阅资料，才知道湿地是地球的三大生态系统之一，位于陆生生态系统和水生生态系统之间的过渡性地带，被称为“地球之肾”，在净化水源、调节气候和保护野生动植物多样性等诸多方面具有不可替代的综合功能。我对湿地的真正体验及认知的提升，始于更得益于数次走进家乡的池杉湖国家湿地公园。

湿地物语

池杉湖湿地原名黄大圩，是长江下游典型的沿江低洼积水区，位于来安县雷官镇杨渡村，与南京市六合区程桥镇相邻，主要由森林沼泽、草本沼泽、河流湿地、库塘、水田等组成。因其地势低洼，沟壑纵横，常年积水，植被茂盛，圩内有华东地区最大的池杉林，故而得名“池杉湖湿地”。

池杉湖湿地原有面积 2200 亩，考虑到湿地生态资源的可持续发展，2016 年从南京市六合区程桥镇征地 3600 亩进行扩园，使湿地面积增至 5800 亩，逐步形成了一树（池杉树种）、一花（荷花睡莲）、一鸟（野生鸟类）三大特色主题景观。2019 年 12 月成功获批国家 AAA 级湿地公园。

冬日暖阳池杉湖　林书 摄

随着池杉湖国家湿地公园逐步构建了较为完善的生态链和湿地生态系统，动植物种类和数量逐渐增多，这里已然成了动植物栖息生养的天堂。根据调查，池杉湖湿地公园共分布维管植物 60 科 154 属 194 种，鱼类 8 目 15 科 43 种，两爬类 4 目 8 科 18 种，兽类 5 目 5 科 13 种，鸟类 13 目 32 科 102 种，其中国家二级保护动物 13 种。

现今，为了实现人居环境与自然环境的协调发展，基于“全面保护、科学修复、合理利用、持续发展”的基本原则，池杉湖国家湿地公园积极打造特色小镇、田园综合体以及文化旅游、特色农业等项目，不仅成为人们休闲娱乐的绝佳去处，更为科普教育研究、生态旅游体验、整体利用示范、业态转型创新创造了条件，效益十分明显。

荷韵悠远

莲荷一体，自古不分。我国是荷的最早产地之一，荷文化更是源远流长。《诗经》有云：“山有扶苏，隰有荷花。”《楚辞·离骚》有云：“制芰荷以为衣兮，集芙蓉以为裳。”历朝历代写荷的诗文名篇迭出，绘画上更有八大山人、齐白石、林风眠等大师。

听荷语、观荷舞、赏荷韵，一睹荷的风采，池杉湖便是绝佳去处。

穿越睡莲长廊，仿佛进入了真实与虚幻交汇融合的时空之中，一朵朵红黄蓝白的莲花轻舞弄色，飘逸在水天之间。尽管呈现在眼前的 30 余种世界名品睡莲清新炫目，但要观赏到其中一种名叫“万维莎”的珍稀睡莲，全凭运气。这种被称为“世界睡莲冠军”的睡莲，奇异之处就在于它开出的整朵莲花，一半鹅黄，一半嫣红，开出的概率只有万分之一。

百荷园，初闻其名以为只是莲荷数量众多，直到身临其境，才豁然开朗。152 个莲荷品种分布在不同的池中，各自厮守一方，各展所长。印度睡莲花瓣似火，椭圆形的叶子紧贴水面，待到茎叶枯萎，黄绿相间，就像一面生了绿锈的古代铜镜；浮在水面的霸王莲，叶缘上卷，翠绿如玉盘，十分壮观，据说可以承载六七十千克重的物体而不下沉……像品字莲、四面莲、五子莲、绣球莲这些品种，我还是第一次听说。至于那些叫不上名字的莲荷，我也只好在心中为它们重新命名。

泛舟千亩荷塘，悠游在夹道的莲荷之间，宽大的荷叶拂舟而过，朵朵荷花迎面袭来，莲藕在水下做着出浴的梦，莲蓬举着一支支小手，似在召唤我们前去采摘。偶尔受到惊扰的几只水鸟，不知从何处突然惊飞，而我能做的，就是送上歉意的目光。

从七彩大道至九曲花海，淡淡的清香一路引领着我们，徜徉其中，正如朱自清先生《荷塘月色》所写："曲曲折折的荷塘上面，弥望的是田田的叶子。叶子出水很高，像亭亭的舞女的裙。"

少年时不懂"小荷才露尖尖角，早有蜻蜓立上头"，相思时慨叹"灼灼荷花瑞，亭亭出水中"，忆友时唤醒"荷风送香气，竹露滴清响"，暮秋时方觉"莲子已成荷叶老"……

万鸟来朝

赶在西伯利亚寒流南下之前，北方候鸟陆续而至。深秋，进入候鸟季的池杉湖逐渐热闹起来。

晨光中，众鸟云集，开始了一天的觅食。"啾啾、咕咕、喳喳、嘎嘎……"鸣叫声不绝于耳，有的缠绵悱恻、有的婉转悠扬、有的低沉厚重、有的声线洪亮……可惜我只能听出诸如喜鹊、斑鸠、布谷、鹧鸪等为数不多的几种鸟鸣。或许鸟类也和我们人类一样，有独唱、有对歌、有群演……总之，池杉湖有多少种鸟，就有多少种乐音。

万鸟宿林　何志贵 摄

我不清楚池杉湖有没有一种名叫嘲鸫的鸟。据称这种鸟能在十分钟内模仿出二十种以上其他鸟的鸣声。如果确有其事，那么单单这样一只鸟，就可以独自完成一场人类劳心费力打造的“模仿秀”节目。

暮色里，倦鸟归林，鸣声四起，它们是在相互倾诉一天里短暂的别离吗？

一直以为，鸟巢是鸟类夜晚休息的地方，后来才知道，对于绝大多数鸟类而言，鸟巢并不是它们的家，夜晚它们栖息在树枝上，只有在繁殖孵化期间才会以巢为家。

在池杉林不难发现碗状、袋状、球状等形状各异的鸟巢，它们或大或小、或深或浅、或精巧或粗糙。其实，鸟类只在春季求偶时节开始筑巢，它们把巢筑在安全和喜欢的地方，在繁殖孵化后即弃用。我猜想，对于候鸟而言，来年当它们迁徙而回，大概也会找寻旧年的巢穴吧，鸠占鹊巢也是难免的吧！

冬季是池杉湖观鸟的最佳季节，鸟儿们或成群结队，或形单影只，它们时而高空盘旋，时而低空游击，时而掠过水面。池杉火红的松针尚未脱尽，稀松的枝杈上时常站满了鸟，像一尊尊微雕，颜色和形态展露无遗。当我沉浸在观鸟的乐趣之中，突然从身边传出一两声鸟鸣，闻声寻迹，却不见鸟影。

在池杉湖，常年栖息于此和每年经此迁徙的鸟类达十余万只，其中，不乏世界濒危的珍稀物种青头潜鸭，以及珍稀鸟类震旦鸦雀、棉凫、绿鹭、黄嘴白鹭等。夏天以鹭鸟、雁鸭居多，随着秋冬众鸟迁徙而至，鸬鹚、大雁成为这里的王者。

在池杉湖，你可以尽情领略鸟类的天性：交颈呢喃的天鹅、嬉戏相伴的鸳鸯、入水叼鱼的鸬鹚、擅于伪装的灰椋、过分警觉的矶鹬……不时掠过空中的鸟，让我们人类只有仰望兴叹。

池杉湖总是醒着的，守护着这里的留鸟，更时刻不忘召唤那些离去的候鸟归来。

水上森林

池杉无疑是池杉湖的主角：静美的仪态、挺拔的身姿、绚烂的色彩……

让人目不暇接，流连忘返。

观赏池杉林，不同的体验来自视角的转换。

全景式的概貌，需从空中俯瞰。波光粼粼的湖水簇拥着森林牧场，湖底潜游着鱼虾，湖面倒映着物影，同时蹿出水面的五万余株池杉，仿佛一根根擎天支柱直击苍穹，让人心生震撼。这里没有风吹草低，没有牛羊满坡，唯有林中栖息的禽鸟共鸣啭啭，翻飞起落。如果碰上薄雾缭绕的早晨，缕缕轻纱从林中溢出，直让人怀疑那里隐居着一位仙子，正在浣洗昨夜的幽梦。到了秋天，池杉林渐渐披上赤橙黄绿等色的盛装，从空中看，仿佛一座座彩排的舞台，正在倾力绽放自我。冬天来了，池杉林暂时收敛起过火的热情，顶着霜雪崭露头角，彰显生命韧性的同时，也在为下一个春天积蓄力量。

乘上舟楫，环绕池杉林进行一番旁敲侧击。芦苇在岸边摇曳，荷花在舟楫旁怒放。池杉硕大的球状根茎在与湖水进行着深入的交流；抬眼望向池杉笔直的树干，会让人顿生攀爬的欲望；枝杈秀逸层层叠叠，不乏安插的鸟巢，更不乏端坐如仪的禽鸟，仿佛等待我们前来觐见；枝叶疏疏密密，不时筛下零散的阳光，晃在人的脸上，光与影的律动，恍如梦境。

换景移步，迈上栈道，穿越池杉林，我们与池杉亲密无间了。菖蒲颔首致意，睡莲献上花束，我们走走停停，用肺腔装满负氧离子，与池杉彼此交换着呼吸。面树而观，对水顾影，与鸟共鸣，都随你的心愿。

池杉湖的景是看不够的，池杉湖的情是抒不完的。

池杉，池杉湖就在这里，朴实、率真、自然，只等你来。

（王强）

水乡“兴茂”同乐园

天一直阴着，这一日于我，恰似于梦境中的行走。从蚌埠至滁州经来城到兴茂，一路奔驰，满心喜悦，又充满了好奇，我被前方吸引着，一刻也不想停下，想象着兴茂会是怎样的模样。

从知道兴茂就在来安的那一刻起，我的心便如沸水般扑腾开了。

来之前，我给母亲打电话说：“妈，你知道兴茂吗？我要去兴茂！”

母亲说：“兴茂啊！兴茂不就在大雅和黄青圩那个地方吗！”

母亲回得很淡然，语气里夹着的是一种触手可及、就在家门口、日日得见的平常。

我又给哥姐弟们打电话，还在同学群里留言，说我要去兴茂，离相官不远的兴茂，离我出生地不远的兴茂啊！你们知道兴茂吗？

同学说：“兴茂，不就是小时候我们上街时要经过的地方嘛！”

在去兴茂的路口，我下了车，见三人往草地上撒磷肥，我便跑至近前向他们问路。一位大伯问我：“你是哪的？”我回答道：“我是圩里，河那边的广大陡门蒋庄的。”他很是惊奇，以揶揄的口气笑道：“你还是这里人啊？怎么连自己家都不认识了！”

我羞赧一笑。

眼前是一条崭新宽阔的公路，路中间和两边铺满了泛黄带青的草。这草也不似家乡那些巴根草拖拖挂挂，牵了东边的还拽着西边的那般模样，倒显出一副城里草的矜持，一根是一根，一草归一草，各有各的风姿，各有各的骄傲。行道树还单薄着，一副还未适应乡里环境，迷瞪瞪，呆愣愣，没长开的样子，虽然并不茂盛，好在还算挺拔。远近之间闲散林立着几栋建成或在建的高楼，直入云霄。这哪里还是我记忆中的乡村？曾经那黝黑的土地和简陋的房屋，以及冒着汪汪绿意的麦苗，都已不见了踪迹。

空气里透着清新、鲜嫩的气息，有城里的迹象，却不似城里那般拥堵。

这就是兴茂?

汉河镇历史悠久，吴风楚韵，气贯淮扬，有“金陵锁钥、吴头楚尾”的美誉，吴楚文化在此交汇、延续、发扬光大。这里距离南京江北仅8千米，南京地铁3号线林场站有免费班车接送，交通便利。

暮色四合之时，天气微凉，我忍不住把窗拉开一条缝，立于窗前，闭上双眼，深吸一口洇湿的空气，感觉这流动的水汽里，有河的气息，有土的醇香，有家的味道，有母亲的温暖，有至亲人的情意，它们与我的气息交汇相融，合于一体。人虽未至，心却飞向了河的方向，一条清秀、安静、美丽的河，藏着我的梦，我的童年记忆的地方，此刻，我正以另一种方式与她紧紧相依。

窗外一楼院子里有开放的花，披着微光，站成一片影影绰绰的黑。目及所至是一楼的屋顶，再远便是漆漆的黑，即使是零星的路灯，也撑不破空旷的黑。

我不禁踮起脚尖，心想：总该能看到一点点田地的轮廓吧！还有在夜风里瑟瑟颤抖的麦苗、油菜和横七竖八的田埂、沟渠。还有那簇拥在村庄和田地间的飘着荷香的池塘，清澈见底的池水。可我却什么也看不到。

家啊！在哪个方向?

兴茂水世界　徐斌 摄

离这里应该有一段距离，隔着一条河，河上建了水泥桥，原先的渡口已经不能称其为渡口。那条泛黑爬满了青苔的木船仿佛被尘世遗忘，散发着腐烂气息的双桨木愣愣地吊挂在船帮上，挂成了一个沉思者的模样。时光的行走看似了无痕迹，而蹉跎的日月，早已在悄无声息中，镌刻在有形的物件上，一如我们额上的褶皱，头上的发丝。这该是另一番衣带渐宽，人憔悴的景致了。如今，来去的人们多是驱车，他们宁愿让车轱辘多转几圈，在盘旋的村路上绕行。

河对岸的圩埂上，便是我的家，我心灵的栖息地，我的出生地，我童年和少年栖居的地方。

此刻，我想，你该是已意会到我了。

而今，圩埂上的屋已变成了渣子，填埋在坝子的身体里。如同曾经所有做过的绮丽的梦和此刻无法平息的心跳，有过的无论是有形的抑或是无形的，即使没有了最初的样子，却也正以另一种方式存在着。

不禁想起我的父亲，每次只要踏上来安的这片土地，我就能清晰地感觉到他的气息，麦地，坟茔，他屋旁挺立的香樟，与坟茔相对的塘，满塘里或茂盛或枯萎的草，辽阔的原野，掩映在绿树里的村庄。这一切一切都如同我心灵的烙印。

更迭的，消逝的，却又明明存在着。

记忆如虹。

这样的夜，在来安这片土地上，应该遇见一个人，他或许正束着长衫，绾着发髻，阔步在来安的某一隅，某一巷，也或者盘膝于来安街头的小酒馆里，举杯独斟，喝得沉寂，喝得畅然，喝着喝着，就想起远方的友人了。不禁诗从心中来，“遥知郡斋夜，冻雪封松竹。时有山僧来，悬灯独自宿。”不知道彼时打算留宿于来安的大诗人韦应物有着怎样的孤寂和愁肠，遥念友人，想着他此时会身在何处，又有着怎样的一种状况，便慨然赋诗，真情所至，令人动容。

有友如斯，夫复何求？

微信突然“咚”的一声，我拿起手机，屏幕上的几个字正欲退去，头像是同学，也是多年的友人，她说，在兴茂？我说，是，在兴茂，想起我们曾穿梭在这片田畴间的情形了。她说，一切都仿佛昨日。顿了一下，又说，此时此刻，你的心，我的心，你的气息，我的气息，满世界都是我们的气息。想你了，下次来，一定要聚啊！

一阵风扑在脸上，带着潮气，湿哒哒，是冷的，也是热的。

翌日，当阳光破窗而入，兴茂的模样渐渐地显露出来。

跟随着观光车，我看到了掩映在浓密的黄色草丛下泛着波光的大片湖面，这里就是“水世界”，以水为脉络，以休闲娱乐为点，具有水域特色风格的运动乐园。从十几米高的站台口滑入喇叭状滑道，由于惯性，随着水流旋转下滑宛如卷入一个巨大的旋涡中，给人急剧下落，而又有丝滑的流水依托的感官刺激体验。六彩章鱼滑梯，远看如多色彩虹，让运动变得可爱，在极短的时间内给人以强烈的失重感，那定是一种无法言喻的美妙感觉。可惜，我来得不是时候，不过，这也给下次再来留下了无限的遐想和期盼。这里也是孩子们的游戏天堂，有造型可爱小巧的喷泉，有趣的水上游乐设施，在空闲之余还有机会欣赏少数民族风情表演、电音节、泳装派对、萌芽派对等精彩演绎，让炎炎夏日变得清凉舒畅。

下了观光车，我们参观了农业与文化交融的“生态科普乐园”，健康与快乐的“运动馆”。据随行的导游说，初秋时节来这里，可以感受生态田园果蔬之美，在欢乐休闲的采摘时光中，亲身感受劳动和收获的喜悦。生态科普室内包含科普器材设施、科普知识 VR 体验室等多个科普项目，集科普常识宣传、互动体验于一体，是为孩子科普的好去处。

“水世界”结合地方人文特色，以农业为基点，建设花样繁多的各色景点，以“吃好住好玩好”为宗旨，打造了集生活、农业、生态、休闲、娱乐为一体的生态科普园，给原本平凡的乡村带来崭新的面貌，注入新的活力，带领乡村展望更为广阔的发展前景。

作为这里土生土长的一员，我为兴茂的发展感到高兴和自豪，衷心祝福兴茂越来越好，也期待着下次再见时，能更全面地了解它，贴近它。

（戚佳佳）

“景华”风采在江北

夏末，气温正盛，我们文友一行驱车前往江北景华生态文化园，想一睹景华风采。

景华园位于安徽省滁州市东部的来安县汊河镇延塘村，地处皖东东南部，毗邻江苏省南京市，与南京江北新区、南京高新区相连。汊河镇因滁河、清流河、来河在此交汇而得名，区位条件优越，104 国道穿境而过，宁洛、宁淮、宁连高速公路傍境而过，距南京长江大桥 23 千米，南京 602 路公交车直达汊河桥头，是皖东对接南京的桥头堡。

刚下车，那高大得须仰视才见的景华园门楣让我们想到建造者的勃勃雄心和美好构想。

进入园中，立刻感觉到一种清凉。遮天蔽日的树木营造了别有洞天的氛围，真是“大树底下好乘凉”。一边听一边看，不知不觉几个小时下来，感觉十分强烈。这个长江岸边的文化景区，承载了许多人梦寐以求的东西！

入园的那一刻，我们首先发现一些两三米长的石槽。槽上的石洞，显然是用来拴大型动物的。展眼望去，路的两旁间隔不远，摆放着许多这样的石槽。试想，这些石槽来自何方？需要多少人工采得这大石料？又要多少人工挖凿镂空、打磨，才能做到眼前这样的石槽？

景华风采　徐斌 摄

时过境迁，这些东西的使用价值退化，仅剩下观赏功用。但是，搜集这些不易多得的物件，也是一个艰巨的工程。我想，这里每一件物品，都有价值，都不易得。

那景华的建设者需要多少的人力物力才能搜集到这么多古物，才保留住时代记忆呢？“物以稀为贵”，这里很多东西只是留存在我们记忆里的，再难看到，因此就显得很珍贵。走在景华园，你不由得这样感叹：亏他这么细心！

这里有山地居民的石础，也有水乡的乌篷船；有号称“神威无敌大将军”的乾隆年间的军队重武器，也有民间女子的折扇；有从江西婺源整体搬迁来的古民居，也有从皖南迁移到这里的石牌坊；有皇家的完整九龙壁，也有来自民间的弃用不久的农具。

在这里，你可以看到飞在空中的风筝，也可以看到行在水里的木船，看到行走于官道上的马车、娶亲用的花轿……

在景华汇名堂博物馆，你还会看到更多更精致的老物件、艺术品。汇名堂建筑面积约 3000 平方米，共分三层，一层为古物陈列馆，二层为瓷器陈列馆，三层为字画陈列馆。

古物陈列馆收藏了民间征集来的各类历史古物，种类繁多，反映了来安周边历史人文遗迹，包含大量以灵璧石为代表的奇石类、根雕类、刺绣等物品。

瓷器陈列馆收藏了代表国内最高水平的景德镇的大家作品上百件。青花、釉里红、古彩、粉彩、斗彩、新彩、釉下五彩、青花玲珑等瓷器品种，应有尽有。

字画陈列馆收藏华东地区中国当代美协、书协部分会员，如刘大为、何家英、林筱之、范扬、黄学江等人的精品之作，共计 500 余件。其中 200 米长的巨幅十字绣和刺绣《清明上河图》、多幅长卷小楷等都是珍贵藏品。

呈现在我们眼前的很多东西，不可多得，且不可复制。我不由想到，这要花费园区建设者多少心血啊！

这里，足不出园，却可以将沧海桑田，南北东西，汇聚在一起。你可以发思古之幽情，和先贤对话，和中国厚重的国学对话；你可以在这里饱览古玩字画，经历一场视觉盛宴，在不知不觉中获得知识，感受中国文化的厚重和博大。当然，这也阻挡不了抚今追昔的感慨。

凭窗远眺，园区的青松翠绿扑面而来。这里栽有苗木、果树，也培育种植有机蔬菜。园区空气清新、气候宜人，地形起伏多变，密布着青翠的树林、蜿蜒的林间小径、绿色叠翠的果蔬园，小溪清澈见底，石桥流水错落，一片绿色、生态的农家纯美风光，构成了一幅宁静、清幽的自然画卷。你，徜徉其间，是不是心灵得到释放，精神无比愉悦呢！

在景区共有大小五个舞台，你可以欣赏到许许多多舞台艺术。这儿，你如果有“发烧友”的才艺，可以一展歌喉，一展舞姿。瞧，农家乐场地的黄梅戏舞台，烧烤营场地的庐剧舞台，农家乐后面场地的综艺舞台，游客接待中心的洪山戏舞台，研学馆大礼堂的黄梅戏舞台。这里容纳了来自不同地方的戏曲，你可以在这里欣赏一台喜欢的歌舞，或上台展示自己的才艺，圆一圆舞台梦。

在万佛堂，你可以选择关掉手机，远离城市的喧嚣，一心向内，问天问佛问自己。拜佛，我以为就是拜自己。你也可以素食一周，清理你的肠胃，让你的身体轻松起来。

可以在木结构的皖南民舍，三进三出的庭院里，感受过去家舍生活。也可以和家人一道体验一下清朝百姓的所谓奢侈生活。你或许会思考，如果时光倒转，我们该怎样生活。

当然，如果你也喜欢喧闹，喜欢美食，景华美食街可以让你享受各种美食，让你口齿留香，回味无穷。

“晴耕雨读”是中国古代文人向往的理想生活状况。从诸葛亮的躬耕琴书以待天时，到陶渊明的采菊东篱悠然忘机，及至后世中国不断盛行的隐士文化，“晴耕”与“雨读”在儒家的入世与道家的出世，进与退，起与伏之间，表现出的那一份淡定、从容的人生智慧，依然光芒闪耀。

景华生态文化园把农业生产、休闲度假、健康饮食和科普教育融为一体，打造具有多功能、高品位、综合性的旅游度假区，让每一个热爱大自然的人，都能回味原始、回顾童年、回归自然。

因此，你可以选择一个周末，或寒暑假的一周，带着你的亲朋好友，放慢生活、学习节奏，来此逍遥快活。你们可以种植，可以观赏，可以烧烤，可以读经典。这里，让你们贴近田园、亲近自然、亲近国学，一边读书，一边耕作。

如果你是教育管理者，你可以把这里作为研学基地。

可以带你的学生们来到汇名湖。远远望去，那座位于汇名湖畔的双层小竹楼，就是生态文化园的汇名轩。汇名轩的二楼设置有观景平台，置身于平台或在木屋内凭窗远眺湖光天色，更有一番怡情与雅趣。竹楼外形古朴自然，内部装饰典雅，为汇名湖增添了一道靓丽的风景。

汇名湖水深三四米，游客朋友们可以在这里尽享垂钓乐趣。为了增添大家游湖的乐趣，生态文化园还为大家提供了丰富刺激的水上娱乐项目。您看，那边静泊的是几艘快艇，还有许多各种形状的脚踏游船。

你可以和学生一道感受民俗。生态文化园的溪流、民俗文化、农田、林地，传承着中国传统文化——“仁者乐山，智者乐水，仁智者乐石，乐石者寿”的理念。别墅的内部陈设和艺术品装饰充满中华传统文化艺术的氛围，给您带来特别的享受。

当然，和同学们学习种植也是不错的选择。基地种植品种都是优质蔬菜品种，主要有小松菜、大叶菠菜、青刀豆、大白皮蚕豆、黄秋葵、青花菜、甜玉米等十多个。黄秋葵现已成为运动员的首选蔬菜。这些蔬菜的种植均严格按照无公害蔬菜生产操作规程进行，主要是施用有机肥和实施生物治虫。

你也可以开展为期一周的国学修炼。景华能容纳上百人住宿，有国学讲堂，可以零距离接触到中国传统文化，亲身体验农耕文化；可以学习文房四宝的制作，像陶工一样与泥土亲密接触，根据你的想象制作陶俑。

我相信，无论你是仁者还是智者，无论你喜欢热闹还是喜欢独处，都可以在景华找到你喜欢的、能契合你心灵的东西。景华的美景繁多，景华生态文化园是四季常有绿、月月有花香，四季晨昏各有特色，她的美丽不是短短的一次游览所能感受的。景华的文化底蕴深厚，你更得慢慢消化。小住数日，也许你会想到这样的句子："鸢飞戾天者，望峰息心；经纶世务者，窥谷忘反。"

当我们依依不舍登车告别景华园时，我心里默默念道：景华园，我们还会来的！

（张万松）

张家堡渡的来历

倘若在汊河码头登船，随波逐流，顺着滁河继续东行，大约两三千米，一幅古老而又现代的画面便会流动在人们的眼前。这就是我们今天所要寻找的目标——张家堡古渡。

天启元年（1621年）《来安县志》载："张家堡渡，县南七十里。"据雍正《六合县志》记载，张家堡古渡乃九省通衢，往来客商如织，操舟者恃强勒索，行人深受其苦。康熙十年（1671年），进士马藩目睹其害，主动捐资造船，分文不取，以渡行人，并购房买地，供船工生活与行人遮阳避雨，后又根据实际需求，添置装人载货船只。待到马藩年事已高，无力管理时，便把船、田、房全部入官，遂改义渡为官渡，并报批允勒石于渡旁。至今，在古渡口的两岸仍然保留着张家堡地名，分别属于江苏省浦口区的永宁镇和安徽省来安县的汊河镇。

雍正十三年（1735年）《来安县志》卷七"古迹"载："白果树，县东南七十里滥泥滩，明太祖初驻滁，值六合义师有元兵之围，遣使求援。太祖率耿再成等由张家堡救之，驻舟河岸，手插银杏一枝，以祝休咎，今存。"此处的张家堡也有可能是定远的张家堡，但该志在卷四"桥梁"亦载有"张家堡渡，县东南七十里"。由此可见，朱元璋也确实到过来安的张家堡渡，并在距渡口仅1千米处的滥泥滩手植银杏一株。只可惜，此银杏树已不知湮灭于何时，了无踪迹。

抗日战争期间，新四军驻扎在汊河程集时，就是通过张家堡渡口进行革命活动的。张家堡渡口也是往返于上海、南京地下交通线的必经之路。日本鬼子曾在这里烧杀抢掠，先来的几个鬼子被当地人消灭，恼羞成怒的鬼子便放火烧掉了整个程集，当地人跑到圩里躲了起来。

中华人民共和国成立后，张家堡古渡口也迎来了新生。1977年，滁河马汊段拓宽，在张家堡渡口处建立了电灌排涝站，附近又建了供电所，占地 40 多亩，张家堡渡口便向东移至 1 千米外的增戴生产队（村民组）。1985 年后，因增戴生产队（村民组）的对面交通不太方便，又移至 2 千米外的叶郢生产队（村民组）。由此，安徽称之为叶郢渡，江苏则称之为黑大郢渡。

据当地村民介绍，这里的河面，过去没有这么宽，只有三四十米左右，后为抗旱排涝拓宽成现在这样。因源头同为皖东的大洪山脉，一与滁州的池河联姻，一为明光的匙河所诞，在此交汇后又直通长江，所以，通常情况下，终年水深数米，宽近百米，要是没有渡船，两岸来往十分不便。在村民们的指点下，我们放眼望去，蒙蒙细雨中，滁河如一条缓缓游动的巨蟒，自脚下不断地延伸，直至消失在不见尽头的天边。

村民们说："无论走哪条路，都没有这地方过江近。"过江，在当地通常是指去南京。为验证这一说法，我们专程花了 10 块钱连车带人坐了次渡船，上岸后开车到长江大桥，前后不到 20 分钟。之后，再驱车返回到 104 国道上的汊河桥头，接着又沿滁河北侧道路一路向东转北从文山街道绕了个大弯，经大英镇的头桥前往长江大桥。相比之下，果然，如若不坐渡船，绕路最少得多花半小时。

"他们是怎么想到，要来这摆渡的呢？"有人说，这是太平天国的石达开所为，他为避内讧，以免遭毒手，能一夜之间率领 20 万大军离开南京，就是因为走的这条捷径。

2015 年，滁州（汊河）港在张家堡古渡口启动建设。2016 年 12 月建成 3 个 1000 吨级通用泊位，港口岸线长 234

张家堡古渡遗址上的滁州（汊河）港 吕华 摄

米、宽 25 米，主要装卸品为建筑砂石等散货。2021 年又进行改扩建，再增加 1 台门式起重机，同时对低水泊位后方进行环保改造。该港现占地约 430 亩，年吞吐量为 178 万吨，已成为滁州市水路运输的“排头兵”。

而置身现在的叶郢渡口，看着一趟又一趟、来来回回载着车辆、行人、货物的驳船，望着船家脸颊流露着的笑意，忙忙碌碌的身影，我们不禁感慨：无论是曾经的张家堡古渡，还是现在的叶郢渡，都极大地方便了两岸的人民群众和商旅往来，不仅是在延传着一种古老的出行方式，更是一种化释不开的情结。

（杜永生　采长林）

姜家古渡的故事

立春刚过，约两位老友，探访了姜家古渡。

二月的滁河残冰尽释，但河水还带着寒碧之色缓缓地蠕动，亦如柔软纤长的碧色绸带，在大地上轻舒漫卷。河边是广袤的土地，依然沉睡着，那越冬的小麦和油菜似是她的绿梦。村庄在午后的阳光下安静而祥和，树木也没发芽，只是在灰色的枝头蓄满了春意，如同饱蘸彩墨的笔锥，毛茸茸鼓胀胀的，正等待着那一场雨的浸润、一阵风的抚摸、一声雷的号令，便抒写春天多彩的画卷。

姜家古渡，是这滁河上一个古老的渡口。

临近渡口有一个村子，村子不大，只有近百户人家。房舍多是粉墙黛瓦，显得十分古朴。也有一些青砖红瓦的，虽已成旧迹，却透着人间烟火的气息。落叶的乔木三五成群地穿插在房屋之间，俨然构成了一幅别致的水墨画。村庄的道路又细又长，房屋高低不齐地分列于巷道两边，青色的水泥路面上，偶尔也会看到嵌着磨得溜光水滑的大石板，在转弯的墙角还有护石桩，弃用的舂米石、石槽、石磨随意地丢放在水塘的边上。这些看似生硬冰冷的古老物什，却包裹着生活的温情，向人们传递曾经繁华的信息。

太阳偏西时，村头的一棵老榆树下的几间小屋顶上，飘起了一缕炊烟，像一根长长的藤蔓。我想下面一定有关于姜家古渡的故事。

走近小屋，门前挂着一对灯笼，门上的春联

姜家古渡　黄志军 摄

依然鲜红。迎出来的是一位健朗的老人，年逾七十的样子，腰板硬直，满头银发，麦色的脸膛刻着些皱纹。他热情地招呼我们进屋。堂屋里摆放着条案与方桌，椅子与凳子都是木制的，简约而厚实，泛着酱红色的光，显然有些年头了。在我们落座之时，系着蓝色碎花围裙的大娘，从厨房里端上来了热茶，略显圆胖的脸上露出和蔼慈祥的微笑。

在大爷悠然的烟圈和大娘沁人的茶香中，渡口的故事充盈了整个小屋。

据坊间传说，姜家渡口最早只有姜氏兄弟几人，临河而居，以渔为业，也叫姜渡渔村；渔民兼以船渡，时日一久，皆称为姜家渡。

早在三国时期，吴王孙权定都建业（今南京）后，滁河作为一道军事屏障，瓦梁里（今来安县雷官镇）属军事重地，建东西两座军阵大营，囤积粮草，驻扎兵马，以防兵戎。距姜家渡口约 1 千米的圩区，垒土成城，建成了面积有数十公顷的吴王古城，作为孙权的行宫。从瓦梁里到古雄州（今江苏省六合区）、扬州、京都建业，都必经此渡口。当时的姜家渡口是兵马运渡、粮草输送的重要关隘。

因渡口地处要地，为官兵主用，渡船承载量有限，来往商贾行人、货品物资，均需排队待渡，往往需停留三五日，方可渡得。时日一长，各行各业，商旅行人，聚集于此，旋即商机渐起。至宋代以后，姜渡村更加繁华，已发展成为渡口小镇。镇上商店旅馆、酒肆茶楼、染坊当铺、粮行菜场一一齐全；说书卖唱的、占卦算命的、耍猴售药的、打拳卖艺的样样皆有，道不尽的利来利往，说不完的市井繁华！好一个热闹繁忙的渡口小镇，素有江北“小秦淮”之称。

到了明朝，渡口俨然成了一个小码头。每逢农历二、五、八日开渡，所有渡河者，按人头、货物重量及价值收取渡资。人头者最高时价近百钱一人，货物者十之有二，渡资极高，为暴利行业，过渡者为其所苦。数年间，为争夺渡口营运权也数起事端，地方豪强甚至雇用打手，江湖侠士卷入纷争，传说中就有侠女俏燕子勇斗铁头陀的故事。

嘉靖十二年（1533 年）春，农历三月十五，是开船摆渡的日子。大清早，码头上便排满了各色待渡行人、货物。船家赞老大剔着牙缝，打着饱嗝，吆喝着船工稳舵搭跳，引客登船；自己却眼放贪光地收取过渡费。船载将满时，一衣衫粗旧的中年妇女怀抱幼童，冲下堤岸，哭求船家带渡。原来孩子染疾，声息微弱，情形严重，急需渡到对岸求医救治，但所带船资不足，恳请船家通融。本就贪财好利的赞老大心里盘算：如按一人收取，明明是大人、小孩两个人；如果收取两个人的费用，她更没钱，这笔生意不划算，于是软推硬抗地不答应。顿时船上人们议论纷纷，有劝船家为其母子赊欠船资他日再还的；有劝其行善积德减免渡资的；也有愿为其代付渡资的；还有指责船家的……其中有一行四人，少年模样，言辞犀利，诘责赞老大。有道是强龙不压地头蛇，赞老大乃当地一霸，如何咽得下这气，坚持有钱的先渡，少钱的后渡，没钱的不渡，不能坏了规矩。事态胶着。此时，一位慈祥端庄的出家人装扮的老太太走出船舱。有人认出她，是此地白音庵主持师太的好友慧慈师太，前些日子住在白音庵。她自称学点医术，一边安慰孩子母亲，一边为孩子号了脉相，取银针三根，针灸穴位，孩子顿时啼泣。旋即把母子二人带到白音庵。经数日调治，孩子转危为安。自此孩子母亲虔诚地在庵中打杂十余年，同时抚养其子读书。嘉靖二十九年（1550 年），朝廷开科取士，其子二甲及第，这是后话。

慧慈师太等人离开渡口后，赞老大又陆续催人上船，人满货足之时，正要抽跳起锚，堤上传来一声粗暴的吼声：“赞老大，带我过去，有急事待办!”随即，一个膀大腰圆、粗眉暴眼、满脸横肉的大汉，来到船边。赞老大一看，此人是当地的屠夫霍三，人送绰号霍三爷，头号混世人物。众人皆道此趟已满，等待下趟为好。霍三咬牙切齿地看着众人，恶声恶气地说：“我多给银子便是!”赞老大也深知渡船满载，但也不想惹这个棘手的货，再说怎么也舍不下这诱人的银子，霍屠夫还是上了船。

船晃晃悠悠地离岸驶向河中。船至河心，怎奈旧船重货，舱底裂开，船舱进水，顿时全船一片混乱，哭喊之声凄绝。最终渡船翻沉，诸人落水，货物或沉于水下，或漂于河面，其景甚为惨痛。

此时正有渔户王婆孙与几个渔人出河捕鱼。王婆孙是方圆数十里称道的捕鱼能手。其人身材高挑，淡眉圆眼，力量过人，可在水上行走，潜水数时而不出。他见此情景，会同岸边人等奋力营救落水之人。二三十人落水，大多获救逃生。四位书生皆得获救，休养于姜家渡，后一人开馆办学，教幼启蒙；一人从医，悬壶济世；一人从商；一人科考及第。因河深水寒，尚有四人溺亡，霍屠夫也在其中。

此事速报官府，时任六合县令茅宰亲临渡口，处置事态。愤然道："已不能渡，何以渡人？"初判赞老大贪财好利，轻人怠命，酿祸之首，收监另治。除县衙出资救助外，责罚赞老大倾出家资，抚慰遗属，救治伤病者，赔偿物品；其渡船废除，永不经营。

王婆孙生性憨厚，善良勇义，擅于水术，救数十人有功。由六合县衙置渡船一只，由王婆孙带领两名渔民专业摆渡，众渡工月供酬劳由县衙支拨，不得收取分毫渡资。不再设置开渡日，每日朝起暮歇，渡往运来。为诏告行人，在渡口边耸立数尺高一大石柱，其上大书云：官船官夫，人到即渡，敢索一文者，究治！至此，姜家渡已为官渡，数十年秩序井然，为官民便捷之径。

嘉靖四十四年（1565 年），从六合经雷官到滁州，朝廷开设驿道，作为重要的交通路线。姜家渡作为重要渡口，承载交通运输、信息传递数百年，一直沿用到 20 世纪 80 年代。

现在姜家渡口的下游约 500 米处，建成了三汊湾水利枢纽，桥闸一体，甚为壮观，兼为来安、六合两县交通治水。在渡口的上游不远处，也建成池杉湖国家湿地公园人行桥和交通大桥，桥如彩虹，静卧碧波。渡口完成了历史使命，随即停运。

如今的姜家古渡，只留下了遗迹，似是历史的一种呈现。一块大而平整的河滩上，有几棵粗大的柳树、榆树等老树，树上还有一个大大的鹊巢，旧时的石柱已不知去向。滩上满是枯黄的杂草，几丛灌木和杂树散布其中，河边几间简易的木棚已经破败不堪，一只长长的竹篙斜靠在木棚边，几缕绳索杂乱地缠绕着，似是渡口理不清的往事。

姜家古渡，历经了千年沧桑，承载过帝王将相的大业梦想，也运托着黎民百姓的繁忙生计；盛载着幸福与欢喜，也装填着失意与惆怅；映印着万家灯光，仰望着日月星光。潮来潮往，雨雪风霜，现在却以禅意的方式静默地讲述过去的故事。

渡口已经古老，而岁月不曾荒凉，往事随水而去，时光不可停留。往事定格成历史，随水而去的故事，却永远铭刻在这片土地上。

过去已去，未来未来，在新桥老渡之间，繁华与荒凉再度映照着，如同过去，亦如将来，只是以一种新的形态演绎着新的故事。延绵不绝的生活繁衍，赓续传承着人间烟火，岁月不老，江河不尽。

归途上，老何忽然悠悠地问我，人生如果是一条河流，渡口安在？

车从堤上驶过，河面上有几只白鹭飞过，河水不语，静静地流向远方。

（黄志军）

故乡的圩堤陡门

来河（来安河）从马岭山出发，沿着曲曲弯弯河道向南流去，流经舜山、张山、来安城东、水口、相官，突然从吴家渡一个九十度大转弯向西南奔去。硬生生把这水乡平原劈成东西两块，东片是广大圩，西片是三城圩。来河一直向前，终于在小河口和从沙河流出的清流河汇合（这是老来河的走向。1972 年老来河从吴家渡取直向南直通清流河，从吴家渡到小河口的老来河已逐步堰塞并断流）。清流河并不歇步，继续向东，经流小河口、三王、齐家渡、苑滩、费家渡，这一段南区人习惯称为大河沿。清流河继续向东又和滁河交汇，然后从汊河向东北，从张家堡转向，最后流入长江，注入东海。

来河从吴家渡到清流河这一段，南区人习惯称小河沿。小河沿以东属广大乡，以西属三城乡（现两乡已合并成三城镇）。这样来河与清流河把这一大片丰饶的沃土分割出来了，这片富庶的水乡就是广大圩，全圩面积 26.8 平方千米，耕地面积 1.91 万余亩，四周圩堤高筑。《来安县志》（天启元年）载：“广大圩，旧废，嘉靖三十年，县民王来告修。”该圩分为 3 个小圩口，即广东圩、广西圩和广北圩。当年在该圩修建了两座佛庵，即广东庵和广中

俯瞰广大圩　吴宗宝 摄

庵，另有广西庵建在三城寺，广东庵为大门，广中庵为中堂，广西庵为后门。南区人有一句农谚：“圩田好做，五月难过。”官人和百姓都知道，农历五月是做圩田的人大意不得的。过去朝廷就重视此圩水利，多次探索，最后得出排除内涝是取得丰收的关键。劳动人民的智慧是无穷的，为了防内涝，在圩堤下凿出排水孔，平常用石片挡住，内涝时扒开石片，内圩的水就流进外河去了。据说，这种办法起过一定的作用。但这石片有时不顺手，难找也难搭配。直到清朝末年，民间高手创造了奇迹，巧妙地采用了陡门（也称斗门）进行排涝、灌溉。内涝时，提起陡门闸板，圩内的积水迅速地排入外河去了，保证了圩田的丰收；圩内缺水时，提起闸板就能把河水灌入圩内，从而保证水稻的用水需求。

广大圩的陡门是用青石板砌成的，内圩的闸顶上雕刻有龙头，龙头上拴绳可起到吊、合闸门之作用；外圩的闸上雕刻有龙尾，栩栩如生。旧时，每年的三大节日，人们都会到涵闸烧香祭拜，以求风调雨顺。

1961 年，来安县农业局的谢局长——我一直叫他谢伯伯，主动请缨到广大公社担任书记。他是 1939 年 11 月参加新四军的老革命，知道我的父母是广大圩的人，特地向他们辞行，并请他们给提提建议。他们都是老上下级关系，又邻里十多年，我的父母便毫无保留告诉他：搞好广大公社最要紧的是要搞好水利，搞好水利就是把能人放到各个陡门处去把守。

广大圩陡门　吕华 摄

谢伯伯在任期间一点不敢马虎，始终把管好陡门作为头等大事来抓。1961—1966年的几次内涝，谢伯伯发挥能人作用，及时打开陡门，放掉内圩的积水，确保了广大圩不内涝，年年取得大丰收，从而缓解了自然灾害带来的困扰。人民安居乐业，生产力大幅度地提高。

1965年，广大圩排灌站改为电力运行，陡门进出水的功能基本被电灌站所代替。又因为陡门是圩堤中的最薄弱处，洪水往往因陡门破裂，造成破圩，1965年以后，一部分陡门被封实。改革开放以来，经过标准化农田改造，机械化耕作已是昔日水乡新常态；水利设施、交通条件日益完善，圩内沟渠纵横，东西走向三大沟（南大沟、中大沟、北大沟），南北走向九道渠（1号至9号渠）；全圩大小电站8座，配套完善、布局合理；平坦的水泥路连通到各村组，宽阔的乌汊路横穿广大圩，清流河大桥、汊河大桥和来河大桥为广大圩带来了无限的生机和活力。

2017年10月，广大圩被来安县人民政府列为县级文物保护单位。2021年，广大圩尚存张桥陡门、大楼陡门、花庙陡门、孙郢陡门、朱庄陡门、刘郢陡门、和平陡门（也称苑家陡门）、元胜陡门、马庄陡门，共9座陡门，它们仍然发挥着排灌作用。

广大圩的陡门已成为历史的见证。她展示着故乡人民在那一场场波澜壮阔、战天斗地的抗争中的远见卓识与辉煌，陡门也将永远成为广大圩人民难以忘却的遗产。

（吕绍联）

宝山林海竞桃源

笔者年近古稀，远处旅游诸多不便，喜欢游玩近山近水，也是其乐无穷！在丹桂飘香的时候，到了国有来安县宝山林场，尽情地领略宝山的灵气和神韵，真是心旷神怡。

宝山林场在县城北约 40 千米的群山之中，场部东西两侧两山对峙，正北方横亘一座与盱眙接壤的马岭山。鸟瞰此景，恰似龙口衔珠，远眺林海，满山披翠，碧绿如洗，与蓝天相映。好一个宝山生辉，令人流连。

走进场部，眼前一幢幢新颖别致的“新生代”建筑依山而建，鳞次栉比，俨然一座避暑山庄。一幢雄伟挺拔的办公楼，屹立在蓝天绿荫之中，楼前是一片规范、漂亮的水泥铺面运动场。那天正好是星期天，有的孩子在打球、翻杠、荡秋千，有的在你追我赶骑车比赛，欢快愉悦尽在其中。

运动场和办公楼之间，是一个椭圆形的大鱼池，睡莲、绿叶、红花煞是好看！鱼池周围，繁花竞开：各色月季花竞相开放，姹紫嫣红；鸡冠花，茸茸的花瓣，红得发紫；一串红，像正在燃放的鞭炮，热烈而娇艳；多彩的美人蕉，红的似火、黄的若金、白的赛雪……占尽风流，各领风骚；阵阵桂花香随风飘逸，馨香扑鼻，沁人心脾，“不似春光，胜似春光”！

沿着场部后面的一条绕山公路，向西北行走数千米，是一大片原始次森林。这里老树苍翠，古朴虬枝，藤萝缀拂，泉流幽咽，雀笑鸠舞，演奏出一阵阵醉人的乐章。经过原始次森林后，又是一个好地方，她的名字叫“高塘”。古时候，她曾是一个界于市县之间的都城！《来安县志》（清）载：“高塘城，在来安县东北六十里，白塔镇（今半塔镇）西二十里，山下有塘，可灌田二百顷（每百亩为一顷），今淹为田，山麓有城埂，绵亘四五里。六朝时，梁在此置高塘郡，隶属谯州（今滁州），统辖四县：平阿（今天长市高邮界）、盘塘（又叫乐钜，今盱眙县古城）、石城（疑为今半塔镇丁城村）、兰陵（不详）。至北齐废郡置高塘县，隋初并入顿丘县，改称新昌县。隋后改新昌县为清流县，唐析清流县地置为永阳县，至五代南唐升元二年，改永阳县为来安县。”

历经千百年的沧海桑田，遗址依存。据当地村民说，在翻地时常发现古瓦砾及古窑遗址，有户村民家，还有几块约一尺见方的青砖。有口看不到底的古井，俯首能听到嗡嗡声，前些年扩塘时被填，给后人留下些许遗憾。

沿高塘往东行几千米，就到了马岭山，这是众山的脊背。往西北两三米，即为明光市，往正北三五步，就是江苏省国家AAAA级旅游区——铁山寺国家森林公园。这里松苍柏翠，风光绮丽，古时候曾是来安十大名胜景点之一的马岭风声。《来安县志》（清）载：“‘马岭风声’，岭在县北九十里，来安水出其下，山高林茂，风声悚然而至，披襟当之，每生远想。”

顺岭南行数十米，忽现一大片丰草绿缛，佳木葱茏的绿地。因雨后初晴，山霭袅袅，其低洼处皆有积水，无数只白鹭正在草丛茂林间或悠然自乐，寻寻觅觅；或成双成对，情意绵绵。更为有趣的是不知谁家的老水牛，吃饱喝足，懒洋洋地躺在草地上。几只白鹭或站在其腹上小憩，或守其尾旁思之，更有甚者，竟然把长喙伸到其嘴旁，似接吻，似私语，又像又不像，恰似一幅和谐共处情景交融的山水画。我们连忙取出相机，想近距离地全部摄入镜头，却惊动它们奋翅起飞，翩翩起舞转两圈后，又落回原地。今天的马岭山，到处是林山林海，马岭风声似乎没有什么不一般，而山霭裹葱翠，鹭鸟舞翩跹，何尝不是一个新的景点呢？

站在高高的马岭山上，喜看南山逶迤，苍郁雄浑，满目绿波，到处都涌动着大山的血脉，它象征着新鲜，象征着生命和纯洁。

这里是林区的心脏部位，曾经在这个地方有座“汪公庙”，还有一个美丽的传说。说的是古时候，一位财主家的小姐和一位叫“汪公”的长工之间忠贞的爱情故事。在这对恋人克服千难万阻，冲破“门不当，户不对”的枷锁束缚，准备结婚的前夕，汪公不幸乐极生悲，猝然去世。小姐哭得死去活来，发誓终身不嫁。财主为了安慰女儿，永远纪念这位“准女婿”，便就地建庙，叫“汪公庙”。据《来安县志》（1985 年版）载：此庙建于元朝，竣工后从南方引进一种新竹种栽于庙旁，1978 年安徽农学院李书春副教授来到了这里，发现该竹林已达 90 亩，便暂时命名为“滁州水竹”。

中午，我们在林场职工小余家吃饭。他家是三口之家，两间卧室，一间客厅和一间书房，窗明几净，家具摆设井然有序，电脑、空调、彩电、冰箱、太阳能热水器、自来水等应有尽有。中间是一个水泥院子，前排 3 间分别是卫生间、厨房和餐厅，偌大的圆桌上摆满了美味佳肴。陪同的谭场长介绍：“现在林场里职工住家都是这个模式，在岗的 20 多名职工中，已有 6 人领到汽车驾驶证，并建好了车库，职工买轿车指日可待了。”场工会葛主席自豪地说：“现在城里人有的，我们山里人全有，城里人没有的，我们也有！城里人喝杯矿泉水，还要花钱去买，我们已经把矿泉水引到家中，吃、喝、用，全是它，没有人再想往城里跑了。”

傍晚，我依依不舍地离开了这里，耳畔不时回响着林海涛声。我想，明天的宝山林场将会更加欣欣向荣、绚丽多彩！朋友们，如果你们到铁山寺公园游览，不妨顺便到这里来体会它独特的魅力和风采。

（杨大璞，原题《宝山林场游记》，原载《来安文艺》2010 年第 1 期）

第二章　名胜物宝

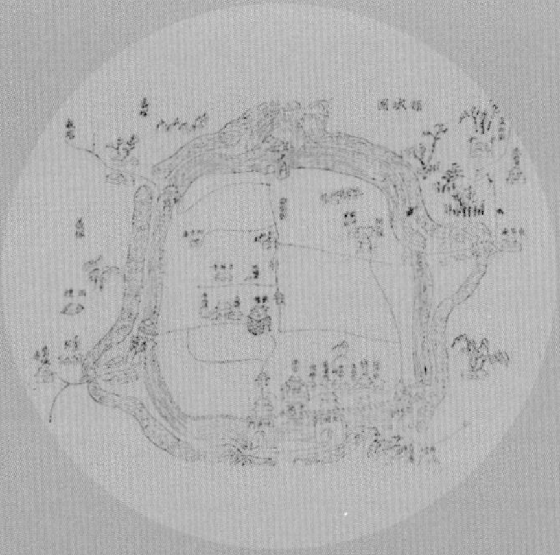

丰碑高耸半塔山

皖东烈士陵园原名为半塔烈士陵园，位于来安县半塔镇头道光山上，占地面积 260 亩。陵园依山而筑，气势雄伟，风景秀丽。园内安葬着 128 名在抗日战争、解放战争，以及在社会主义建设中英勇牺牲的革命烈士。主体建筑为一座革命烈士纪念塔和一座“皖东革命纪念馆”。

来到头道光山脚下，抬头仰望，“皖东烈士陵园”几个大字赫然映入眼帘，陵园的门楼庄严肃穆。拾级而上，穿过宽阔的门厅，广场两边绿树成荫、鲜花盛开。广场的正中央“半塔保卫战旧址”七个大字熠熠生辉，这是国务院原副总理方毅同志 1994 年重访半塔时题写的。方毅同志是指挥半塔保卫战的主要领导人之一，也是第一个到达皖东津浦路东、开辟路东的新四军领导人。他在皖东期间，历任新四军第五支队政治部主任、路东省委书记、路东各县联防办事处主任、淮南苏皖边区行政公署主任等职。“半塔保卫战旧址”已被国务院列为“全国重点文物保护单位”。“半塔烈士纪念碑碑记”则是 1964 年时任中共中央委员、中共中央监察委员会副书记张云逸大将亲笔撰写的。张云逸同志当年是新四军参谋长兼新四军江北指挥部指挥，参与指挥了半塔保卫战，开辟了皖东抗日根据地。

抗日战争时期，半塔地处来安、嘉山、天长、盱眙、六合五县交界处，战略位置十分重要，是津浦路东抗日根据地的政治、军事中心。当年的半塔保卫战，可谓惊天地泣鬼神。那是一场正义与邪恶的战斗，是一场血与火的拼搏。

1940 年 3 月 21 日凌晨，就在路东主力西援作战，我后方兵力空虚的时候，国民党江苏省主席兼苏鲁战区副总司令韩德勤调集万余兵力，向新四军第五支队机关所在地——半塔集及其附近地区发动大规模进攻。抗日军民在路东新四军江北指挥部指挥下，坚决执行中原局关于江北指挥部固守待援和积极防御的战术原则，在敌强我弱的形势下，指战员们不畏强敌，浴血奋战20天，成功击退敌军多次进攻，确保半塔阵地巍然屹立在皖东。这次战斗充分展示了我军的高超谋略和敢打必胜的信心，在反对内战、一致抗日的大局中，同敌人斗争做到有理、有利、有节，深得民心，赢得国内外一致好评。半塔保卫战的胜利，为我军淮南抗日根据地的创建奠定了坚实的基础，创造了我军以弱胜强的光辉范例。陈毅元帅曾对半塔保卫战予以很高的评价，他说，在华中先有半塔，后有郭村，有了半塔，就有了黄桥。

走进皖东烈士陵园大门，迎面是方毅题写的半塔保卫战旧址屏墙，继续上行，烈士纪念塔在陵园的最高处巍然屹立。纪念塔1944年始建，1958年续建，1960年竣工。塔高10米，为四棱台体。塔顶屹立着身背斗笠和大刀、荷枪远视、威武雄壮的新四军战士雕像。雕像高3米，由整块汉白玉精心雕琢而成。纪念塔正面镌刻着陈毅元帅亲笔题词“革命先烈永垂不朽”，纪念塔背面镌刻着原中共来安县委第一任书记、时任安徽省委书记处书记张恺帆的题词“革命烈士永垂不朽”。

沿烈士纪念塔西行百米有一座仿古建筑，就是“皖东革命纪念馆”。该馆是四合院结构，馆内分别布有一个序厅和“刘少奇在皖东纪念馆”“新四军第二师纪念馆”“半塔革命纪念馆”3个自成体系的纪念馆。

悬挂着“皖东革命纪念馆”匾额的一排建筑就是序厅。进入序厅，映入眼帘的是四根鲜红的柱子，寓意新四军的“四”；柱子是下小上大，反映了第五支队队伍是由少变多，由弱变强，

皖东烈士陵园

不断壮大。这里有 1943 年皖东抗日根据地要图，我们可以看到津浦铁路皖东抗日根据地一分为二，津浦铁路以西以藕塘为中心，津浦路东以半塔为中心。

跟随讲解员的脚步，我们又陆续参观了四合院里其他 3 个纪念馆。

刘少奇在皖东纪念馆：展出内容重点突出刘少奇同志在皖东 11 个月的革命工作历程。馆内浮雕展示的是党的六届六中全会后，刘少奇来到皖东定远藕塘镇附近的新四军江北指挥部时大家欢迎他的场面。刘少奇到皖东后首先把主要精力放在传达、宣传党的六届六中全会精神上，以提高党政军领导干部的思想认识水平，克服王明右倾错误影响，把思想统一到党的正确路线上来。刘少奇同志到达皖东后召开的三次中原局会议，每次都会特别强调建立根据地重要性。路西大桥战斗和半塔保卫战的胜利，为建立皖东抗日根据地打下了坚实的基础。

1996 年 10 月 30 日，刘少奇夫人王光美来到刘少奇同志纪念馆，轻轻抚摸刘少奇当年的遗物和图片，百感交集，久久不愿离去。

新四军第二师纪念馆：主要介绍新四军的由来，及其成长的经历。1943 年 1 月，二师师部从黄花塘移驻来安县大刘郢，直到抗战胜利。这期间，二师师部的建设与各项事业都得到全面加强和快速发展。1945 年 8 月，二师离开皖东转移山东。1946 年 7 月，原二师五旅返回皖东，重建第二师。解放战争时期，原二师部队奔赴全国各战场，为中国人民的解放事业立下了不朽的功勋。

半塔革命纪念馆：原名“来安革命斗争史纪念馆”，始建于 1958 年，1985 年重建并更名为半塔革命纪念馆，2008 年来安县委、县政府在充实大量史料的基础上重新修建，2010 年新馆正式对外开放。半塔革命纪念馆重点展示来安县及半塔革命历史资料。参观之后，我在了解来安县的革命斗争历史的同时不知不觉地接受着革命传统教育和爱国主义教育。馆内写了许多人的名字，这些是来安籍的 779 名抗日英雄的名字，其中一位素描像中的女战士，牺牲时年仅 19 岁。我们应该记住他们每一个人的名字，他们为了我们今天的幸福生活献出了青春和生命。

走出皖东革命纪念馆，右转，即到烈士墓区。烈士墓群占地面积5000平方米，依山势而建，坐北朝南，环绕在苍松翠柏之中。烈士墓群是由一座无名烈士墓和123座有名烈士墓组成。墓区所有道路均铺上灰色大理石，与紫红色墓碑交相辉映，显得格外庄重肃穆。墓区中间矗立四根10米高华表，彰显出烈士墓区恢宏庄严的气派。123位烈士墓碑上镌刻着烈士生平和他们的丰功伟绩。“无名烈士纪念碑”上面镌刻着“你的姓名不详，你的业绩不朽”，讴歌了在革命战争中英勇牺牲的革命烈士的不朽精神。

现在，皖东烈士陵园已成为红色革命教育基地，是苏皖两地重要的爱国主义教育基地，南京财贸学院、陆军指挥学院、驻滁部队、苏皖周边地区中小学等都以陵园为爱国主义教育基地。皖东烈士陵园也是国家级重点文物保护单位。2009年3月，国务院批准为全国重点烈士纪念建筑保护单位。

这次瞻仰烈士陵园，令我感慨万千，进一步坚定了一个决心：今天幸福生活在皖东这片热土上的我们，一定要把对革命先烈的感激之情，化为保卫国防和建设伟大的社会主义强国的前进动力，不忘初心、牢记使命，让高耸在塔山之巅的革命丰碑，永远耸立在后来人的心中。

此情谨以四句志之：

烈士英名万古扬，功勋著史永留芳。
初心筑就中华梦，遍展红旗日月长。

（王正如）

尊胜禅院话史迹

从来安县城北行10余千米，在白鹭岛生态旅游风景区舜歌山的主峰大庵山下，有一座古老的寺院，名为尊胜禅院。

舜歌山，明天启元年（1621年）《来安县志》载：“舜哥山，俗名舜哥天子岭，上有瓜陇，远望可见，下有泉，南流入石塘涧。”此山现在也被称为舜耕山、大安山，山峦绵延起伏，植被纷披，丛林荫翳，苍朴的古寺如一幅淡淡的水彩画洇染其中。

尊胜禅院，俗称大安寺，始建于元惠宗至正二年（1342年），因有吉祥寺僧人到此传经弘法，又称吉祥庵。从那以后，禅院兴废无常。至明熹宗天启初年，南京灵谷寺的超然法师前来主持，魏国徐公带头施舍，并亲自撰文化缘，募得资金将禅院彻底修理一番。其后，随着朝代更迭，僧房倒塌，院落荒凉，香火日衰。直到明朝末年，精通佛学、道行高尚的法师次哲（名德贤）任吉祥庵主持。他凿山开路，倾注心血修建了30年，大功告成时有祥瑞之兆，久已干涸的泉水又溢流而出，台阶前枯萎的桂树重新开花。次哲晚年遍游古刹，经常到杭州的天台寺、灵隐寺等传经说法，僧徒不远千里慕名而来。康熙三十二年（1693年），次哲法师圆寂。他的徒弟了叡，号以捷，勤奋好学，知诗明法，传承次哲衣钵，增建庙宇，广积藏经，因而人们都说吉祥古刹依靠他而再续兴盛。

雍正十三年（1735年）《来安县志》中还记载了另一位佛家弟子与吉祥庵的关系，此人即樵山，名海屿，俗姓陆，生性孤傲高洁，家人为他娶妻不接纳，以礼相告原委后，送还女方父母家。他得知吉祥寺性裕禅师，号裕忍者，有梵行，于是皈依受戒。平素生活简单，只吃清淡的蔬菜，饭菜中有油即不吃。他开始时只能认识字，忽然间就能精通书文意义，拿起笔来能赋诗成文。年老的时候，樵山在吉祥庵沉潜研修数年，无疾而终。江西万安县尉姚公题其像，有“万法者皆空，一尘不染”之句。

“顿觉情怀淡，经声引客筇。路穿残叶乱，门锁冷烟浓。黯讶山涵雨，清闻寺叩钟。何当携敝箧，坐卧对晴峰。”这是康熙年间隐居逸士朱黻的诗《游舜山吉祥庵》，从中可见清幽的吉祥庵是令人向往的绝佳去处。朱黻，字且潜，自号“半颠”，好学友让，能诗会文，擅长书画，书法濡染淋漓，古朴流畅，具有襄阳米芾之风。他的书画作品即便残缺不全，人们都会珍藏起来。历任邑侯都很看重他的才学，林公为其堂屋题名“今草堂”，刘公举荐乡饮宾，旌以匾额。朱黻生平著述严谨，一句一字都修改不辍，力求尽善尽美，78 岁的时候，六合县孙阿汇曾为其作传。康熙辛卯年（1711 年），训导徐衮以诗相赠。朱黻终年 85 岁，是当时的高年硕德者。而给他作传的孙阿汇则是清代著名画家孙汧如，字阿汇，号汇父，顺治九年（1652 年）贡生，授安徽含山县教谕。他博学多才，工辞章，与父国敉、兄宗岱均有文名，人称“江南小三苏”。他精书画，与父齐名，时人以羲、献目之。工画山水，笔致清峭，气韵生动。他曾在草帘上绘山水以赠黄仙裳（云），黄仙裳为之题了词。孙汧如在康熙九年（1670 年）作《山水卷》，著有《浮淮篇》《客花馆杂说》《颂橘斋集》。想必，与朱黻交游颇深的孙汧如也可能游历过尊胜禅院吧，只是已无从考证。

“吉祥庵，县北舜歌山。创自元至正二年，倚山壁构殿，两旁禅室斋堂悉自上而下因势为台砌，中殿侧为山门，标题：尊胜禅院。游者取道舜歌山脚地藏庵前，迤西竹树盈十亩，苔茵草径，履藉无声。殿前桂二株，可荫数亩，殿后石壁峭立，古树槎丫，下有泉，大旱不竭。”清道光十年（1830 年）刊《来安

舜歌山下的尊胜禅院　徐斌 摄

县志》如此记载，可见尊胜禅院胜景斐然。其后的100多年间，神州大地风云变幻，战事频繁，尊胜禅院也在时光的长河中倾圮为一片废墟。

1939年，新四军第五支队挺进津浦路东，在半塔建立抗日民主根据地，并于次年建立大安抗日民主乡政府。乡政府对5间大雄宝殿、原有厢房和重要石碑、古银杏树明令保护，不得毁坏。

1955年9月，国营大庵山苗圃场在此处建立，陆续建起了林场场部和职工宿舍。因位置偏僻，苗圃场于1962年迁至县城东门外，改名为来安县苗圃场，但林场场部仍在，有职工留守护林。

1978年7月，来安县开展文物普查时，在林场场部附近发现石碑，碑额刻有篆书“普门示现”四字，碑文四周饰以石刻图案，碑身镶嵌在敦厚的底座上。碑高210厘米，宽77.5厘米，厚17厘米；碑座高45厘米，宽102厘米，厚43厘米。正面碑文共16行，每行30或40字不等，全文455字，记叙了尊胜禅院的兴衰历程和当时的繁盛景象。第一行是题目“尊胜院碑记”，第十五行有曹寅的署名，并有篆刻印章二方，一为阳文“荔轩”二字，一为阴文“曹寅私章”四字。背面碑额刻有篆书“帝光纲交”四字，碑文共10行，全文227字。第一行是题目“事要附刊”，第十行落款“了叡谨识”，并有篆刻印章二方，一为阳文“溪来”二字，一为阴文“谨国传心”四字。众所周知，曹寅是《红楼梦》作者曹雪芹的祖父。此碑文的发现直接证明了曹寅与尊胜禅院有着密切的关系，在红学界也引起了很大反响，南京大学中文系、安徽师范大学中文系和安徽师范大学滁州分校（今滁州学院）中文系的部分教师都亲临考察研究，并对碑刻进行了拓片。

曹寅，字子清，号荔轩，又号楝亭，自号西堂扫花行者。康熙三十一年（1692年）督理江宁（今南京）织造，康熙四十三年（1704年）巡视两淮盐政，兼校理扬州书局，累官通政使司通政使。曹寅为人风雅，喜交名士，通诗词，晓音律，作有《楝亭诗钞》《词钞》等，又汇刻前人文字、音韵书为《楝亭五种》，艺文杂著为《楝亭十二种》，主编

《全唐诗》《佩文韵府》等，校勘颇精。曹寅在任期间经常赴京，而来安的屯仓古镇是京陵古道必经之路。曹寅从江宁出发，每经此地，便到尊胜禅院烧香拜佛，与僧人谈经论禅。《尊胜院碑记》撰写于何年现已无从考证，但结合雍正版《来安县志》有关尊胜禅院住持次哲、了叡的记载，可以推断，曹寅撰写此碑文应是在次哲去世之后，了叡任主持期间。按常理来说，曹寅撰文之后，寺院住持即会请人刻写立碑，不然如何向曹寅交代呢。据查证，曹寅曾于康熙四十八年（1709 年）十一月进京过滁州，次年三月离京返回江宁。康熙五十一年（1712 年），曹寅于二月进京述职，携长子曹颙南返。六月，奉康熙之命自江宁赴扬州主持开刻《佩文韵府》。七月感染风寒，继而转成疟疾，于七月二十三日病逝于杭州。了叡勒石立碑时间为康熙六十一年（1722 年）四月十六日。为何此间竟然相隔近 10 年之久？抑或重刻？抑或为纪念曹寅？个中缘由无从知晓。从石碑背面的《事要附刊》中可以了解到当时吉祥庵（尊胜禅院）的方位、四至范围、田产及纳税等概况，且主持了叡已 85 岁高龄。“韦天垂鉴慎诸，故铭于石伏冀。现前法侣同赐证明，本字传派既终，恐后失序，兹敬续承。云栖莲池大师，衍偈流芳。偈曰：果与因交彻，心随境廓通，玄微机悉剖，理性妙咸穷。了叡谨识。”或许，这就是已知天命的了叡立碑的主要原因。在附刊中提及的程子芳不知何许人也。据查，明末佛教居士金正希（名金声，徽州休宁瓯山人），1589 年生，初好阳明近溪之学，26 岁开始学佛习禅。崇祯元年（1628 年）为进士后，写过一封书信《复程子芳》，从此信中可知程子芳也参悟学佛。金正希历任副总兵、御史等职。1629 年末，金正希请辞归家，礼庐山宗宝禅师，苦参佛法。清兵入关后，他举兵抗清被俘押往南京，1645 年被杀于通济门。他的女儿道照后来也削发为尼。被金正希尊称为兄的程子芳是否为此附刊中的程子芳，不得而知。

另有民间传说，尊胜禅院所在之处原本是曹家的田庄。曹家祖孙三代任江宁织造，驻地江宁府城是江南省的省会，而清初的江南省包括安徽和江苏。据南京《香林寺庙产碑》记载，曹家花费巨资，派人到秣陵关与和州两地买了420余亩庄田施予香林寺。香林寺创建于明代，原名兴善寺，康熙第三次南巡时曾游此地，并亲笔题额改为香林寺。康熙6次南巡，曹寅接驾5次，其中4次以江宁织造府为行宫，住在曹家，而且还接见曹寅的母亲孙氏。《关于江宁织造曹家档案史料》记载，织造府的钱粮俸银由安徽巡抚发放。雍正五年（1727年），曹寅嗣子曹頫获罪被抄家后，隋赫德在奏折中言“细查其房屋并家人住房十三处，共计四百八十三间；地八处，共十九顷零六十七亩”。综上可见，曹家好佛，且与多个寺院关系很深。从曹寅到过来安，并为尊胜禅院撰写碑文来看，安徽必是曹家权势所及之地，曹家有田庄在尊胜禅院附近也不无可能。

尊胜禅院石碑后来被县文物工作组搬运到县文化馆院内，因保护不力，碑体逐年断裂成多块。2000年，县文化局依照原碑形制复制一块碑。2004年10月，尊胜禅院被列为安徽省重点文物保护单位。2006年6月9日，来安县十四届人民政府第五十一次常务会议，听取县文化局负责人关于尊胜禅院修复方案的情况汇报，决定具体修复工作由县文化局牵头负责。当年即由滁州佛光精舍果隆法师主持对尊胜禅院旧址进行大规模修葺，后因工程建设等矛盾而停建。此后，也曾有数人看中这块风水宝地，但终因商谈无果而一直搁置下来。

如今，不知翻建于何年代的5间砖瓦结构的正殿仍在，里面摆放着陈旧的佛像和斑驳落满灰尘的香炉，仿制的石碑仍竖立在尊胜禅院前的碑亭中，旧时的断石残砖、石鼓、古银杏树、古泉和后建的3间翘檐大殿、灵谷塔等静静地隐逸在丛林绿竹之中，偶尔会有香客前往焚香祈愿，慕名而来的游客到此观瞻。

（王道琮）

相关资料一

尊胜院碑记

尊胜禅院去来邑之北二十五里，居舜歌山之麓，刱自元至正间，后因吉祥寺僧驻锡，故又以吉祥名院，犹天竺、永宁之有上下内外也。

尊胜禅院碑文拓片

数百年来，所历兴废自难概述，迨明天启初，灵谷超然师来主焚修□（原字模糊难辨，故缺），魏国徐公手为缘引，得一理葺。继闻古吴善士处造观音大士梅檀圣像初成，四众争奉，师亦怀香奔往，预众参请，纷议未决，至鸣公得阄，方果所愿。于奠安后，岁即大丰，士民愈增焚顶，地涌甘泉饮可愈疾，殿后石壁微裂文，现紫竹数茎，灵异感通，略无虚日。

自是人远事异，日就倾圮，一切建置，多委荒烟茂草矣。丁未年，阖邑士庶寝食忧之，访闻次哲法师者，戒品森严，法眼明彻，远承贤首正岷，近蹑普德芳踪，勇于舍己，擅荷重任，率众往请，得蒙飞锡。法筵龙象，雾涌云集；堂阁香灯，永辉不夜；拓摭前基，大竖法幢；台殿两庑，凿石成搆。一切规模，几如大刹。况彼甘泉，涸而再溢，阶前两桂，枯后重花，若非志惬天人，善根浓厚，讵意臻此！师于癸酉西归，复得上足，以公伟孙适南。一整未了，再振前猷；两搆藏文，昭示圣谛；更拓膏腴，庶光禅悦，丹衷翼翼，白业竞竞，洵亦僧中所仅见者。

兹文退虑盛举迩久就烟，爰托贞珉，乞言垂戒，用示来兹云尔。

钦命内兵部督理江宁等处工部事织造府曹寅撰

菱湖叶约书丹和阳梅芄镌住持了叡始立

康熙岁次壬寅仲吕月既望

译文:

尊胜禅院在来安县北二十五里的舜歌山下，创建于元顺帝至正年间。后来因为吉祥寺的和尚在此停留，故又以吉祥命名禅院，就像天竺寺、永宁寺有上、中、下和内外之说。

数百年来，尊胜禅院的兴废历史自然难以说清。等到明熹宗天启初年，南京灵谷寺的超然法师前来主持，魏国徐公亲自引荐，才将庙宇彻底修理一番。继而听说苏州一带有位做善事的人用檀木雕成一座观音大士像，四面八方的善男信女都去朝拜。超然法师也前往焚香顶礼。众人抢着要礼请此像，意见纷杂无法决定。直到告之法师抓阄得中，终于如愿以偿。佛像安置好后，当年本地就大获丰收，士子百姓更加虔诚奉佛，地上涌出的甘甜泉水可以治好百病，大殿后面的石壁微微裂开，从中长出了几株紫竹。种种灵异感应的事情几乎天天都有。

随着时代和人事的变迁，时间久了，禅院倒塌毁坏，一切建筑设施多湮没于荒凉而茂盛的草丛之中。康熙六年（1667 年），全县士子百姓为此寝食不安，寻访获悉次哲法师，恪守佛家戒律，严以律己，行为高尚，法眼明澈，上继历代佛教正统，下承各大寺院优良品性，勇于舍己为人，擅长担当重任。于是众人前往礼请，得到应允。次哲法师主持尊胜禅院以后，来讲佛法的高僧很多，像雾和云彩一样向此处聚拢；堂阁里的香灯，日夜辉煌；扩大以前的基础，高大的法旗林立，台殿两边厢房，又凿石筑像。一切规模，几乎和大的寺院一样。而且那个已经干涸的甘泉再次喷涌，石阶前两棵枯萎的桂树也开花了。若不是法师的宏伟志愿、浓厚善根感动了上天，哪里能达到如此瑞祥繁荣。次哲法师于康熙三十二年圆寂，又得优秀门徒，继承衣钵，振兴前人传统，两次构建藏经阁，广播佛法，更是扩大寺产规模，禅院中香火缭绕，众人心神愉悦，如此兢兢业业，实在是僧佛中难得一见。

此文又是考虑到如此盛举久后将湮没无闻，所以记载下来刻于石上，希望垂示警诫，以告后人。

时任内兵部督理江宁等处工部事织造曹寅撰文　菱湖叶约书写碑文　和阳人梅艽刻碑　住持了叡立碑

康熙壬寅年（1722 年）四月十六日

相关资料二

《事要附刊》

庵志邑北，震宅向康，山门正南，离方生气，殿堂禅寮，五十三楹，上奉金相，龙文辟室，僧众研习，戒定慧学。东至肚脐凹，西至尖山顶，南至青坡岭，北至黑山尖。坐落第五都界内，粮名六雪。程子芳，性净德贤，吉祥庵悟，迁王迁儿。册载州县田计一百六十亩，有奇课，纳八两有零。轮主无常，香火千古。了叡时年八十有五，虔诚顶祝，佛日坛辉仰叩。韦天垂鉴慎诸，故铭于石伏冀。现前法侣同赐证明，本字传派既终，恐后失序，兹敬续承。云栖莲池大师，衍偈流芳。偈曰：果与因交彻，心随境廓通，玄微机悉剖，理性妙咸穷。了叡谨识。

千年古寺名“孔雀”

来安县至清末尚有古寺庙 100 多座，尤以舜山镇域内的孔雀寺为拔萃者。它曾凸显了古来安山水、人文的斑斓厚积，弘扬过昔日佛教文化的浓墨重彩。据《来安县志》关于“孔雀寺”记载，该寺“肇于唐开元间，井床勒宋天圣年号，钟铸正统，瓶纪成化……清雅幽邃，旧志谓可与琅琊争胜”。由志载，结合查考，我们将孔雀寺的身世、经历、闪光点及佛教文化之特质，大致梳理、阐释为以下四点。

第一，建于盛唐，履历沧桑，千年香火不绝。孔雀寺始建于唐玄宗开元年间（713—741 年），此时经济发达、文化高度繁荣，人才济济，史称“盛唐”。唐玄宗李隆基晚年笃信道教，曾诏令举国每个县要建一座道观，且都须命名为“开元观”。无疑，来安的开元观当是遵诏而建。又因唐玄宗祖母武则天和贵妃杨玉环，都曾入佛寺为尼，故而他也很重视佛教文化，同样大兴佛寺。来安恋子山上的孔雀寺建于唐开元年间，显然也是即唐玄宗之兴而建。

孔雀寺屹立了 1300 多年，其间，隆盛与萎靡相间。其首次萎靡是在唐武宗时期，唐武宗乃史上著名的“三武灭佛”之一帝（还有北魏太武帝、北周武帝）。唐武宗曾强令拆毁寺庙，而来安的孔雀寺竟幸运逃过一劫，但必然萎靡不堪。进入宋朝，由于重文轻武，各种文化都兴盛璀璨，佛寺文化随之繁荣。故而宋仁宗天圣年间（1023—1032 年），来安孔雀寺应时而煌，铸铁孔雀立于寺前，并悬银匾以铭志。孔雀寺再度兴盛，直至明英宗正统年间（1436—1449 年）铸寺钟，成化年间（1465—1487 年）添置佛瓶。由钟、瓶之增可知，自宋至明的数百年内，孔雀寺日趋富丽堂皇，佛寺文化的浓厚不难想象。孔雀寺进入清朝之后又开始衰落，至雍正时才焕然重振。后经乾隆帝光顾赏赐，以及本县士民的捐助，寺庙规模之大，规格之高，佛事活动之声势，可谓空前。

第二，18世纪中后期的孔雀寺，规模宏大，规格标备，规章完全。乾隆中后期，孔雀寺已为风头十足的正宗大寺庙。全寺以中轴线贯穿整个佛寺，主要建筑都安置在中轴线上，且两旁对称。除大雄宝殿之外，规配的建筑众多：有前殿、二殿、后殿、左钟楼、右鼓楼、大香炉、牌坊、法堂、讲经堂、禅房、厢房、经幢、方丈院、僧舍、放生池、前总门、山门、二门，寺前龙柱为镂空石雕，龙云附体婉转回环。寺院规模南至关门湖，北至山腰，内设跑马堂，有殿宇五进，僧侣数百，时有“跑马关山门”之说。寺院净静清幽，菩萨参差、碑刻林立、文华章雅、香火旺盛、昼夜辉煌；院外烟岚缭绕于林梢，山清水秀，幽泉潺潺，是来安佛教文化与名胜风景联袂生辉的“仙境”。每年正月十六庙会，人们扶老携幼，虔诚前往朝拜。其时孔雀寺的名声、影响和人文环境，均盛况空前，故而旧志赞其“可与琅琊争胜”。

第三，传入中国的佛教文化与中华文化相水乳，形成独特的佛寺文化，寺名“孔雀”演绎出吉祥文化。我国寺庙名称虽纷繁，却有一定的规律，名称大多具空灵、梵法、祥瑞等佛性色彩，如灵隐寺、宝乘寺、广佛寺、吉祥寺等，再就是以山名、特征物之名为寺名，如金山寺、铁山寺、白塔寺等。用动物名称来命名寺庙的很少，鲜有者多与佛教流传渊源相关，首例当是洛阳的白马寺。该寺创建于东汉永平十一年（68年），是佛教传入中国之后兴建的第一座官办寺院，有中国佛教“释源”之称。当年，因来自印度的佛像和佛经传入时，是由白马艰辛驮来的，故以“白马”名寺以为纪念。

来安孔雀寺的名称同样渊源于印传佛教。盛唐时期，因供奉印度佛教“孔雀明王”而建的孔雀寺，原名明胜寺。“明”当取自“明王”之明，“胜”当是指当时佛教传遍中国且信徒广众，是其教义之空前胜利的含义。“孔雀”即远古人所说的凤凰，此鸟既圣灵又高洁，喜欢落在洁净向阳的地方，故有“百凤朝阳”之说。显然，“凤”后宜跟“阳”字，如安徽凤阳（县）。建寺时来安尚称永阳县，既“阳”且“永”，更是大吉大利，在此建孔雀寺有着陈陈相因的祥瑞之逻辑关系。

第四，寺史与传说可信——有迹可证，有据可考。据《孔雀寺记》记载，元末朱元璋（明太祖）起兵，路过恋子山，曾住过该寺，得到过寺僧惠助。朱元璋为帝之后，为感恩，御赐良田百顷作为孔雀寺产业。当时孔雀寺旁有一条官道，向北可至凤阳，加上孔雀寺规模较大宜驻兵，朱元璋带兵进驻该寺是可能的。此外，凤阳乃凤栖之宝地，从凤阳来孔雀寺，乃“二凤翔祥”之大吉。朱元璋得以称帝，难免有灵验之神秘感，甚至朱元璋取国号为“明”，与孔雀明王之“明”，也可能相关联。故而，说朱元璋到过孔雀寺，是值得一信的。

传说清朝乾隆帝，于乾隆三十年（1765 年）正月开始第四次南巡，途于扬州驻跸。大明寺高僧为乾隆解谶释梦，要他微服简从到来安孔雀寺。因寺住持之世友周绍亭（笔者之传承祖），为乾隆治好偶患之小疾，后来周绍亭和寺院都得到乾隆的重赏（赏周氏白银八万两，寺院四万两），周绍亭只取两万两用于修饰周氏大祠堂（来安城内），余银转赠给孔雀寺。寺僧用十万两银资扩建寺院，至有寺院之规模需“跑马关山门”。此传说可信之据有二：其一是《周氏祠堂实录》的确记载有此事；其二是后来，来安境内从南到北建起了高皇庙 5 处之多，新建的庙都取名“高皇”，这很符合乾隆帝到过来安境内的传说，应是民间立庙庆皇临而祈吉所为。因为乾隆庙号“高宗”，民间称“高皇”；而且他禅位给嘉庆后仍掌控皇权而称太上皇，民间也会称他“高皇”。咸丰六年（1856 年），太

孔雀寺　何志贵 摄

平军与清兵在黄泥冈一役祸及孔雀寺，孔雀寺自此逐渐败落。1918 年，县知事万琅立碑保护孔雀寺。

1999 年，经宗教管理部门核准和南京栖霞寺辉坚大法师的鼎力资助，孔雀寺移址重建于复兴石桥水库近旁。新建的寺庙三面环水，风光秀丽。

（周元桂，原载《来安文史》2016 年第六辑）

相关资料

重建孔雀寺碑记

石　玺

释迦如来自兜率临凡，开导群迷，为度众生，始于周昭甲寅之岁，垂应示寂，逮今二千六百余载。梵刹古寺，多建名山，穷不可尽。按《来安县志》云：西北二十五里，有练寺山，山麓有寺，额名“孔雀”。山寺相联，故名山也。浮石左峙，沙涧右环。寺肇于唐开元之间，井床勒“宋仁宗天圣八年”名号，钟铸正统，瓶纪成化，僧文忠重修云。

嗣后时日永久，山门廊庑倾颓湮没，惟存瓦殿一所。嘉靖辛亥，有僧湛堂结草住持，视寺圮地敝，欲议新之。乃勤心化导，告诸有缘，信施财力，埏甓陶瓦，鸠工聚材，至丙寅岁，先建观音殿东西两庑。后倡首曹珠、薛成结会捐资，重建佛殿、天王殿、碑亭、山门，镂造诸佛、观音、罗汉，并伽蓝神像，黄金漆绘，种种庄严，周植松柏千章。始嘉靖丙寅，至万历丁亥竣事。四方来游者，瞻礼赞扬，羡未曾有。

孔雀寺碑记

僧会桂庵作而言曰：“自成化丙申，祖无尽禅师住持于此，传度祥鉴宣儒四代，住吉祥寺，为僧会，又传成贤胜池，相继五世而未遑修补。得弟湛堂累年募化，重建一新，功行非小。若不镵之片石，何以示后?”乃述其颠末，与湛堂联锡入琅琊山谒余言。

余以暑伏玩易了了堂中，乃进而与言曰：释氏诸法空相，是谓本觉，即吾儒性体也。无声无臭，不见不闻，历万劫而常新者也。至于灵姿宝利，成毁兴废，轮转靡常，非性体之涉于形像者乎？如来以此出现，盛唐以此肇基，历代以此修治。住持善信，醵金竭力，以成胜事，非性体之征发，广衍流行而不已者乎？

今住持之修寺，漆绘瓦石，梁栋榱柱，易其所本有者，日备日增，则鸟革翚飞，轮奂咸美，寺于是乎一新矣。众比丘居之，自新其德，必不以情想汩之，不以利欲染之，去其所本无者，日简日消，本体空净，德于是乎一新矣。寺新，则奇玮巨丽之观，雄视一方；德新，则光明寂照，妙用恒沙，与兹寺并辉于山川林麓之间。而慧灯不灭，高朗令终，历僧祇劫，与日月而共远也。诸比丘其懋诸？诸比丘其尚懋诸？

梁，濠梁人，名圆池，号湛堂。素守清贫，作事诚实，观其施为，志略可尚。

联纪寺疆：东极浮岭，西渐沙涧，南际庙基，北尽陈氏之兆域。岁输夏税斗有二升，贮纳仓。并众施资姓名，志载碑阴云。

译文:

释迦牟尼佛从兜率宫来到凡间，开导群迷，普度众生，始于周昭王甲寅年，垂应示寂距今已二千六百多年。梵刹古寺多建在名山上，不可尽数。

按《来安县志》记载：县城西北二十五里，有座练寺山，山麓有座寺庙，称为“孔雀寺”。山和寺相连，所以是一座名山。浮石在左边耸峙，沙涧在其右环绕。孔雀寺初建于唐朝开元年间，井栏上刻“宋仁宗天圣八年”名号，寺钟铸于明正统年间，瓶上记明成化，还有寺僧文忠重修寺庙，等等。

其后时日久远，山门廊庑倾颓湮没，只剩下瓦殿一座。嘉靖辛亥年（1551 年）有一位僧人法号湛堂结庐住持孔雀寺，当时孔雀寺已破旧坍塌，湛堂住持想重建孔雀寺。他辛勤化缘，劝信佛的人捐赠财物，和泥制作砖瓦，召集工匠，准备材料，到丙寅年（1554 年），先建成观音殿和东西两庑。后来地方乡绅曹珠、薛成倡导捐资，才重建佛殿、天王殿、碑亭、山门，塑造诸佛、观音、罗汉和伽蓝等神像，漆绘装金，十分庄严。寺的周围栽植千余棵松柏。从嘉靖丙寅年到万历丁亥年（1587 年）竣工。各地来参拜的信徒，瞻礼并赞扬孔雀寺从未有过如此的宏伟庄严。

寺僧桂庵说：“从成化丙申（1476 年）祖师无尽禅师住持孔雀寺，传度祥、鉴、宣、儒四代住持，住吉祥寺，担任管理僧尼事务，又传成贤、胜池，相继五世都没有修缮过孔雀寺，后继弟子湛堂多年募化，才把寺庙重建一新，功德匪浅，如果不勒石成碑以记其事怎么能昭示后人呢！因此才详述这一段经历。”

桂庵和湛堂一同到琅琊山见我。我在琅琊山了了堂避暑，二僧进入了了堂后说道：释迦氏诸法因缘而生，名曰空相，是为原始的觉知，就是儒的原初本意。无声无臭，不见不闻，但能历万劫而常新。至于灵姿宝利，成毁兴废，轮转靡常，不是性体涉于形象吗？如来以此出现，盛唐以此奠定基业，历代均以此修治。湛堂住持竭力积累资金，完成了重建孔雀寺的盛事，不就是性体的发挥而广为流行的吗？

现在住持重建孔雀寺，瓦石漆绘，房梁屋柱全部去旧更新，日备日增，如同鸟儿张开双翼，野鸡展翅飞翔一样美轮美奂，寺庙一新。比丘们住在寺里，自修其德，必不以情想尘间之事，不受利欲熏染，去其本无，日简日消，达到本体空静，修德一新。寺庙更新，奇玮壮丽，雄视一方；修德一新，则光明寂照，不可思议，无量无边，难以形容，与这座寺庙同辉耀于山川林麓之间。慧灯永明，高朗令终，修行成满，必定很长时间与日月共长久。诸位比丘能自我勉励吗？诸位比丘能相互勉励吗？

梁，是濠梁人，名圆池，法号湛堂。一向恪守清贫，做事诚实，观其行为，志略可嘉。

孔雀寺的四至是：东接浮石岭，西抵沙涧，南至庙基，北连陈姓家的墓地。每年交岁税一斗二升，贮纳县库。并将各位施舍者姓名刻于碑的背面。

石界牌民居村落

石界牌民居村落在来安县境北端，与江苏省盱眙县交界，因立有省界牌而得名。

走进石界牌民居村落，看不到深宅大院、敞亮的轩窗，也看不到雕梁画栋、斗拱额坊，而是红柴（一种红色的茅草）覆盖屋面的石垒房。这些房屋没有统一规划，有高有矮，排列也不整齐，却错落有致。碎石铺成巷道，通向四面八方。漫步在巷道上，时光把我们带回悠远的年代。

这一片民居村落，是山东移民栖身之处。历史上，山东总是旱魃为虐，如惔如焚，或是水潦成灾，战乱匪患，民不聊生。人们被迫拖家带眷，背井离乡，北上"闯关东"，南下"下南湖"，有的便留在石界牌这片荒山野岭。而其中有一次可算是官方移民了。那是在清朝乾隆年间，山东潍县人韩梦周主政来安。韩梦周是一位理学之士，他尊崇先贤，笃信程朱，学宗濂洛，深受"仁爱""仁政"影响，上任后，便整肃吏治。他重视教育，兴办书院，亲自考核士子的学业。他勘察地情、调查民情，了解到县境北部多山峦，土地贫瘠；南部不是干旱就是洪涝，人民生活窘困。面对如此困境，韩梦周主持在南区固圩堤、疏河道，以减少旱涝灾害；

石界牌民居　王道琼 摄

在山区，他劝导农桑，农林并举；从山东沂兖等地招募工匠，教之蚕桑，用枝条编成笆斗、簸箕，增加邑民收入。韩梦周这些举措，引来很多山东之民移居我县，大多落户在山区，垒石造屋应运而生，石界牌形成了较大的石垒屋民居村落。

山东人就地取材，用石头砌墙。从外观看，似乎粗糙简陋，但较之于形制相同的砖砌墙，石垒墙建筑难度大，技术要求高。工匠们把一块块大小形状各异的石块砌成墙，靠的是手量、目测，随机组合，交错堆叠，砌成坚实牢固的墙体，仔细观察，则显现出古朴拙实之美，不规则的结构烘托出整体浑厚的气势。山东先民们在石垒屋里烧“缸缸灶”，用鏊子摊煎饼，吃煎饼裹大葱，用纺纱车纺纱、织布，用树枝条编成生产工具、生活用品，挑着柳条筐、推着独轮车，把自制的产品销向集市，过着最简朴的生活。

山东是中华文明发祥地之一，山东人受儒家文化熏陶，忠厚爽直、憨而宽容、真诚坦率、重义好客、善结人缘、尊敬长辈、孝顺父母，这些品质对来安乡土人文产生了良好的影响。他们虽然定居来安，但是即使传到二代、三代……仍操一口老家山东方音，延续着山东婚丧嫁娶礼仪和生活习俗。这是很强的乡土意识、地域自豪感。为了记住背井离乡的辛酸史、在异地他乡安家落户的发展史，记住根和脉，他们创立“山东移民文化研究会”。2013 年邀请山东作家、学者、媒体十数人在来安县城召开“山东移民文化研讨会”，各方进行了交流。其间，山东客人到石界牌、长山等山东移民集中居住的地方采访。客人们走进石垒屋，抚摸石垒墙，异口同声地说：“我们到家了！”他们所到之处，树上、墙上张贴着“老家来人啦！”的标语。这朴素的语言发自肺腑，这暖人心怀的标语来自对故乡的眷恋！纯正的山东方音把素不相识的两地山东人融汇到一起。笔者应邀陪同客人采访。在如此场面中，感觉自己倒成了“外乡人”。

近日，我和几位乡土文化爱好者再次瞻仰石界牌民居村落，很多石垒屋的主人已经走出老屋，融入经济发展、文化教育、国防建设的大潮中。

石垒屋少了往日的风华，少了些炊烟，多了点落寞。但那种浑厚的气势和古朴拙实之美依然风韵不减，默默无语的石垒屋成了岁月流逝后的印记、时光定格下来的古村。她见证了移民举家南迁、沿途乞讨的辛酸，见证了移民开山植树、垦荒种粮的艰难，见证了新旧社会的两重天。时至今日，石垒屋依然承载着山东移民的基因和血脉。石界牌民居村落保存较好，是山东移民文化的重要遗存，是一张移民文化的名片，也是一道内涵丰富、独特靓丽的风景线。

（叶永寿）

杨郢千年银杏树

在杨郢乡的宝山集（现名宝山村），有一棵特别巨大的古银杏树，当地人都叫它大白果树。宝山集，一个被历史湮没的小集市，位于江淮分水岭东段，周围连绵着小山丘和微型盆地，方圆百里。那棵大银杏树就挺立在宝山集的东山腰上，那里从前有座尼姑庵，称作上庵林。相对称的山下，过去也有一棵几乎同样大的银杏树和一座尼姑庵，称作下庵林，可惜全在 1958 年被毁，现在了无痕迹。

宋太祖赵匡胤"黄袍加身"前为后周大将，相传，征南唐时，他曾月夜拴马于此树下饮酒，并将酒壶悬挂在树枝上。忽然飞来一只秧鸡扑向他——据说是僵尸的替身出来祸害人的，被它啄着非死即残，谓之"走秧"。这位未来的皇帝毫不畏惧，抄起他的盘龙棍迎头痛击。秧鸡受伤脱逃，他骑马穷追不舍，终于在一山洼里将其打落。为了今后再无"秧"害人，"真命天子"竟将秧鸡生吞活剥了，不想自己一下子变成了红脸，连眼睛都血红……这是大鼓书《三打鸡宝山》里的故事，遗憾的是这部大鼓书早已失传，唯"打鸡洼"地名犹存。

这株古银杏树为雌株，通体高度 24 米，有八九层楼高；树冠枝枝丫丫，错落有致，投影占地面积一亩多。旁边掩映着板栗树为主的杂木林，更

皖东银杏王　吴宗宝 摄

凸显出它鹤立鸡群的霸气。高大还只是它给你的第一惊喜，它的树干会再次让你啧啧称奇。它的主干要五六个人才能搂抱过来，经测算其周长为6.4米。枝条上挂着众多红布条之类的红色物件，人们早将它视作神物了，借此祈福。

初夏，银杏翠色欲滴的叶片像一把把小扇子，随风沙沙作响。一枚枚小果隐藏其间，绿莹莹，沉甸甸。等到秋末冬初，树叶变得一片金黄，大树像穿上了黄金甲，越发英姿飒爽。阵阵北风吹过，“甲片”纷纷飘落，犹如下起了金色的雪。这时，人们不仅要收获成熟的果实，就连银杏叶也值钱。果实外面有一层难闻的皮肉，经过半年洗礼，已长成比树叶颜色更深的黄褐色，且干瘪了，必须将皮肉去除，它的核就是白果。这棵大树，到现在仍创造着较高的经济价值。

令人痛惜的是，它的主干上有个颇大的空洞，更有被大火焚烧过的痕迹。千年的沧桑，它经历了无数次大自然的考验，也经历了太多战火的洗礼。但对它最大的伤害，居然是人为引发的两次火灾。

值得欣慰的是，它不仅勇敢地抗拒了劫难，并且一直生机勃勃。在它的基部又萌生出8株不同年代的小银杏树，形成老、壮、中、青、幼“五代同堂”；其中南面一株最大，胸围已有1.8米。由于它植物活化石的特殊生理特征，在正对着最大那株小树的主干上，兀自冒出的芽孢经年累积，竟形成一块硕大的疙瘩，活像一只巨乳，人们形象地称之为“怀中抱子”。这就是传承。

林业部门测定这棵大树，已有约1500岁高龄，认定这株古老的大银杏树为“皖东银杏王”。2014年5月28日，由中国银杏研究会名誉会长林协亲自题写的“皖东银杏王”碑刻，正式落地这棵大树的东首，面对着当年尼姑庵的废墟。再特别友情提醒，现在讨论这棵千年银杏树绝不能孤立地只看到这一棵大树——是山上山下原各有一棵大银杏树，是山上山下原各有一座尼姑庵，是上庵林和下庵林相对应的两处地点。

如今去看“皖东银杏王”，不仅交通便利，停车场、登山台阶及休闲客栈等一应俱全，与山顶上矗立起的星罗棋布的风力发电机组交相辉映，是为来安名胜地。

（张锋锐，原题《皖东银杏王》，原载《来安文艺》2014年第1期）

神韵悠远古遗址

继顿丘山古人类生活遗址之后，来安县文物普查组在第三次全国文物普查中又在半塔镇境内发现3处商周时期人类生活区遗址。这些古人类生活区遗址发现时保存较好，地表堆积物很多，各种实物标本极为丰富，文化层未被破坏，有极高的保护价值。据省文物考古研究所专家宫教授对半塔镇新发现的其中一处遗址说，像这样的古人类生活区遗址在安徽境内都是少见的。下面具体介绍来安县古人类生活遗址的情况。

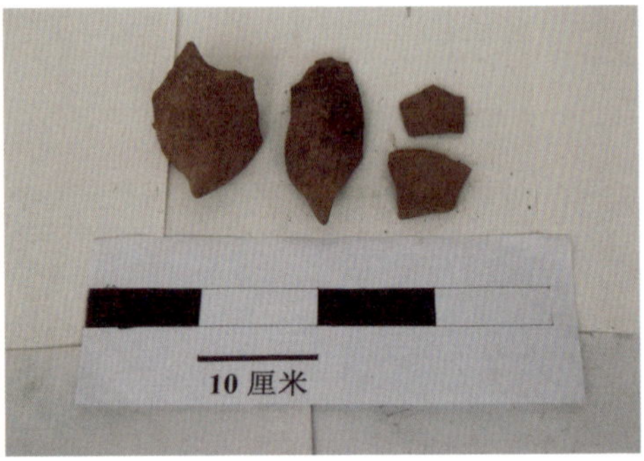

顿丘遗址出土的陶片

顿丘山遗址

遗址位于新安镇东门社区赵坝居民组，呈长方形台地，南北长200米，东西宽120米，文化层厚度平均为2.5米。因是东晋侨置的顿丘郡治所，故名顿丘山。1972年5月，经安徽省博物馆考古工作者发掘，出土一批石器、陶器、蚌器、骨器和铜镞、卜甲等珍贵文物，其中卜甲在安徽省江淮地区为首次发现。经考证，确定该遗址为殷商早期文化遗址。1975年大水以后，该遗址上建成居民住宅区。1987年8月，该遗址被列为县级文物保护单位。

草楼遗址三足鬲残片、陶片

草楼古人类生活区遗址

遗址位于来安县半塔镇（原邵集乡）鱼塘村草楼村民组西南500米的釜

山水库淹没区里。2008 年下半年，釜山水库放水清库维修加固坝体，这片沉没水底近半个世纪的陆地才全部裸露出来。因此，遗址未遭到破坏，得以完整保护下来。县普查组同志现场调查：遗址紧靠一条自西向东的古河道，遗址沿河道呈东西排列，东西长约 180 米，南北宽约 120 米，呈现为一个鼓堆形。地表上堆积物厚度达 25 厘米，散落着大量各种形状的陶器残片、残件，残存的火烧土墙壁清晰可见。

丁城古人类生活区遗址

遗址位于来安县半塔镇丁城村小高郢村民组东侧，现为村民承包耕种的土地。现场调查：遗址呈“丁”字形台地，西侧台地南北长 350 米，这块台地西侧较为平直，东侧则呈不规整曲线，东西最宽处为 110 米，最窄处 50 米。南侧台地与西侧台地相接，东西长 280 米，南北宽 120 米，两台地夹角处为塌陷区。遗址地表散落着大量陶器碎片，其中，还发现有扁形足陶片。据当地村民讲，在早先种地时经常会发现陶罐等完整器具。

丁城遗址出土的扁形陶片

官井古人类生活区遗址

遗址位于来安县半塔镇（原邵集乡）北涧村官井村民组东南 1500 米处的釜山水库库区里。也是因釜山水库蓄水，遗址才得以完整保护。经现场调查，遗址呈东西走向的台形，东西长约 230 米，南北宽约 120 米，残存的火烧土墙体呈东西分布，地表上散落着大量各种形状的陶器残片。调查人员还发现了做工精细、经常性使用的石斧。

半塔镇 3 处保存较好的古人类生活区遗址的新发现，丰富了安徽省古人类研究，为研究皖东地区乃至江淮流域人类发展史提供了直接证据，具有较高的科学研究价值和考古价值。在遗址上发现的那些做工精美的陶器残片和石斧也进一步证明了来安县历史悠久，先民们早在3000多年前就创造了灿烂的文明，更激励今天的我们为来安的建设发展而努力奋斗。

（张瑞峰　李滨　田玉龙，

原载《来安文史》第五辑2009年，编者增删）

文物珍品数国宝

来安出土和征集的文物质地多样，物品丰富，有新石器时期石凿、石斧、石锛，殷商卜甲、陶器，春秋青铜器回纹簋、直耳鬲，战国铜剑戈矛箭镞，汉代玛瑙饰品、形制各异的铜镜，两晋青瓷，唐代彩陶，宋代金镯、银链，明清青花瓷等。1972 年 3 月出土于来安县相官公社（现属汉河镇）胡母圩的金扣玛瑙碗、金钏（手镯）珍藏于安徽博物院。来安县文物管理所（博物馆）现有馆藏文物 316 件套，其中不乏珍品，有国家二级文物 4 件套，三级文物 61 件套。

东汉孝子朝父顺天铜镜

1984 年 3 月，在来安县大英乡朱庄村余庄生产队（现大英镇大黄村）出土。铜镜为圆形，直径 19.5 厘米，重 880 克。正面中部有裂纹，边缘局部有锈斑。镜面光亮照人，背面镜钮居中，半圆形，大而肥实，有一穿孔，四周均匀分布四颗小乳钉，并有人、马车等图样，人物为跪状，整个图案精美绝伦。经鉴定，该铜镜为东汉时用具，属国家二级文物。

汉十二地支铜镜

来安县武集乡（现属水口镇）三龙村境内出土。铜镜直径 17.5 厘米，重 800 克，正中有一颗大乳钉，乳钉内有一横穿孔，镜最外沿布满云纹饰，十二地支文字刻于其中，镜背面有一裂痕。经鉴定，该铜镜为汉代生活用品，属国家二级文物。

春秋铜质直耳鬲

1972年来安县新安镇顿丘山遗址出土。青铜制品，通高17.2厘米，口径13.3厘米，重1675克。三足两耳，两耳皆有孔，足至器物腹部自上而下渐小。该文物为春秋时期蒸煮用品，属国家二级文物。

春秋方座云雷纹铜簋

1972年来安县新安镇顿丘山遗址出土。侈口、口沿略残，器物上半部有云雷纹、网格纹等纹饰，底座上布满绳纹，四底足立于下。口径10.3厘米，底径12厘米，重1345克。该文物为春秋时期蒸煮用具，属国家二级文物。

战国方口双环青铜钫

1989年来安县档案馆大楼（塔山东路原来安县政府院内）施工出土一对青铜钫。两青铜坊高19厘米，口径6厘米，腹围37.6厘米，底径6.8厘米，方形直口、双耳球环，其中一只少一耳环，腹外突，方底座中空，钫身饰云雷纹、方格纹等。分别重1080克、1060克。该文物为战国时期的盛酒用具，属国家三级文物。

六朝兽首双系盘口陶壶

来安县新安镇出土，出土时间不详。高20厘米，口径9.5厘米，腹围68厘米，底径14厘米，重1710克。蟹青釉，盘口，三系，猪首流嘴，平底，通体无纹饰。该文物为六朝生活用具，属国家三级文物。

南宋腰鼓形银锭

1985年来安县王集乡（现属半塔镇）出土。银锭束腰，长9厘米，腰宽3.8厘米，厚1.4厘米，重500克。银锭上的纹饰呈梅花花瓣状，正面相对光滑，四角阴刻有“出门税”字样，腰部阴刻有“滕郭宅”字样，反面和侧面有铸造气孔，呈蜂窝状。经鉴定，此银锭为宋代货币，属国家三级文物。

石斧

1972年5月，安徽省考古队在顿丘山遗址挖掘出一批石器，其中一件石斧长12.5厘米，宽5.5厘米，厚4厘米。双面刃，刃部磨光，石质坚硬，为新石器时代生产工具，属国家三级文物。

（李滨，原载《来安文史》第五辑2009年，编者增删）

神出金扣玛瑙碗

1972年3月的一天，风和日丽，家住来安县相官公社（今属汉河镇）小圩村的老李吃完午饭，就忙着翻整猪圈。挖了不到半小时，老李突然发现有一处地面下貌似有什么东西，便弯腰用手扒开泥土，居然挖出来一个碗。他连忙招呼老婆："你快来看看，我这是挖到了个啥?"

"你这是从哪儿搞来的破碗？还能有啥用?"

"这碗是我从土里挖出来的，估计是个宝贝!"

"那还不快点给整干净了，看看到底是什么宝贝。"

老李用手将碗上的土给扒开，而他老婆则倒水冲洗着泥碗。

原本并不起眼的碗洗干净后，竟是一只做工精细、晶莹剔透的玉碗，玉碗的边缘还镀着一圈金边。

"这碗好像还真是宝贝，谁会把这个碗放在我们家猪圈里呢?"

"这碗看起来有些年头了，怎么可能是谁放的呢！听老辈人说我们这一带以前有不少古墓，说不定是墓里的陪葬东西。"

"你的意思是猪圈下面有墓穴？这东西不吉利，你还是把它丢了吧!"

老李觉得这东西一定是个宝贝，有些爱不释手，把碗摆在床头柜上，连睡前都要用衣袖擦一遍。

老李的媳妇藏不住事儿，第二天干农活的时候，便把丈夫挖出宝贝的事情告诉了同村妇女，还带着她们到家里看玉碗的真面目。之后一传十，十传百，附近的人都知道老李挖到了宝贝。

生产队的队长听到消息后连忙找到了老李，想要看看那个挖出来的碗。

生产队队长读过一些书，一看就知道这碗肯定不平凡，"老李啊！你这还真是挖出宝来了!"

于是生产队先派人将老李家的猪圈围了起来，随后又向上级汇报情况。

省里的考古专家看到这只碗后，震惊了。经过鉴定，这只金扣玛瑙碗罕见，碗高 5.9 厘米，口径 13.14 厘米，碗底无圈，底径 7.5 厘米。碗的形体规整，圆形大敞口，整个碗身由一整块天然玛瑙挖空、雕琢而成，通体流畅精致，碗壁很薄，只有 0.2 厘米，碗呈橙黄色，局部有暗红色斑纹，显现出玛瑙半透明的自然纹理与柔和妩媚的光泽，让人为之惊叹。在这只玛瑙碗的口沿处，镶嵌有一圈薄薄的窄边黄金条饰，口镶金边与玛瑙晶莹光泽相辉映，显得典雅又华贵。经过鉴定，这个玛瑙碗上的工艺，便是古书上记载的“金扣”，类似于我们现在的“金镶玉”。于是专家将它命名为“金扣玛瑙碗”。

省考古人员来到老李家，夫妻俩被安排到别处居住，考古挖掘工作有条不紊地进行着。几天后，考古人员就挖到了猪圈下坚硬的小砖，他们知道这是挖到墓穴了，便紧张而小心地展开后续的挖掘工作。墓室顶部是由小砖拱砌而成，然而当考古人员打开墓穴时，看到的场景让他们心都凉了半截，墓室中只有一具楠木棺材，没有盖子，也没有骸骨。

考古人员虽然对墓穴的现状感到悲痛，但仍继续想要在墓穴周边发掘盗墓贼留下的“漏网之鱼”。功夫不负有心人，在考古人员的搜寻下，果然发现了一件金钏。

根据墓穴内的墓砖和对两件文物的特征分析推断，考古人员认定这座古墓便是胡母圩古墓，推断大约建造于南宋淳熙年间（1174—1189 年），墓主人是女性，出自官宦或者富商人家。

俗话说，“千种玛瑙万种玉，有钱难买金镶玉”。玛瑙性脆、质硬，可塑性差，不易制作成可供盛置用途的器物，所以工艺技术要求很高。而想要在这样的材质上，使金边牢牢附着，金扣玛瑙碗显示出的技艺更让人惊叹不已。

南宋经济发达，科技进步，文化繁荣，官宦阶层和富裕的家庭格外讲究生活质量，喜欢在瓷器和玉器的口沿上包镶金边，特别是碗、盆等器具，更是格外流行。

玛瑙作为人类最早发现利用的宝石，自古以来就是美丽、富贵、吉祥的象征。虽然古代有不少玛瑙做成的饰品，然而像这种玛瑙做成的玉碗特别罕见。在清朝以前，玛瑙的开采量非常小，因此也显得格外珍贵，只有社会地位较高的人，才能使用到玛瑙。这个金扣玛瑙碗可谓是展现了我国古代宝石制作最高水平。

金扣玛瑙碗

金扣玛瑙碗自 1975 年 5 月起即被安徽省博物馆（2010 年更名为安徽博物院）珍藏，成为八件“镇馆之宝”之一，也是安徽博物院迄今为止唯一一件玉器类国宝级文物，1991 年在国家文物局举办的“中国文物精华展”上展出，1994 年被国家文物局文物专家鉴定组认定为国家“一级甲等文物”。这样的金扣玛瑙碗，据说在全国只有两个，来安出土的为最大，是中华人民共和国成立以来，来安县境内发现的最有价值的文物，是当之无愧的“国宝”。

（王道琼）

依稀风景话沧桑——来安十景考

“我爱来安县，浑然太古余。居人尽茅屋，长吏有柴车。里巷闻弦诵，山溪见佃渔。疏慵更何事，高枕午窗虚。”这首《县署即事》是明代诗人王梅任来安县令期间所写，字句之间足见其对来安县的喜爱和赞美之情。来安素有十景名胜之地，历代外地来邑为官者和本地文人雅士为之陶醉，吟诗作赋，明、清《来安县志》均有绘图和诗文记载。这十景后来有的毁于兵燹，仅剩下痕迹，有的已发生巨大变化。从这些绘图和诗文记载中，我们可以触摸到旖旎的自然风光，可以感受到生活的祥和安定。

琉璃日影

在县城建阳北路搭搁巷西有口古井，名叫琉璃井，井沿道道深沟，系打水绳刻所致，足见此井年代很久。此井从未断过水，即使大旱之年，也不干涸，其味芳冽，尘间无比。正午，日色射入井中，“光彩莹煜，绚若琉璃，投之瓦石，声闻数十武，邑民称曰：琉璃井”。明天启壬戌年（1622 年），县令尹梦璧到此，汲水尝之，赞叹不已，于是派人建亭。亭建在井北 2 米处，亭盖琉璃瓦，四角雕龙翘首，亭内有石桌、石凳。尹县令亲自撰文《漱芳亭记》，勒石成碑，以供后人休憩此亭、品味此泉、观赏此文，其乐融融！

现在琉璃井仍在，人们日常仍使用此井水。

玉石霞光

在县城东南10千米，金刚至武集西一带，原来都是松竹树林，绿荫如盖，鸟声啾啾。明嘉靖三年(1524年)，县令李时泰在金刚地建一寺庙，名曰金刚寺。嘉靖二十二年（1543年），县令顾问在武集西又建寺庙一座，名曰玉石寺。寺有小溪，流水汩汩，每当晴日，早晨或黄昏，霞光照射寺庙山林，可谓美丽至极。游客到此，流连忘返。

现在，寺庙无存，这一片地已成良田。

沙河带练

县城东门有河，水流沙石间，清澈见底，故名沙河。因流经来安村，又名来安河。沙河属长江水系，发源于县北马岭山下，今杨郢乡塘窝子，迤逦南流，流经杨郢、舜山、双塘、新河、水口、相官、汉河七个乡镇，汇入滁河，注入长江。上游弯曲，下游宽深，宛如带链。下游可以漕运，明清时期，往来舟船不断，是水上交通要道。

古时候，沙河时常暴发山洪，河水横溢，泛滥成灾，百姓受害。1958年，在杨郢乡老屯仓址建起中型水库，正常蓄水量5400万立方米，最大蓄水量 9600 万立方米，可灌溉农田 22 万亩。1971 年，来安县万人齐上阵，疏浚来安河对河桥至汉河段，全长 45 千米，连接长江，可以直接通航、漕运、灌溉。

马岭风声

在杨郢乡北，来安县与明光市、盱眙县交界的地方有马岭山，它是淮河、长江水系的分水岭，来安河发源于马岭山南麓，今杨郢乡塘窝子。马岭山高逦迤，草深林茂，有风飒然而至，松涛骤起，大有寒气侵骨、裂石塌山之势，“披襟当之，每生远想”。

山旁有一白禅村，村旁有一巨冢，冢旁有石羊、石虎立于茂草之中。民间传说，宋朝一大将抵抗金兵战亡而葬于此。

石固呈祥

县城北，屯仓水库堤坝东有山名石固，它与尖山相对，山势高险，巉岩层叠，上园如鼓，山顶平衍，可屯居千人，古代为城北重要门户。山上有寺庙两座，一是宝

积寺，一是清源真君庙，均建于元至正元年（1341 年）。山上现无寺庙，但有残砖断碑遍地。

南宋绍兴年间（1131—1162 年），金人南侵，1161 年，附近居民为对付金人，在山上垒石为墙，坚守一个多月。一天，金兵首领率兵进攻，山上一梅姓壮士挽起弩弓发射，一箭射中首领，首领呜呼哀哉！余下的金兵纷纷逃遁。民间还有传说穆桂英在此山练兵，无考据。

山北苟滩村曾有孝子苟与龄母亲墓。宋宣和年间（1119—1125 年），苟滩村有孝子苟与龄，母亲去世后，苟与龄就在墓侧盖草庐守孝，墓亭长出一个灵芝，暗紫色，十九根茎。郡县听说此事后，认为是草木之祥、人户之瑞，即上书请奏旌表其门。明宣德四年（1429 年），山下一家农民的屋子里产两个驺虞，黑色的身体上长有白色的斑纹，性温良，驯扰不惊。驺虞是珍兽，古人视为祥瑞。知县晁济、州守唐振将其进献朝廷，当时的皇帝明宣宗不以为意，后经户部尚书黄福写书《瑞应驺虞颂》，奏呈皇上，得到明宣宗的赏识。

五湖环秀

县城东北有山名五湖山，又名白禅山，广袤 20 里，俗称 20 里长山。《读史方舆纪要》中记：“各山高险，控扼南北，至为险要。”上有双鹤庙，石砌而成，拾级而上，五湖美景尽收眼底。白禅村前有五湖，湖水清澈，似有明镜嵌在白禅山上。湖在山上，山映湖中，烟雾缭绕，景物秀丽。明县令尹梦璧《五湖环秀》诗云：“绿杨芳草带平湖，绕岸青山总画图；秀色每于晴后见，岚光乍入雨中无。”

中华人民共和国成立后，党和人民政府号召全民植树造林，五湖山上树木峥嵘，绿草如茵，更是锦上添花。1957 年，滁（县）天（长）公路穿山而过，车行山脊，旅客坐赏山色，谁不神怡？

王母仙踪

明天启元年《来安县志》记载：“王母池，在县东岳庙西，深阔丈余，中甃以砖，上有石栏，旁有石刻，邑人张禧率工创甃其沼，杨义继以石备其栏，绍圣丁丑散人滕伯佑记，居民占事者投楮钱，以浮沉断吉凶，今久湮，然不知其所从始。”关于此景则记：“县东郭有龙尾桥，桥东有王母池，广浚丈余，上有石栏，旁有石刻，邑人张禧始甃其沼，杨义继葺其栏，宋绍圣丁丑滕伯佑为之记，相传民占事者投楮钱其中，以浮沉窥休咎，今久湮没，不知其所始。”尹梦壁诗云：“西池帝母事荒唐，安得仙踪蹑此乡。误指高山是瑶岛，戏烹野涧作琼浆。未央不复来青鸟，荒服何曾进白狼。欲拂苔痕寻往迹，恍疑身阅几沧桑。”

按该志十景图示，王母仙踪的方位在宾阳门（古来安城东门）外，东岳庙与龙尾桥之间，即今来安县第五中学和书香文苑小区之间。

道光十年刊《来安县志》则称“八石仙踪”，在县城西南 5 千米的地方，有座八石山，又名八仙山，八个磐石耸立山巅。相传西汉时，有八位仙翁寻找淮南王刘安，路过此山，各距一石，因此得名。此说流传广泛而久远。树林环绕的八石山上有庵，名八石庵；有亭名澹香亭，建于明朝中叶。清乾隆三十一年（1766 年），知县韩孟周每于公事完毕，常到此亭休憩宴饮。他在《澹香亭宴集诗》中写道：“大好舆情随所适，八公山色城头临……此亭结构三百载，花石荒古娱人心。到此心迹已寂寞，何况故山一曲敌千金……”

八石山下曾有一巨冢，传说是古代王者之墓。20 世纪 50 年代，山上尚有寺庙废墟、石鼓、石桌之类，泉水清冽。现在庵、泉、亭踪迹全无，唯八块巨石犹在，周遭朴树丛生，地面上有很多浮石，平阳水库偎在山脚，可以饮水濯足，资灌良田。

舜歌樵乐

在县城北边有舜歌山，又名大庵山，青竹遍山，古树槎丫，两棵银杏树，环抱三围，荫及数亩。山有二泉：东泉可资灌溉；西泉从石罅中流出，铿然有声，大旱不竭，名观音泉。北有石漱石谷，石壁峭立。山有吉禅庵，内有尊胜禅院，元至正二年（1342 年）创建。吉祥寺的和尚曾经到此传授经文，所以，又名吉祥禅院。明熹宗天启年间修葺，康熙二十三年（1684 年），江宁织造曹寅（曹雪芹祖父）过此，应和尚之约，撰《尊胜院碑记》，记载尊胜院的兴衰过程。1722 年建碑，碑头文字为“普门示现”（佛语）。山下有舜山集，有北庵、关帝庙、舜井，相传是舜帝躬耕的地方。

舜歌山上樵夫来往不断，他们砍柴、担柴、采药、耕锄，间或憩息，时而兴起，咏歌唱和，其乐无穷！

天竺迎晖

在县城东10千米的地方，有东、西两龙山（现属施官镇），状似伏龙，龙视眈眈。中有一团山，民间有二龙抢珠传说。东龙山山下有一天竺庵，元至正三年（1343年）建，山东坡有一药师寺，康熙年间（1662—1722年）建。西龙山山顶有般若庵、鹫峰庵，明朝州同裴骞在庵内题诗一首。鹫峰庵殿后有石塔刻一座。相传元至正中某一年，来安县大旱，百姓望雨眼穿，心急如焚，采取祈雨的迷信做法，终于得雨，地方百姓把自然现象错误地认为是祈雨有应，因此，县官特意建造这石塔。西龙山东坡有朝阳寺，寺后古树参天，寺前天竺青青。寺下有山洞，洞深三米，泉水外涌，多年流水成溪。溪长七里，溪上有宽近三尺的石桥，来自各地的香客从此桥通过。寺内禅师打坐，香烟绕梁。日出时，光辉照着山野，照着天竺，风景秀丽。

明进士夏大儒，来安城内人，作诗《天竺庵》：“两山深处一溪通，揽胜梯危入碧丛；宝地去寻居士井，翠屏来抱梵王宫；松杉尽出烟云上，钟鼓时鸣霄汉中；何事沙门清绝境，却教车马日匆匆。”

现在，这里只有青山和良田。

龙泉云气

在县城东北15千米的地方有一龙泉山，又名武宅山（现属杨郢乡），山如龙蟠，满山云气腾腾。东有一巨岩，伏虎状，名状虎岩，岩上沿石罅，泉水飞泻，悬流直下，幽咽不断。

龙泉山附近有寺庙6座。老龙寺、新兴寺，皆至正元年建。普贤寺，宋

元祐六年（1091年）建，明正德（1506—1521年）年间修。宝乘寺，即大兴寺，宋大观元年（1107年）建。白云寺，明万历（1573—1619年）年间修，清康熙年间重修。龙泉寺，元天历（1328—1329年）年间建，明嘉靖（1522—1566年）年间修，寺前有菩提树、锥栗各一株，枝繁叶茂，每当开花结实，色彩鲜艳，犹如黄金嵌碧玉，碧玉嵌黄金。此树珍贵，可惜在明万历（1573—1619年）时，被县城一个名叫吉晨的官吏伙同和尚偷偷砍伐。

古时候，龙泉寺是来安到盱眙的必经之地，名贤雅士经行此地，题咏甚多。明御史张维恕，多次来到龙泉寺，每次题诗一首，其中《龙泉寺二首》云："万山重叠吐虹光，微雨初收天外凉；骢马一鞭风色好，草虫吟处百花香。""万木森森鸟自鸣，碧云流水涧边清；翠微隐见龙泉寺，为访禅心一暂行。"

明朝进士王可立，来安县城人，秋游白云寺，也赋诗一首："白云层叠锁禅林，九日登临秋色深；万壑丹枫随远眺，数声清磬净尘心；山亭对叙羞吹帽，竹径谈玄喜盍簪；世泰地灵人最杰，胜游到此总堪吟。"

现在，龙泉山上虽然没有寺庙，但松树遍山，四季常青。

（陈义美，原载《来安文史》第二辑1986年，编者增雍正十三年《来安县志》插图）

第三章　来城史话

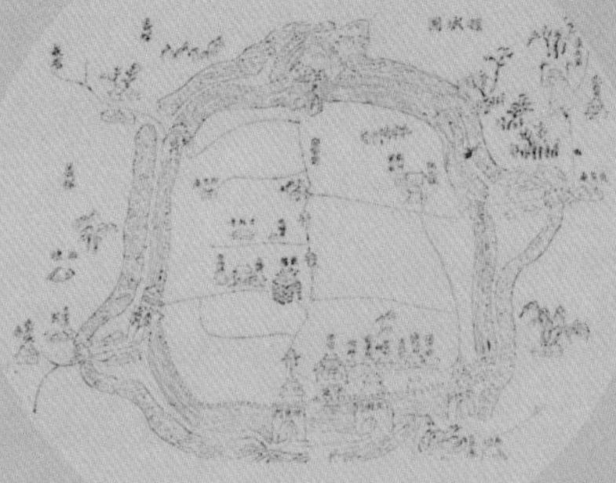

滁来千载分合史

秦统一中国后，于公元前 221 年实行郡县制，设立建阳县（属九江郡，治在今寿县），乃吾邑建县之始。至南朝宋时，建阳县改名顿丘县（古城址在今顿丘山处），经历了南朝齐、梁、陈三代，至隋开皇三年（583 年），罢郡置州，建立了滁州，吾邑改名新昌县。滁州辖清流（州治所在地）、新昌、全椒三县。

隋末唐初时，新昌县与清流县合为一体，即此际的清流县是含今之来安境域和老滁县境域之大县，仍称清流（姑且称之为大清流县）。此时的滁州只领大清流、全椒二县。唐景龙三年（709 年），将大清流南北向“纵剖”分开，西域仍称清流县（小清流），东域之新县据城北有座永阳山，起名为“永阳县”。此时的滁州辖清（流）、永（阳）、全（椒）三个县，如此格局度过约 200 年。南唐初，改“永阳”称“来安”。

之后，来安县安静地穿越了北宋至南宋初。由于宋金南北割据，频频交战，处于江淮之间的滁州百姓屡遭兵燹屠戮。来安乃金国攻打南宋要塞扬州的常经之地，更是多灾多难之县邑，邑民纷纷南逃，邑境一度近乎荒废，户口锐减（志载：“户仅百余”）。按当时的规定，县邑人口不足 5000 者不足以设县，来安因此被送回“娘家”——再并入清流县。后来由于清流县境

雍正十三年《来安县志》县境总图

域过大不便管理，加之来安人口已超过 5000，便又剥离出来而恢复来安县。

南宋前期，来安与清流曾合分各两次：第一次是绍兴五年（1135 年）并入清流，于绍兴十八年（1148 年）分离出；第二次是乾道九年（1173 年）并入，于淳熙二年（1175 年）分离出。

到了明初，朱元璋把滁州视为皇家的后院，在滁州境内屯粮、屯兵，专设马政（其时的管马机构称作"太仆寺"），以"坐派"（硬性指派）滁州三县的养马任务。如此，滁州便成为皇都（今南京）的拱卫之地。多窍的朱元璋还想到了将清、来、全三县合为一个整体板块而便于管理，使号令有牵一发而动全身之顺畅。于是把清流、来安、全椒合并成一体式滁州。此乃名副其实的大滁州也！

洪武十三年（1380 年）十一月，因丞相胡惟庸以"谋反罪"被诛杀，朱元璋由此而废丞相制度。滁州的地域建置也相应变更，让已并入清流为州地的来安、全椒又从"大滁州"中析出，各自复为原先滁州的三个隶属县。从南宋中期至明初 200 多年里，来安建置遭遇了四次并入清流县，四次分离出来。前两次是因为来安先天不足，后两次则属于皇帝的别出心裁。无论哪种情况，对其时的来安百姓来说，都乃动荡不安的坎坷遭遇也！

由上述可知：来安县与古清流县的分合，始于唐初景龙年间从大清流县中分离出永阳县。南宋初分合各两次，明朝初年又合而分离各两次。这样，从唐初至明初近千年时间内，二者时而大家庭过日子，时而兄弟分门立户，始终血缘很近。可谓滁、来之间，向来缱绻缠绵，"难分难舍"，实属千载一脉通也！故而，至今滁、来两地，语音相近，风俗雷同。近代以来，来安县一直隶属于滁州。如今随着南京大江北的开发，现代交通的发达，来安与滁州更加融为一体。

（周元桂）

来安城墙的建与拆

我国古代省、府、州、县都建城墙，以防外侵内犯之祸患。城墙坚固不仅是邑地的福气，甚至是一个国家的幸运。如我省寿县（古称寿州、寿春）的古城墙因坚固而闻名久远，至今犹存，尤其在唐宋时期，寿州城有着固若金汤的美名。五代末，后周大将赵匡胤伐南唐，围攻寿州近两年而未能撼动。后因突发的不利原因，寿州防御才告破，但大大地延缓了南唐灭亡前苟存时间。坚固的城墙大多因加强防御而建，来安县建城墙也不例外，只是更具有史逢异端的突发性。

来安有城墙不算太晚，但有砖墙相对较迟。南宋时来安城址由瓦砾岗（今瓦岗）迁到今址不久，便有了不大的土城墙，被称为“周三里”。明成化年间，土城墙扩建加固，由于城墙用茅草镇覆，须向居民收取茅草费，百姓皆很厌烦诟病此事。直到明嘉靖三十五年（1556 年）秋，来安城才改土墙为砖墙，且大幅度扩大、规范。据《来安县志》载，建砖城墙，主要是当时的县令魏大用策宜谋力之功，他在任上勤政爱民、卓杰过人、雷厉风行，其改建动因却是应对倭寇扬言来犯的燃眉之急。

倭寇，是我国古人对起于元末明初侵扰我国沿海的日本海盗的憎蔑称谓。明朝人将倭寇侵扰恶行称为倭患。此患从明前期开始，绵延危害了 200 多年，闹得民不安生。尤其是东南沿海城乡为重灾区，靠近沿海的内地也时有倭掠之害。据《来安县志》载，江南倭寇“夫自壬子夏江之南赤子蒙戈铤而死汤火者，流血成川，积骨成丘”。“赤子”

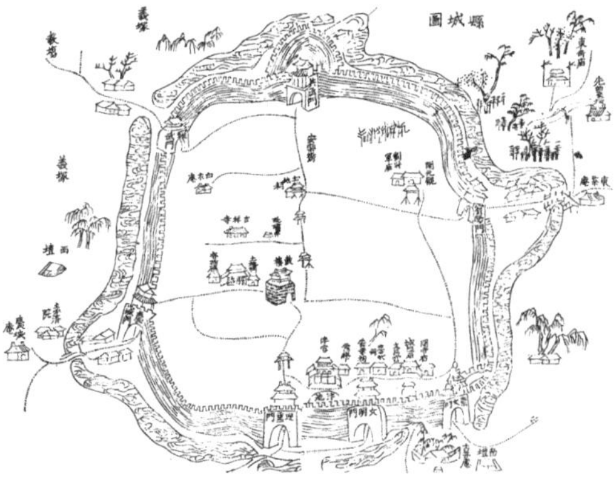

雍正十三年《来安县志》县城图

即百姓，“蒙戈铤”即遭杀戮。此载说的是，明嘉靖三十一年（1552年），倭寇肆掠舟山、象山等处，继而登陆流劫温、台、宁、绍一带。其场景惨不忍睹。《来安县志》又载：其时来安“倭寇时至，民多襁负遁去”。来安百姓对倭寇的烧杀掳掠惧若避猛虎，闻其欲来，便背着小孩仓皇逃命。面对此种状况，魏大用岂能让昔日悲剧重现，其脑际一个宏伟的计划油然而生。

嘉靖三十五年（1556年），倭寇由扬州达天长，抵泗州城，扬言将沿来泗古道直入来安。警讯传来，来安百姓惶恐不安。因为“旧有土城不足守”，但知县魏大用沉着应对，握局筹谋，断然决定快速地拆土城建砖城。由士民与官府同建，短时间内砖城墙便巍然屹立。倭寇闻知这一信息后，便叹而相戒曰：“无入来安境，城始作，守必严。”于是悻悻然绕道他去。来安人凭此砖城，不仅急避了眼前的倭患，而且安宁长达70年之久。知县魏大用建城之功赫然可敬，《来安县志》对其屡有褒言。之后不久，朝廷官员马颖谷“巡滁过来，亟登城而望之，击节褒赏，谓（魏）公治绩为江左最”。魏大用离任时，百姓为彰显其功德，特制作“万民伞”一把，以示魏令深得民心。之后，城墙毁修相续，直到1938年仍然存在。

1938年5月23日上午，3架日寇飞机轰炸来安县城，有10人被炸身亡，242间房屋被毁，财产损失惨重；有着300年历史的周氏大祠堂被夷为平地。而日寇头目仓宁因换防离开来安时，竟恬不知耻地强要400年前百姓送给魏县令的“万民伞”，并强令维持会会长把“万民伞”上原有的“风调雨顺”改成“秋毫无犯”。日寇穷凶险诈的丑恶嘴脸形象地毕现。世界上的巧合事不乏其例，但像“万民伞”这样因一物（城墙）的建与拆而荣与辱同受，实属罕见。同年，为防止日寇有盘踞县城的便利，县国民政府下令拆毁来安城墙。

至此，我们可以说来安古城墙的建设和拆除都因倭寇而起。来安县历史上这一防不胜防的倭患，贼乎哉？其言确然，凿凿也！

（周元桂，原载《来安文史》第七辑2016年）

鼓楼上的镇楼砖

上了年纪的人都知道，来安老城原来有环城一周的古城墙，四面设门，城中有一座高大的鼓楼，其遗址就在今鼓楼西街与建阳中路街口。鼓楼分基座和楼层两部分。基座呈梯形，两丈多高，南北长于东西，拱券门东西向，可通高车大马。基座上建两层楼，楼体通高近十丈。登阶进入第一层的回廊，四周有女墙，室内东西有门，南北有窗，广约 60 平方米，较为轩敞。二层木地板铺设，四周雕花镂窗，两层都是斗拱飞檐，翘角如翼，檐口挂瓦当，歇山式楼顶，飞檐上有风铎，铃声清脆悦耳。明万历四十六年（1618 年），知县周之冕重建鼓楼，取“东壁图书府，西园翰墨林”和天上主文运的东、壁二星之意，改鼓楼为东壁楼。历代知县对鼓楼多次修缮，直至 20 世纪 70 年代，这座来城标志性建筑仍然保存完好，后因城市发展、街道拓宽被拆除了！

听老辈人说，当年人们登上鼓楼，在顶层飞檐的基座上，可见到一块青灰色的砖头单独放在那里，这块砖就是人们传说的“镇楼砖”。

来安鼓楼　贺云东 供

据说，古时候战乱连年，土匪流寇也常来骚扰百姓。原在城北瓦岗一带的来城，不幸被土匪一把火给烧了。知县大人决定重新建城，为了加强新建城池的防御，除了在城的四周建设坚固高大的城墙外，还在城中建一座三层高的钟鼓楼，一旦发现土匪进攻或者什么大事，就敲响鼓楼上的大钟和大鼓，召集城中百姓。来安城墙的修建，对倭寇和强盗的骚扰起到了十分重要的防御作用，士绅百姓十分珍惜爱护，经常筹资加以维修，州府也拨款项资助。后来有一县令是个贪官，认为修城有利可图，便派他的小舅子沈大宝主持修来城城墙和鼓楼，校尉沈大宝又叫他的小舅子胡浩榕充当监工。胡浩榕比起沈大宝更加心狠手辣，经常残害工匠。

在修建来城的工匠中，有位叫吴义的师傅，他技艺超群，设计的建筑物结构严谨，造型美观，十分坚固，且用料节省、精确。开工前，胡浩榕霸气十足地问："全部工程到底需要多少块砖?"吴义蛮有把握地回答："我已算过了，一共需要八十八万八千八百八十八块砖。"胡浩榕听后冷笑道："你所需要的这些砖我如数拨交给你，可建成后，哪怕是多一块或少一块，我都要砍你的头，并罚众工匠各服苦役三年。"

吴义毫无惧色，带领工匠们加紧施工，经过数百个日日夜夜的辛勤劳动，城墙和鼓楼终于竣工了，匠人们十分高兴。不料，这时有一名工匠手拿一块剩余的大砖头来找吴义，当众给大家泼了一盆冷水。

正巧此时胡浩榕赶了过来，对吴义声嘶力竭地喊道："你为什么计算不准确，多出了这块砖，明天就拿你砍头是问。"吴义说道："这块砖是'镇楼砖'，要是把它省掉，鼓楼就要倒塌。"胡浩榕恶狠狠地说："既然是镇楼砖，为什么不砌在楼墙里，你不要狡辩，准备砍头吧。"吴义哈哈大笑地说："可以，但是鼓楼要是垮塌了，你也要掉脑袋，你的姐夫和县令大人也要陪着掉脑袋，你信是不信?"吴义的这些话，吓得胡浩榕赶紧灰溜溜逃回去报告。县令和沈大宝急忙赶到鼓楼前，鞠躬作揖地央求吴义说："劳烦师傅把镇楼砖和泥快放上吧！这也是百姓之福啊!"吴义这才叫徒弟搬来梯子，把最后一块砖放在最高层的飞檐基座上。

其实，直到如今谁也搞不清楚那块砖究竟是多余的，还是确有镇楼之效。只是人们都把这块砖叫"镇楼砖"，因它放在鼓楼顶的飞檐台上，可望而不可取。少了这块砖，鼓楼是否就一定会坍塌，从没有任何人去考证过。我想，可能是后人为了颂扬吴义的技艺超群而设下的玄机，亦未可知。不过，从老百姓的口碑来看，宁可信其有，不可言其无。世界上的事情，是无奇不有的。

（口述：张瑞峰，记录：汪锦荣，原载《来安民间故事集锦》2006 年）

相关资料

东壁楼记

明都御史　邹元标

来安翼县治而东南俯学宫，屹然而楼者，是曰东壁。构之者谁？周侯端叔也。题之者谁？朱太史元介也。命之者谁？侯识作人之意，而取义于图书之府也。侯抚来安载期，纲举目张，时和年丰，民安其业，而士服其教，乃构斯楼，属记于尔瞻氏。

余惟世之尚论醉翁也，率谓人以文重、地以人重？而苏和仲之言曰："教得滁人解吟咏，至今里巷嘲轻肥。"由斯以谭，滁著醉翁不朽，岂不以教哉！周元公启河洛之传，接洙泗之绪，图太极，作通书，以教天下，而于洪州最亲且久。人士脉络，其教千载以还，彬彬郁郁。

侯实宗谱元公，夙以经术擅儒宗，今以文学饬吏治。仰念高皇帝，丰镐南谯，来安其属也，首善之地，菁莪棫朴之化在也。于是下车而教，思之典，即与容保并举，葺黉序，辟书院，厉学宫，训多士，约期课业，征会讲德，无非所以阐发图书而昭揭性命，猗与盛哉！藉是若薰若蒸，若铸若陶，家诗书焉，户弦诵焉，茅茹征而天衢亨焉。策射天人，藜吹太乙，丝纶帝藻，黼黻皇猷，图书所扶，悉抒为有用文章，无穷事业，流光霄壤，而垂耀来祀。东壁两星，不倍明于来安乎？

构楼命名，余以远窥侯意，而其属题太史也，固举大物，畀来安矣。独恨昌黎之记滕王阁，类尔瞻之记东壁楼，而试一神游其间，则夫宴酣之乐，嘉与同人，光霄之怀，静观自得。来安之端叔，不居然滁之永叔、洪之茂叔耶？代有兴者，本元公之学，溯图书之旨，而广侯之教，声施所流，奚啻眉山之颂庐陵？来安兹著侯，兹不朽也哉？

是楼创于己未年之八月，成于庚申年之八月。侯名之冕，洪州之新建人，端叔其字也。

天启改元，岁次辛酉菊月吉旦，吉水邹元标尔瞻父顿首撰。

译文：

在来安县衙署楼的东南侧，可以看见学宫中像山峰一样高耸的楼，名为东壁楼。谁建造的楼？是知县周端叔。谁题写的楼名？是太史朱元介。是谁命名的？是周知县识人做人的用意，取义于“图书之府”。周知县主政来安期间，抓住重点，以点带面，治理清明，风调雨顺，五谷丰登，百姓安居乐业，贤士佩服他的教化，于是重建东壁楼，嘱咐我做记。

我认为世人崇尚谈论欧阳修，都是说人以文重，地以人重。而苏轼诗言：“教得滁人解吟咏，至今里巷嘲轻肥。”由此可见，滁州因有醉翁亭而传名不朽，就是教化起的作用。周敦颐下启河洛之传，上承孔孟之统，绘制《太极图》，著作《通书》，教化天下，而洪州受其影响最为亲近久远。人脉相继，他的学说思想教化传承千载，枝繁叶茂，郁郁葱葱。

周知县实为周敦颐的宗谱后裔，平素研习经术，擅长儒学，而今通过科举入仕为官。仰念朱元璋在南谯奠定基业，来安为其所辖，首善之地，贤才众多。于是周知县刚到任就振兴教育，包容并举，修葺学校，开设书院，广厉学宫，培训众多贤士。约定时间课程，征召诸生讲学修德，明理是非，无外乎阐释图书弘扬学说，宣示性命道法，多么美好啊！这就如同蕉草和蓑笠，铸器和陶器，家有藏书，户有诵读，茅根相连，任意通行，畅如天衢。高人策试，皇帝顾念，频发诏书，辅佐朝廷。这都得益于图书教化扶持，抒写有用文章，事业无穷，流光溢彩于天地之间，垂耀后世。东壁两星，不就更加明亮于来安吗？

从建楼命名，可知周知县的深远用意，而他请太史题写楼名，原来是推举更重要的人物给予来安更高的名声。独自怅然回想韩愈的《新修滕王阁记》，就像我写《东壁楼记》，而尝试了一次神游其间、宴饮酣畅的乐趣，与同人共享，风花雪月，月下怀古，万般事物，只要静心观察，都能自得其乐。来安的周端叔，不就是滁州的欧阳修、洪州的周敦颐吗？每个时代都有开风气之先者，遵循周敦颐的学说，上承图书要义，广推周知县的教化，声名流传，何止于苏轼对欧阳修的颂扬呢？来安的东壁楼，周知县因它而长存不朽。

这座楼建于己未年（1619 年）八月，落成于庚申年（1620 年）八月。周县令名之冕，洪州新建人，字端叔。

天启元年（1621 年）九月初一，吉水人邹元标顿首撰。

（王道琼 译）

清心亭畔循吏心

醉翁亭曾醉倒过历代多少文人骚客，可是你可曾知道：当年在来安县城也有一亭，名曰清心亭，虽不能与醉翁亭相媲美，但亭台楼阁，树木葱郁，鸟语泉鸣，和谐统一，也颇能使人有几分醉意。故众人称之为小醉翁亭。

清心亭建于元朝至正元年，系县令蒋安道所筑。它坐落县城西北，占地约一亩，后依建阳书院，左有琉璃井，右有吉祥寺，三亭四廊，飞檐峭壁，华而不雕，古朴不失其素雅；泉水环绕四周，波光云影，上下相映，淡中藏奇。院中古槐参天，浓荫遮蔽，奇伟壮观，别有洞天，空隙处有一池，莲菱并生其间，嫩绿翡翠，悦目舒心。再加之吉祥寺坐禅钟声，琉璃井取水镝鸣，更添几分雅致。

为什么众人把它称为小醉翁亭，后来又改为清心亭呢？说来话长，传说蒋安道是一个刚正不阿的人，出宰来安县数十载，两袖清风，为民做了许多廉洁奉公的好事。他上任不久，就处罚了一个依势欺压盘剥百姓的大豪绅，并没收了这个豪绅非法侵占的土地，建了这座亭子。来安素称难治之县，但蒋安道来后，同县民休戚与共，明镜高悬，扶正压邪，使百姓安居乐业，路不拾遗，民风一新。县民见蒋安道有欧阳修之遗风，故誉其为小醉翁，亭建成后，纷纷请以小醉翁亭匾之。但蒋安道说：“吾出宰贵邑，同民与共，乃鄙人本职也。昔日欧阳公寓醉翁亭，是一时游观之乐，非政治之所；吾建此亭，为洞察民情，处理牒讼，以包拯清心为本，非一般游乐之所。”众人听后赞不绝口，十分钦佩，故名此亭为清心亭。后来诗人陈旅路经此地作了一首诗：“来安真似滁州好，清心亭畔采兰草；游人何必好生事，把酒去赏琅琊貌”，来赞扬清心亭的美丽景色。

春来秋去，清心亭因时代的变迁，早已不复存在。今天在它的旧址上，已建成鳞次栉比的职工宿舍，曾经残存的断垣废墟也彻底湮灭，无迹可寻。

（李平，原载《来安文艺》2008 年总第 2 期）

相关资料

清心亭记

元学谕　吴旭

清心亭者，广陵蒋公安道所筑也。

公自至正六年春出宰来安，越明年，人和岁丰，废坠悉举。县治之前旧有官地一亩，为豪家侵据，人无敢理之者。公因询耆老以复之。于是薙榛莽，浚砂砾，深仞有奇，泉脉随应。环甃以石，波光云影，上下相映。植槐柳于四旁，种莲芡茭菱于其中。即池之隙地，筑亭三间，朴而不雕，高明严巩。公退之暇，焚香静坐，徘徊徙倚，消遣世虑。或载酒肴、集僚友于其上，树阴蓊郁，禽声左右，引觞满酌，颓然就醉，宴酣之乐。人见其有欧阳公遗风，号公为“小醉翁”焉。亭成而未名，邑民请以“小醉翁”扁之。公曰：“不然。此非吾志也。居仁不才，奉天子命出宰是邑，民之休戚系焉。夙夜祗惧，虑弗治为怀。矧来安素称难治，每听政之际牒讼倥偬，工役勔勤。簿书期会之冗，赋役出纳之繁，剸之理之，百事丛脞，骚吾心，拂吾耳。幸不为物所忤而败事，则退席于斯亭之上，屏其视听，以怡吾神，以静吾虑，逍遥徜徉，洞达古今。学校思欲兴之，田野思欲辟之，善良思欲安之，强暴思欲去之，户版何道以增之，词讼何道以简之。鼠窃狗偷，四境弗靖，欲防御以弭之。重科厚敛，贫富不齐，欲设法以均之。此皆所以致吾之思也。凡事物之来，意有未诚则不能与民相感，故时憩于斯亭之上，思有以清吾心焉。夫醉翁亭者，欧阳公寓一时游观之乐，非政治之所先。斯亭匾以‘清心’不亦可乎？”众皆曰然。求旭文以记之。旭因曰：“子尝闻清心之说乎？夫心者，神明之舍，五官之主也。彼流其情而乱于气，与夫端若槁木，块若死灰，皆不知清心之要者也。吕氏曰，当官者要以清心省事为本，公兼得之矣。盖公之心湛于止水，岂待登斯亭而后清哉？特以自警耳。”

尝读包孝肃公“清心为治本，直道是身谋”之句，未尝不叹慕其政事文章之美。今幸获身亲见之。因为之记，且颂是诗以质焉。

译文：

清心亭，是扬州人蒋安道先生主持修建的。

蒋先生自至正六年（1346 年）春出任来安县令，一年之后，百姓和乐，生产丰收，以前荒废了的事业都重新兴办了起来。

县衙门前，曾有一块官府的地，被有权势的人家侵占，官府中没有人敢管这件事。蒋先生到任后，通过老年人查清了这件事，就把这块地收了回来，重归官府。蒋先生派人铲除丛生的荆棘杂草，清除淤积的碎石泥沙。在一处八尺多深的地方，发现有泉眼相通，便用砖石在周围砌上壁檐，于是落成一个池塘，波光云影，上下相映。接着又在池塘四周栽上槐树、杨柳，在池塘内种上莲藕、芡实、茭白和菱角。

蒋先生又在池边空地修筑亭子三间。亭子简单朴素，毫无雕饰，高大明亮，严实坚固。蒋先生常常在空闲的时候，来此亭内，或焚香静坐，或来回踱步，或倚栏休息，借此消遣世事的烦虑。有时则备上酒菜，与同事、朋友欢聚亭上。亭子周围枝叶繁茂，浓荫蔽日；鸟鸣左右，婉转不绝。蒋先生置此胜境端杯痛饮，饮后便醉。在宴酣酒乐之中，人们发现他有欧阳修的风度，便称他为“小醉翁”。

亭子建成后一直没有命名，于是县里有人请求以“小醉翁”为名题于亭上。蒋先生说：“不要这样，这不是我的心愿。我蒋安道无才，奉皇上之命来本县为官，县民的喜怒哀乐都和我相关。我一天到晚只担心不能治理好该县，何况来安一向被看作难治之县呢！每当处理政事的时候，诉讼案卷太多，工差徭役太急，公文书信和会议接见那么冗长，赋税征收和开支出纳那么繁杂，都要我去办理。众多公务，细碎烦琐，扰我的心，挠我的耳。幸亏我没有让不顺心的事搅乱我的心绪而败坏公事。每当退下公堂后，我就来此亭上，排除乱我耳目的各种干扰，使自己精神愉悦，心绪安宁，自由自在地思考，以便更深刻地认识古今之事。学校我在想怎样兴办，荒野我在想怎样开垦，善良的人我在想怎样关心，强暴的人我在想怎样剪除；人丁户口用什么办法来使它增长，打官司的事用什么办法来使它减少；偷盗抢劫，社会不安，我正在想办法防御它并弥补被偷盗的损失；重等级多赋税，贫富不均，我正在想办法改变它并使它均衡。这一切就是常常使我陷入沉思的原因啊。当公务来临时，没有弄清事情的真相，就不能和百姓融洽感情，沟通思想。因此，我经常休歇在亭子上，想通过沉思来使我心地清澄。至于醉翁亭，是供欧阳修寄寓一时游乐的，并不是政治率先的所在。我们就为此亭命名‘清心’，不是很好吗？”大家都说：“太好了！”

蒋先生让我写文章记下这件事，于是我说：“您曾听说过关于‘清心’的道理吗？心是神明的所在，五官的主宰，那些随心所欲、任性而行的人以及端坐在那里，像一段枯树和一堆死灰的人，都是不懂得‘清心’要旨的。《吕氏春秋》中说：‘当官的要以清心明事为根本’，您蒋先生清心明事两者都具备了。您的心地本来就比澄静的水清澈，哪里是登上此亭后才清的呢！您只不过是以此来警示自己罢了。我曾经读过包拯‘清心为治本，直道是身谋’的诗句，总是赞叹羡慕他理事清明而且诗文写得好。现在我幸运地亲眼见到了像包公那样的人了！”

于是我写下了这篇记，并且吟咏包拯的诗句，以表达我对蒋先生的赞誉。

（黄学海，原载《来安古今》1985 年 10 月第 4 版）

来安明清书院考

书院，始于唐代，原是藏书、校书的地方。唐朝末年到五代十国时期，才逐步变为学者讲学、读书的场所。雍正十三年（1735 年），先后两次嘉奖书院，因而书院大兴。据有关史志记载，来安县曾有连龙、景濂、江青、南书院及建阳 5 所书院。

连龙书院在学宫（当时的教育行政机构）东，万历二十四年（1596 年）为知县冷起元所建，因冷号连龙，故名。

景濂书院在南门外，由知县周之冕建于万历四十六年（1618 年），是供诸生讲理学的地方，废于道光年间，今已无法查考。

江青书院在相官集东南。据碑文记载及老人陈政之谈，乾隆三十三年（1768 年），江青圩破于大水。为支援全圩百姓度过灾荒，除清政府赈济外，本县急公好义者亦积极捐款赈灾。第二年，灾情已过，而赈款仍有剩余，当地诸生谋筹此款以建书院。在校学生王景彪、陈国仁合献房屋一所，并将当房钱一百二十千文岁租献出，充作缮修费用，起名江青书院。知县韩梦周为此写了一篇《江青书院记》，并勒石成碑。现相官小学已将此碑镶砌在办公室南墙内，以利保存。据道光十年县志记载，已改书院为江青义学（即为老百姓义务办学）。嘉庆十八年（1813 年），因经费无人管理，乃归并建阳书院，所有房屋仍为当地诸生活动的场所。据陈政之谈，清朝末年，每到逢集，贡生章履平还来这里讲学。1930 年以后，才改为来安县第二高等国民小学。

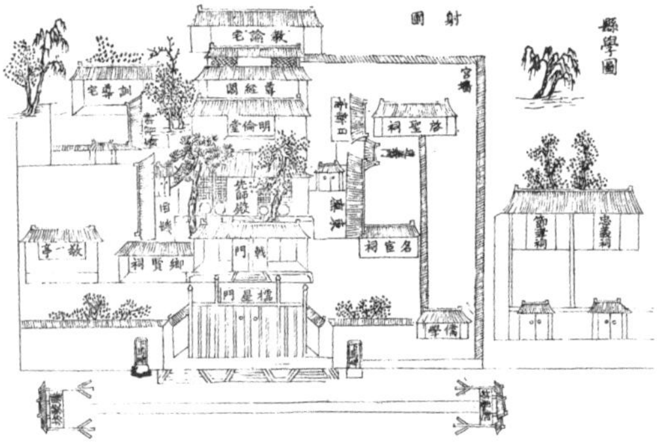

雍正十三年《来安县志》县学图

南书院在明伦堂（教“伦理学”的地方）西，原有训导署，道光七年（1827 年），由县令刘廷槐改建。

建阳书院在县署后面，即现在的实验小学所在地，原系社馆，顺治年间，为知县汤九围创建。乾隆十四年（1749 年），知县刘廷槐奉命饬建书院，建房 14 间，名曰建阳书院。

光绪二十七年（1901 年），清政府正式下诏，把全国书院都改成学堂，省城改称大学堂，州府称中学堂，县称小学堂。建阳书院于 1902 年改为来安县高等国民小学，后又改为第一高等国民小学，约在 30 年代初，改为国民中心小学，1934 年前后改称建阳小学。

（周元顺，原载《来安文史》第一辑 1984 年）

相关资料一

江青书院记

清邑令　韩梦周

乾隆卅有三年，来大饥，皇恩以赈，民乃辑宁。越明年春，邑之好义者复醵金为食以待麦秋。既竣事，东南乡之相官镇有赢资，爰谋于众，为置书院。镇之王生，陈生复损舍一区以处生徒。事以大集，请余为记。

余谓为学之道在审所尚而已。志道德者绌功名，志功名者贱富贵。夫富贵之与功名犹薰莸也。功名之视道德犹金矿也。古之魁梧雄略之士耻其功不见于当时，称不施于后世，敝精瘁形，殚虑而竭忠。其措施补救，大者在国家，小者犹开济一方，被之乎生民而不朽。率志而行之，至有犯时触难、撄祸患而不悔者，若是者何也？抱材于己，诚不忍其暗汶以没也。至于充乎内无假于外，既其实不慕乎名。其达之也若固有，其退而怀之也渊乎其不竭。浩乎其与天地万物者游，而无所为不足，此古所谓有道之士。

圣贤设教规以为的，欲人学而至之者也。然自圣人既没，至教不传，其间奋迹于功名者有矣。道德有于己者，未之恒闻也。求其近焉者，汉则仲舒氏而已耳，诸葛氏而已耳。隋则文中氏、唐则昌黎氏而已耳。至宋，濂溪、明道作而后其道大著。自是以来，代有兴者。紫阳、象山并起一时。真氏、魏氏以及元之吴、许，明之阳明，我朝之汤、陆，源远而流益广。虽有至有不至，则固所谓圣人之徒者也。

予尝论此二者，志功名则古人之成法不可不考，当世之事务不可不究，国家之兴废、生民之利弊不可不悉。宰相之所以行、谏官之所以言、临民之所施设，皆可豫也。如志乎道德，则古昔圣贤相传之旨，其广大散于六经，其精微著于四子书，宋元诸儒递衍其绪而国家以之取士。盖诸生之所夙闻，无待更端他求者，惟在立志设诚以行之耳。

若夫富贵利达之士，盖墦间之行，妻妾所羞且泣者，不愿为诸生道之也。

镇居江青圩西偏以名书院，志其地也。王生名景彪，陈生名国仁，尤士之好义者。

译文:

乾隆三十三年（1768年），来安县发生大饥荒，皇上恩典赈济，百姓才得以和睦安宁。第二年春天，县里一些乐善好施的人又筹集捐款购粮，以防午秋饥荒。这事完成以后，县东南的相官镇有结余资金，于是商议建一所书院。镇上的王姓和陈姓生员捐房舍一座，作为学习攻读之处。事情已经办成，请我为书院作记。

我认为治学之道在于推崇什么。有志于道德的人，不追求功名；有志于功名的轻视富贵。富贵和功名就像香草和臭草一样不可共处。成就功名者视道德为金矿。古时候雄才大略的人，羞愧其主张不被当世理解，不被后世施行与认同，虽然精神疲惫，形体消瘦，仍然深思远虑，竭尽忠诚。其措施大者利在国家，小者也可以开济一方，泽被人民而不朽。按自己志向去做，甚至犯时触难，碰到祸患而不后悔。像这样的人是为了什么呢？确实不忍让已具备的才能蒙受玷污失去光彩而被埋没。以至于充实提高自己的学识本领而不注重外表虚名。升迁时就像本来应该有的，被贬时其胸怀像深潭而不枯竭，浩大得与天地万物同游没有什么不满足的，这就是古人所说的有道之士。

圣贤者设教规作目标，要求学习的人能达到这种境界。然而，从圣人离世，崇高的教诲无人传授。其间有人奋力追求功名，而崇尚道德的，却没有经常听说过。近者，汉朝仅董仲舒、诸葛亮而已。隋朝的王通，唐朝的韩愈。到了宋代周敦颐、程颢传道授业，声名卓著。从这以来代代有兴学鸿儒，南宋朱熹、陆九渊并起，还有南宋真德秀、魏了翁，其学以朱熹为宗。元代吴澄、许衡，明朝王守仁，清代汤斌、陆世仪，均继承程朱理学，并且发扬而广大。虽然有的达到极致，有的没有达到极致，都可以称为圣人的高徒。

我曾经研究过这两方面，立志于功名的，古人的成法不可以不考究，当今的事务不可以不研究，国家兴废、民生利弊不可以不了解。宰相之所以施政，谏官之所以谏言，碰到关乎百姓的设施，都是可以先准备的。假如有志于修养道德的，那么，古时圣贤相传的宗旨要义，其范围大的散见于六经，精粹论述集成四书。宋元大儒传承先贤的思想理论，国家凭借这些思想理论制定了取士的标准。大约诸生平素已经听到，无须另求蹊径，只要立志一心一意付诸行动就可以了。

至于说到那些所谓富贵腾达的人，却行走于墓地偷吃人家祭祀的饭菜，竟谎称和社会名流雅聚，当其妻妾知道了都感到羞耻，相向而泣。这种事，不希望诸生效仿的。

相官镇位于江青圩偏西，书院因此得名，并用文字记刻下来立于此地。王景彪、陈国仁是读书人中最能好义行善的人。

（叶永寿）

相关资料二

重修建阳书院记

清邑令　符鸿

古言县令民之师，帅所使承流而宣化，是不惟有以治民，必将有以教民。教莫先于学校，而其职董自师儒。县之所兼摄非所专司，能预成其效者几希，是莫如书院。书院者，县所以萃一邑之人材，日与论文而讲道者也。其事县之所主，藉欲有以尽心于教，诚莫亟于斯。

邑自前明有连龙书院，次则景濂，寻相继俱废。国朝顺治间，前县汤君九围尝设社馆，捐田数十亩，寻以费不敷中已。乾隆己巳，刘君瓒始倡士绅捐建书院，收复舍馆田并稍加增置，廍廍资山长膳修，生徒膏火缺如。比来清厘积项，详复雁塘田。杨君炘酌拨公资，拟兴膏火。未几，杨公调任蒙城，鸿接莅斯土，乃因其旧绪，参定章程，道光三年春，始甄录肄业生童，分正、附课给予膏火。

惟是创建书院以来垂八年，栋宇门庭亟宜整治，乃权其积费，度其要工，经始四年冬初，阅两月工竣。予因题内堂之额曰“乐育”，盖以《诗序》有言“菁菁者莪乐育材”也。我夫子亦言朋来而乐，孟子言得英才教育为三乐。兹书院之兴，既备之膏火，复缮其斋居。多士赡用有资，藏修有地，固宜敬业于斯，乐群于斯。而主斯席者得以优游训迪，以广其甄陶，宏其造就，将于是乎乐其教之行。而宰斯邑者得以劝课渐摩，以培一邑之人材，而倡诸民之风教，尤将于是乎乐其治之美。要皆兹书院之兴有以成之也。予因乐得而记其概云。

译文:

古话说，县令是一县人的师表，承接美好传统而宣化百姓，这不仅仅用以治理百姓，而且要教育百姓。施教首先要有学校，学校职董选自师儒。县里辅助兼管而不是专司，其预期效果很小，希望在书院。书院，萃集全县之人才，天天论文讲道。书院的事情由县里主管，但办好书院要靠诚心诚意于教职的人。

来邑在明朝时有连龙书院、景濂书院，都相继废毁了。当朝顺治年间县令汤九围曾设社馆，捐田数十亩，后来因经费不足而搁置。乾隆己巳年（乾隆十四年，1749年），县令刘瓒倡议士绅捐款建书院，收回舍馆田，稍加增置，仅仅维持书院主持人的薪俸，在校学子的津贴尚无着落。于是厘清积项，收复雁塘田产。后任知县杨炘，酌情拨给公款，以解决在学生员的津贴。不久，杨知县调任蒙城，我接任来邑县令，便接着前任没有完成的事情。制订章程，道光三年（1823年）春，开始录取肄业生童，分正、附课给予津贴。

自创建书院以来已过去八年了，栋宇门庭，亟须整治，于是核算经费，编造预算，道光四年冬开工，两月后竣工。我为书院内堂题写匾额为“乐育”，取《诗序》“菁菁者莪乐育材”的意思。孔夫子也说朋来而乐，孟子说得英才教育为三乐。书院兴建成功了，既筹集了薪俸、津贴，也修缮了斋居，赡用有资，藏修有地，应该在这里敬业乐群了。主教席的专心训导启迪，培养造就人才，乐行此道。而我主事来邑也能得以劝课观摩，培养一邑的人才。倡导百姓优良的风化，我也为取得的成功而感到高兴。尤其是书院建成运作有序，于是很高兴为书院建成作记备述。

火烧延塘寺的传说

延塘寺始建于宋仁宗天圣三年（1025 年），旧名塔院，位于汉河镇延塘村（现属阳明湖社区）。治平四年（1067 年），赐名寿圣寺，后改延塘寺。清康熙五十年（1711 年）重修，至 1949 年尚有僧人本修、本末在寺中修持。后来废圮，现原址挺立着一棵高大粗壮的古银杏树。

鼎盛时期的延塘寺有多大呢？据老一辈人口口相传，从山门到后门足有 2.5 千米，谓之“骑马关山门”。从主持到各种执事以及大小和尚有 300 多人。遗存下来的石柱脚直径达 1.2 米，可以想象寺庙之大。另有传说，延塘寺山门前原来有 3 棵高大的银杏树，每棵大树 5 个大汉都搂不过来，在镇江的金山寺上端上一碗水，就能看见 3 棵树的影子。那建筑寺庙的木材从何而来呢？这也有传说，延塘寺内原来有一口很大的井，只要从外地山上把大树砍倒以后，放到长江里，不大的工夫，大树就会通过神水直达延塘寺的天井，自动地从井口冒出来。

既然有这么大的寺庙，为什么后来只剩下石柱脚呢？原来这里面有一段曲折的故事，离现在已经有好几百年了。

延塘寺旧址前烧不死的古银杏树　朱明 摄

延塘寺的当家和尚曾经受过皇帝钦封，称为僧官。朝廷封给庙里的土地方圆20多里。当家和尚有俸禄、有产业。他是从南徐州石红寺调过来的，只有40多岁，长得倒也眉清目秀，一表人才。加之肚子里有些文墨，经也念得好，精通佛学，待人接物彬彬有礼，在方圆数百里内颇享有盛名。不仅当地的七品正堂见了他毕恭毕敬，就连州官、府尹也和他平起平坐，谁也不敢怠慢。

这个当家和尚到延塘寺以后，起初倒也蹈矩，时间一长就不老实了，对一些到庙里求神拜佛的妇女，开始是眉来眼去，挑逗人家，后来就动手动脚。受污辱的妇女不敢吭气。当家和尚如此，有的和尚也跟着学坏，老百姓说延塘寺成脏水窝了。

又过了一年半载，问题就出来了：有些漂亮的姑娘、小媳妇只要到庙里烧了香以后从来没见过回家。开始，周围的老百姓怎么也不可能怀疑庙里的和尚会干出什么伤天害理的事情来。久而久之，姑娘和小媳妇竟然少了20多个，老百姓也找不着证据，无从下手。

有个老汉特地带了自己的女儿到寺里烧香，自己就坐在大佛殿外不走，想探个究竟。过了两袋烟的工夫，仍不见女儿出来，他心里更疑得慌，找进佛殿，哪有女儿的影子，也见不到一个和尚。这老汉明知不妙，也不敢大声喊叫，只有假装着虔诚的样子，双手合十地说："我儿造化，被佛爷收上了天，了却了老汉的心愿。"就这样才出得山门。看无人盯梢，老汉便拼命狂奔回家，告诉众乡邻。老百姓狂怒了！受害者联名告到官府，官府都清楚当家和尚的根由底卯，谁也不敢去动他一根毫毛。众受害百姓无奈，大家只有凑足了盘缠，请那个老汉到京城去告御状。

皇帝派了一个官员乔装打扮去延塘寺调查。有一天，延塘寺前来了一个卖货郎。货郎担里全是胭脂花粉和女人用的一些东西。货郎起初没在意，过了几天，又是几批人来买，货郎便注意起来了。他灵机一动，借机找了一个理由抓住一个青年，说是少给了钱，多拿了东西，一巴掌把那个青年的帽子打掉了。嘿嘿，原来是一个标准的和尚。这下，货郎全明白了。

查访的结果奏报到皇帝那里，皇帝当然明白和尚买胭脂的事说明了什么，龙颜大怒，拍着龙案："咳，一群佛门的败类！罢了！"这"罢了"二字，是皇帝当时无可奈何，又不想处置的矛盾心情而流露出来的一句话。可是传旨太监却认真了："将和尚都耙了！"皇帝的"金口玉言"，无人敢违抗，就连皇帝自己也无法收回说出去的话。

没过多少天，1000 多兵丁就将延塘寺围了个水泄不通。在庙里搜查，一无所获，根本没见到一个女人。领兵的人正感无计可施，一个兵士无意中坐到蒲团上休息，"扑通"一声，蒲团翻了过来，那个士兵随着翻了下去，不见人影。当家和尚顿时吓白了脸，"扑通"一声跪到地上。士兵们迅速跳到洞里搜查，原来下面是地下室，失踪的姑娘和小媳妇都在里面，有的被糟蹋得只剩下皮包骨头了。

300 多和尚，除了老弱病残和没做坏事的和尚以外，一个也没跑掉，全被绑在山门外的广场上。周围老百姓听到消息以后，像狂潮似的涌到延塘寺，放起火来把大庙烧了个精光，那大火直烧了半个月。因为皇上有旨"耙了"，所以挖了很多的土坑，把和尚推在坑里，将土埋到肩膀，头露在外面，然后再用几十条牛各拖着一盘耙，从和尚的头上来回地耙，没有一个能苟活下来。后来，当地的老百姓称之为"火烧延塘寺，铁耙和尚头！"

（讲述：陈广洪，记录：惠容，原载《来安民间故事集锦》2006 年）

寻访百年老教堂

立春后的天气仍旧寒冷，天空中飘扬着雨丝，落在脸上沁入肌肤，让人格外渴盼春天的阳光。就在这蒙蒙细雨中，我骑着电动车，从来城东大门的对河桥，穿过塔山路、建阳路，到达健康路南侧的县医院老住宿区。

早就听闻城北县医院老住宿区有座百年老教堂，但一直未能抵达现场看看真实面貌。在县医院老住宿区北门口，我停下电动车询问。小店里的老人回答道："好多房子都拆了，还有一个在，一直往后走再左拐，就在楼的旁边。"

进入院内，老县医院门诊部的匾额仍在，沿着水泥路往前走一段路便是职工宿舍区，左拐后再向前，就看到一座历经沧桑的老房子孤零零地站立在周边建筑群之中。

4开间的老房子已被黄白相间的警条拉围起来，斑驳的墙上张贴着一张已泛白的粉红纸，上写告示：此处危险，禁止通行。东西向的老房子是砖混结构，墙体用红砖、灰色砖扁砌而筑，并用白石灰嵌缝，上面不知粉刷于何年代的白石灰大部分已经脱落，只有南面的墙上还残留些许。墙基比上部的墙身稍微突出些。门窗洞使用砖砌拱券，窗洞上原来突出的拱券部分大都脱落，从砖砌的痕迹可看出有的门窗位置被改造变动过。透过残破的窗户，里面满地杂乱的东西，屋顶塌陷大半，地板已全部腐烂，墙面和吊顶常年

福音堂现状　王道琼 摄

失修损毁严重。东西两头均有后建的半披厦小房子。在西头山墙上，不知何年哪只小鸟衔落的种子从屋瓦中破土而出，在此生根、发芽，长成一棵不知名的树，冠径已有数米，使得墙体看起来摇摇欲坠。北面墙壁已被低矮的房屋遮挡，一棵粗壮的大树生长在矮房之间。南面墙壁上悬挂着长方形铭牌：安徽省来安县文物普查登记项目 福音堂 来安县文化广电新闻出版局 二〇一七年七月立。

我仍然清楚地记得 20 多年前行走在安乐巷的青石板路上，那穿透数百年时光的青石板或光滑如洗，或布满一道道斑驳的履痕，后来道路改造，那些巨大的石块最终了无痕迹。也曾听说过，当年新四军火烧来安城的进城入口就在安乐桥近旁的老城墙根，环绕古县城一周的完整水系也早已陆续被填埋，修路、建楼、盖房……

如今，有关 1000 多年建城历史的古老印迹大多已荡然无存，有的只在史料中，有的在民间传说中。就我目前所了解到的，来安县城里除了琉璃井，百年老建筑也无非就剩下这座福音堂和武家大院了。武家大院一直是私人住宅，而这福音堂不仅仅曾是基督教教堂的一部分，百年来也见证着历史，见证着时代的变迁与更迭。

宣统三年（1911 年），英国基督教牧师贝宝善捷足先登进入来安传教，由英国教会投资兴建了 27 间房子作为教堂和布道、发展信徒之用，有礼拜堂和牧师楼等。南京的詹步光、徽州的胡子坦等中国传道人在此协助传教，但时间不长，又由安庆的吴之清等两人接替了詹步光、胡子坦继续传教，直到 1948 年才停止活动，全县基督教信徒有 259 人。

1940 年 5 月 27 日，驻滁县的日伪军纠集 1000 余人进攻来安，来安县城第四次沦陷，日军大佐仓宁部进驻来安，在北大街福音堂内设立司令部（当时被称为“红部”），建立日伪政权。从此，这里成为日本侵略者残害来安人民的魔窟，直至 1945 年 8 月日本投降。

1947 年，来安县教育界人士在福音堂创办大雍镇小学。1949 至 1953 年期间，胜凯小学（来安县实验小学前身）分部设在这里；此后，来安县人民武装部驻于此地；到了 1961 年，县人民医院与县人民武装部进行土地置换后迁于此地，这座百年老房子也被作为宿舍分给医院的 2 户职工使用。

现存的福音堂只是原老教堂的一座礼拜堂，通面阔 15.8 米，通进深 7.15 米。福音堂是近代中西文化理念和建筑文化交融发展过程中的产物，对研究来安的基督教文化有着重要的实物价值，也是日本侵华的实物见证，同时也见证了来安县人民医院的发展变迁。2013 年 1 月，来安县人民政府将福音堂核定并公布为不可移动文物。

去过北京、皖南、浙江、陕西等地，也看过许多保存完好的古代建筑。一座城市的历史，看得见的、最直观的就是那些历经时光雕琢而不朽，凝结着先辈智慧与丰富文化内涵的文物，而这些是不可再生的，是历史的记忆，是文化传承的载体，一旦毁损，将是无法弥补的损失。一座没有历史文化记忆和底蕴的城市就像一叶没有根须的浮萍，留不住乡愁，也难以打动人心。今年春节期间，我带着孩子去滁州逛游重新打造开放的遵阳街，老火车站、老汽车站、金刚巷一带的老房子已被保护修缮完好，现在的人以及后人至少可以从这些留存下来的老建筑实物中触摸到过往。

而今，我独自站在福音堂前，周边的老住户说："来过好多人，又看又问，说要拆迁维修，但一直没有动静。"我便向文物管理单位求证，原来在 2020 年 10 月份，福音堂的产权移交、修缮保护事宜曾被提上过日程，县政府主要领导批示同意收归国有，并交由文物管理单位维修。只可惜后来因为周边房屋建筑拆除困难，移交、修缮均未成功，维修资金也被县财政收回，现权属仍在县人民医院。

听闻这样的结局，我倍感遗憾！为了保留这座城市的历史记忆，为了文物保护的那一份责任和担当，百年老建筑福音堂等真的需要改变现状了，保护修缮来城百年老建筑已迫在眉睫！

（王道琼）

解锁武家大院

2017 年 7 月，来安县文化广电新闻出版局为建阳北路永利巷内一座老建筑悬挂上铭牌：安徽省来安县文物普查登记项目——武家大院。为了更多地了解这座老建筑，我连续多日登门拜访，或早或晚，顶风冒雨，却一直未见到一位主人。询问周边住户，都说不知道。我只得走出狭窄的永利巷，沿街向北走了五六十米，转入安乐巷，再行五六分钟进入邮电巷，之后从巷子的另一头出来，向右一拐，便又回到了起点。这一圈转下来，除了临街商铺有人外，只有城北居委会老办公房东边的一户人家院内不时传出电锯锯东西的声响。我呆立街头，正在为寻找调查对象发愁时，街对面一位满头银丝的老人闯进视线。听我说明来意后，她说道："虽是街坊邻居，但很少来往，对他家的情况还真的不知道。"于是，我只得告辞这位被棉衣裹得略显臃肿的老人，并给朋友发了条短信："不明真相，没法写稿。"当即收到回复："别急，已打听到对方电话，等会发给你，联系后再去。"

联系到房主之一武蕴平之后，我再次冒雨前往，叩开门，才发现一直把我拒之门外的竟然是堵高大的院墙。主人引导我到客厅坐下，彼此简单做了介绍后，他便讲述了起来。

武家大院　李滨 摄

"我们家过去是做生意的，刚开始经营山

货和百货，后来又增加到糕点和副食，可以说是日进斗金，一个中秋节所赚的钱就够全家吃上一年。在清朝晚期，我爷爷武名荣建了这片房产，坐东朝西，占地约 1000 平方米。前后四进四院，第一进临街的是店铺，砖墙草顶房屋，与后面的厢房和客厅组合起来成了个四合院，厢房是家丁和店里的伙计住的；第二进南北又建了砖瓦结构厢房和客房，这是供客人住宿和会客用的；第三进用高墙相隔，也就是你进门的那面墙，原来大门的门楣上有雨搭，用板砖层叠砌成，两端略上翘。与墙相连的是厢房，与厢房相连的北面房屋是正厅，正厅 7 架梁 5 开间，屋面覆青瓦，南北两面山墙加筑封火墙。屋椽上铺设望砖。斗拱与雀替雕有云纹，斗拱挑出屋檐，形成廊檐。正厅中间装玻璃格扇门，其他 4 间开窗，这是女眷们居住的地方。南北厢房各 3 间，5 架梁砖瓦房。中间天井铺地砖，两级石阶进入正厅，一级石阶进入南北厢房，厢房窗户上也有弧形雨搭。第四进是柴房、杂物间，还有停放车轿、拴牲口的棚子，院中有一口水井。后来，我的父亲武开山响应政府号召，拿第一进的商铺入股县百货公司，被改建为永利商场。当时的永利商场生意兴隆，不仅全城有名，就连各个乡镇的供销社都来批发副食，后来这里的巷子就被冠名为永利巷。因城镇发展需要，永利商场和第二进房屋后来也被拆除，两边建上了现在的楼房。”

据余培森编撰的《来安县乡土志》记载，“盖来安为宋金战争之地，遗黎仅百余户，大族已迁徙他郡矣，今就有明以来略志之……武氏子姓宋武公之后，明初由山西文水迁来邑，其子孙多登甲科领乡荐者，明经凡数十人，嘉庆时武孝钦父子以文学鸣一时，今族姓繁衍传至二十四代。”再查《来安县志》（道光版）载：“武孝钦字春江，嘉庆戊午举人。弟韵青，字印苍，嘉庆辛酉进士。兄弟并幼孤，母程氏持家有礼法，甘清贫，延明师讲教之。孝钦生而颖异，八岁能诗。既长，才藻横溢，珠光剑气咄咄逼人。其性情脱落，自谓类陈同甫之粗豪，近杜樊川之放诞。著有《春江赋稿》。韵青资禀稍逊而学力沉实，气体浑厚，视兄有加焉。登第后任青浦知县。钦偕往逾年，相继并卒。”

由上可见，武氏家族曾是来安名门望族，枝繁叶茂，祖辈曾传有对联："永阳新世泽，文水旧家声"。20世纪以来，武氏家族也是人才辈出。

武蕴平的同宗叔伯武仁山师范毕业后，曾在来安县城小学任教，大革命前考入东北讲武堂，毕业后在东北军中任职，曾任过连长、营副、参谋，上尉军衔。九一八事变后随东北军进关。西安事变前曾随东北军代表去过陕北苏区，和罗炳辉、宋任穷等红军将领有过接触，受到一定的革命影响。抗战全面爆发后，武仁山所在部队在平津前线与日军作战溃败，遂退伍回到家乡参加地方抗日工作。1939年秋，新四军第五支队进驻来安，武仁山遂和罗炳辉恢复了联系，常帮助部队做些革命工作，后在来安县抗日民主政府任过军事科长、司法科长等职，1941年不幸离世，终年40来岁。其子武蕴藻在来安中学读书，1940年4月带着张如热、许国栋、陈环、沈勇、杨静、卫逸才等20余名青年学生，投奔驻扎在长山脚下的新四军，成为战地服务团一员。之后，在与扫荡的日军突然相遇时，武蕴藻不仅能沉着应战，击毙日军，还灵活机动，成功掩护王平等4名战友跳出重重包围圈，是淮南有名的"游击英雄"。1945年9月，武蕴藻调往东北，从事开辟根据地、建立民主政权、剿匪、土地改革等工作，任辽北省洮北、洮南县委书记、县长，辽北省委政策研究室主任。中华人民共和国成立后主要从事工程建设、国防科研领导工作，任江西省公路局局长、华东公路工程指挥部三局局长、广州市港务局副局长、黄浦区委第一书记。后又任国内最早的一家合资企业中波（波兰）海运公司中方经理、交通部上海船舶科学研究所副所长、六机部七二研究所所长、中国船舶电站设备公司总经理等职。

武蕴藻妹妹武蕴华18岁投身革命，离休前担任过上海市静安区委组织部部长、区委副书记以及区人大常委会副主任等职。

武家大院后门过去是主人家女眷和仆人们的出入通道，出门便是现在的邮电巷，向东可至太平桥，到达岳庙；向西可进入主街，逛银行巷。因为现实生活的需要，原本没有墙的院子中间被砌上墙一分为二，原先高墙上的大门堵上，各开一扇门进出，从而形成现在的武家大院格局。

历经百年风雨，武家大院在周边房屋的映衬下，青灰的砖瓦、院墙和留存下来的建筑构件无不透露着岁月的无奈与沧桑。在时光的流逝中，这座来安县城里尚存的百年老建筑未来将会何去何从不得而知，唯愿能被善待，能让更多的后人看到曾经的明清徽派建筑样本。

（采长林　杜永生）

三汊河上的永安桥

“永庵桥，永庵桥，先有庵，后有桥。”这个民谣至今仍在来安县独山镇流传着。当地群众说，早在永安桥造好30年前，它的东南侧就已经建好了庙，这座桥是因庵而得名。如今永安桥头还立着一座小巧的永安庙，供奉着小巧的佛像。

东西走向的永安桥横跨在三汊河上，其造型和质量非常考究，在全县尚存的古建筑中算得上首屈一指。永安桥全长75米，主桥桥身34米，宽5.5米，三孔石拱，中拱跨度8米，两边拱跨度5.6米。整个桥身是用数以千计的大理石铺装而成的，仿佛久经沙场的老将，身上披着灰白色的铠甲，很是壮丽。在中间的桥墩上，左右两方各雕着龙凤图案，造型古朴典雅。桥墩下面的基柱，全是一色的数百棵深埋的圆木。有的说是桐油浸透过的杉木，也有的说是楠木，反正是质料很好的木料，否则，不可能保留那么长久。石块与石块的缝隙用糯米汁拌熟石灰灌浆砌成，非常坚固。

早在明朝，三汊河就是一个远近闻名的集镇，地处来安通往竹镇、六合、扬州和南京的要道上，水陆交通便利，商贸繁荣兴盛。集镇虽不大，但一般的货物都能买到，凡运进来的货物都能畅销。所以，三汊河是相邻各县生意人家必去之地。

修复后的永安桥

久而久之，河

道拥挤，人满为患，船满为患。从各地赶来的商家，常常为了抢先渡河而打得头破血流。这种情势发展下去，对任何人都不利。于是，几家做大生意的人坐下来商讨对策。有人提议在河上搭起一座大桥，让两岸的人畅通无阻，也减少河道里船多拥挤状况，造桥费用由商人承担，造桥工人吃的小菜由三汊河镇几家商户包下来。这个提议得到众人赞同。

这样，就在天启甲子年（1624 年），徽商叶福禄等出资建造了永安桥。民间传说桥造成后，付给民工们吃小菜的费用，几乎让三汊河镇几家商户老板倾家荡产。由此可见，永安桥的耗资相当惊人。据说，桥身的大理石都是从苏州开采后再通过水路运到三汊河的。

永安桥后经两次维修，历经近 400 年而不垮，其构造简洁、结构合理、风格古朴，是明代桥梁建造水平和巨匠精湛技艺的历史见证。反映出来安县民间爱桥护桥的良好社会风尚，“以义制利”的徽商精神得到有效传承。

当年的永安桥下可以通行带桅杆的帆船。后来，随着陆路交通的发展，三汊河水运功能渐失，河道常被水草杂物淤塞，草木旺盛时期几乎看不到水面。

2017 年 6 月，永安桥修复完成，桥面保留原石板铺砌，两侧新增石柱、石板护栏，古韵犹存。当年申报为滁州市市级文物保护单位。

（王道琼）

皇帝赐名的头桥

头桥集位于滁河下游，和大英镇五岔村武家渡口隔河相望，离长江入口约 25 千米。头桥集这个地名因桥而生，当然这个桥并不是建在滁河上的钢筋混凝土大桥，而是位于头桥集南端的一座石板拱桥。此桥建于何年何月无从考证，但这小桥的名气却有来头。

据传说，当年乾隆皇帝下江南返京时，出了南京城一路向北，来到了这个江北不起眼的乡村小集市上。此时正值中午时分，一干人等经过一座石板拱桥行至集市中段，被阵阵扑面而来的香味馋得走不动路了，随行官传令就在此用膳。当时迎驾的六合县令慌了手脚，没想到皇帝爷要在这个小地方用膳，而且还指定要飘出香味的林家饭铺掌柜掌勺做菜。林掌柜拿出当家本领，做了四道菜：红烧狮子头、糖醋里脊、田螺肉炒韭菜，最后一道汤菜是咸火腿心炖汤外加豆腐条、菠菜，名字取得别致，叫“清香白玉板、红嘴绿鹦哥”。

乾隆吃后龙颜大悦，便问这叫什么地方，六合县令赶紧回答：“此地刚刚开埠，还未起名字，请皇上赐名。”乾隆说：“朕出南京城到此遇到的头一座小桥，干脆就叫头桥吧。”从此这个地方由桥而得名，头桥集沿用至今。

滁州公路通过大英头桥进入中扬公路　朱明 摄

1937 年 4 月，横跨滁河东西的一座 10 孔桥，全长 110 米，钢筋混凝土桥墩，桥面、护栏为木质结构的大桥建成。人们把这座连接头桥集和大英集的桥梁也叫作头桥。当年7月7日卢沟桥事变，抗日战争全面爆发，日本侵略者大举南犯。为阻止日军进犯南京，当年11月，国民党军下令烧毁刚建成8个月的新桥，连烧带炸，大火烧了7天7夜，最后只剩下3排残缺的混凝土桥墩，存留在武家渡口河中间半个多世纪。

1949年解放南京时，军民合力曾在此渡口搭建过临时浮桥，一段时间后即被拆除。

1986年5月，苏皖两省达成协议，由南京和滁县地区共同出资重建头桥。1987年6月20日新桥竣工，命名为新头桥。来安人习惯称这桥为大英头桥。该桥6孔跨径20米钢筋混凝土T型梁桥，桥长120.4米，桥面宽10米。

斗转星移，由传说而得名的头桥集南端的头桥，到战争烧毁横跨滁河的头桥，再到20世纪80年代中期苏皖合资兴建新头桥，桥的演变是历史沧桑在说话，而名称的不变却是道法自然在说话……

新头桥，近百年来承载着苏皖两地的交通便利，河东河西两岸的人间烟火味道。

（章思林）

对河桥的变迁

小时候去的地方比较少，有两座桥印象非常深刻，一座是来安老县城东边来河上的对河桥，一座是南京长江大桥。那时候去南京，不论是坐汽车还是坐火车，都要经过南京长江大桥，桥头巨型广告牌上“碧绿春　酒美如春”就是来安县碧绿春酒厂的广告，这句广告语在20世纪八九十年代的电视、报纸和广告牌上经常见到，广为人知，也深入人心。这个酒厂离对河桥不远，那时的酒也是地道的粮食酿造的酒，记得高峰时期，给酒厂拉山芋干的大货车一辆接着一辆排到了对河桥桥头。

南京长江大桥是第一座由中国自行设计和建造的双层式铁路、公路两用桥梁，是中国经济建设的重要成就、中国桥梁建设的重要里程碑，具有极大的经济、政治和战略意义，有“争气桥”之称。它不仅是中国技术成就与现代化的象征，更承载了中国几代人的特殊情感与记忆。虽然数次经过，但遗憾的是都只能从车窗里匆匆仰望她的巍峨壮观，从来无缘漫步于桥上。

而对河桥，是身边的桥，是我闲暇时光想去就去的一座普通的桥。桥离我家不到2千米，承载着我人生时光的无数记忆与美好，也客观呈现和记录了来安经济社会的发展变化。

小时候，我经常和家人、同学们一起去看桥、看水、看人们钓鱼。在夏天雨水多的时候，大量的河水和雨水混杂在一起，通过桥孔冲向下游，感觉非常壮观，常常幻想着，要是有几条大鱼跳到自己的脚底下该多好，再抱着回家多开心啊！

这座桥1954年4月竣工，名曰对河桥。缘何叫对河桥，很少有人能够讲清楚，也未能查找到相关文献记载。

对河桥全长26.7米，由3孔构成，中间的孔跨径最大为6.6米，其余两孔跨径4.7米，石台墩宽7米，木面宽4.3米。对河桥的建成，县城居民有了东西往来的重要通道。1956 年来安到天长的公路开通，滁州经来安到天长的来往车辆必经此桥。1965 年，对河桥再次改建，桥面净宽 7 米，为装配式钢筋混凝土板，重型汽车都可以通过。1977 年再次施工改建为 3 孔钢筋混凝土双曲拱桥，桥长 110 米，桥面净宽 7.5 米，孔径 18 米。这次改建后的对河桥也成为很多中老年来城居民记忆中抹不去的样子。在 2010 年以前，我和家人散步的时候还经常去对河桥上走一走，尤其是到夏季，到桥上看河水，感受河水带来的清凉，也是一件非常有吸引力的乐事，和重庆人夏日在河水中打麻将的享受度，应该是有的一拼。

2005 年 1 月，在对河桥向南 800 米开外的 210 省道上的新来河桥建成通车，滁州至天长的车辆不再从城中心通过，多从新来河桥通行。

随着岁月的流逝，城市的快速发展，对河桥日渐残破，狭窄的桥面坑坑洼洼，越来越遭受到市民的抱怨，又脏、又破、又不安全，也严重影响了来安的整体形象。桥下的河水也一度常年污浊不堪，乌黑的河水顺流而下，直到 104 国道水口桥闸那边都能闻到刺鼻的气味。

来自民间的呼声日益高涨。网络论坛、政协提案、人大议案都成为人们发声的渠道，来河治理、对河桥改建终于紧跟“大滁城建设”的脚步，在“新来城建设”中被提上议事日程。经过两年多的规划、拆迁、建设，来河治理工程分期分段实施，并取得了显著成效。亭台、步道、草坪、绿树、鲜花等景观贯穿于来城段的河边两岸。新对河桥的 5 种设计方案在 2013 年被公布在网站上广泛征求社会各界意见，众多网民踊跃发表看法和意见，积极投票选择自己认可的设计方案。

2015 年 10 月，新对河桥终于通车，命名为新来河大桥，主桥长 106 米，桥宽 37.5 米，不锈钢护栏，红色的弧形钢架拱如一道绚丽的彩虹横跨在来河上，特别是晚上，架拱上的灯光亮起，流光溢彩，美不胜收，故人们又称其为彩虹桥。来河边散步游玩的人多起来了，治理后的来河水再也不见当年的恶臭污浊，许久不见的垂钓者或立或坐于河边专注地盯着浮漂，不时地钓起或大或小的草鱼、青鱼……

2015 年建成后的对河桥 吴宗宝 摄

2020 年，随着来城东大门改造和“水活明净”等工程的实施，对河桥东面的老旧房屋被全部拆除，建成新的风光带，来城东大门原本脏乱差的形象得到彻底改变，也成为人们休闲健身的好去处。

如今，再去看对河桥和其南面的桥，新制的铭牌上竟然都是“新来河桥”，相距不远的两座桥命名一样（据说，来河流经其他地方的几座桥也叫来河大桥），让外地人或年轻的本地人有点分不清哪个对哪个了，莫若还将塔山路上的新来河大桥回归原名对河桥，这样也更能让人们记得住过往，分得清先后和具体所在方位，倒要好些。

（吴宗宝）

来安军民抗日纪略

以来安县半塔为中心的淮南抗日根据地，战略地位十分重要，它是连接华南与华北的枢纽，也是一条生命线、补给线。中国共产党领导的新四军第四支队于1939年5月挺进津浦路东，进入来安县境，发动组织群众进行抗日斗争。同年8月，罗炳辉司令员率第五支队穿过津浦铁路到达来安县，军民并肩战斗，经过几年的浴血奋战，取得了抗日斗争的最终胜利，对于整个淮南地区乃至华中抗日斗争的局面都起到极其重要的作用。

来安县城原本是一座青山绕北廓，碧水流东城，茶馆酒肆遍布，四乡八镇商旅如云的皖东古镇。自从1937年12月21日日本侵略军野蛮地践踏这块安宁的土地，便狼烟遍地，城乡生灵涂炭。1938年5月30日，日军出动10多架次飞机疯狂轰炸来安城，50多名无辜百姓死于非命，700多间民房毁于顷刻之间。1939年11月21日，来安县城再次遭到日机轰炸，30多名百姓被炸死，400多间房屋被毁。1940年5月和9月，日本强盗两次在县境内大“扫荡”，纵火烧杀掳掠，300多百姓罹难，古老的来安城三分之二房屋化为焦土，夫子庙、城隍庙、东岳庙变成废墟瓦砾，曲水流觞、鲜花四季的冯家花园夷为平地。水口、张山等村镇也被炸得人亡屋塌。据不完全统计，几年间死于日军轰炸和“扫荡”的百姓1100多人，被毁房屋2800多间，被掳掠粮食、牲畜无数。日本侵略军毫无人性，张山乡一储姓农妇，被奸污后杀死，水口镇一年轻女子被拖进“红部”轮奸后扔出死亡。他们将一名姓袁的聋哑人活生生给狼狗咬死。用刺刀戳死大田郢的一位72岁老人和一位叫徐大刀子的痴呆人。来安人民家破人亡，流离失所，来安百业凋敝。日本侵略军在来安犯下的滔天罪行罄竹难书。

在这危难时刻，1939年8月，罗炳辉司令员率新四军第五支队来到来安县，青壮年纷纷加入新四军的行列。从此，来安人民在中国共产党领导下，在罗炳辉司令员指挥下，走上艰苦的抗日之路，谱写了一曲又一曲勇斗日寇的壮烈凯歌。

1939 年 9 月 3 日，细雨蒙蒙，日军一个大队、伪军两个大队从明光乘车到张八岭，偷偷向嘉山自来桥方向进犯，企图一举歼灭在此活动的新四军第五支队。罗炳辉司令员命令 10 团在路北，警备营在路南，准备伏击。不多时，透过雨帘，隐约可见七八百个日伪军越来越近，罗司令员一声令下，埋伏的部队朝敌人开了火，枪声四起，打得日伪军晕头转向，乱了阵脚，夺路向来安城狼狈逃窜，躲进县城，等待滁县的援兵。罗司令员命令部队穷追不舍，兵临城下，又命令 8 团守住八石山，阻击敌人援兵，切断他们滁来之间的联系。到了第二天下午，躲在城内的日伪军等援兵不到，如惊弓之鸟，军心惶惶，竟纵火烧毁民房，弃城向滁县逃窜。不料想，我们的部队随后紧追，布防八石山的 8 团以密集的火力迎接，敌人在夹击中被打得落花流水，滁县援军吓得掉头缩了回去。在罗司令员的指挥下，第五支队与敌激战 3 昼夜，于 5 日收复县城，首战告捷。这次战斗歼敌 40 余人，狠狠打击了敌人的嚣张气焰。老百姓杀鸡宰鹅，蒸包子做烙饼，犒劳人民子弟兵。是夜，雨歇风停，皓月当空，罗司令员在城内广场上发表了中华民族决不屈服于任何帝国主义的侵略，共产党领导的八路军、新四军是抗日最坚决力量的讲话。军号声声，红旗猎猎，不久，淮南苏皖抗日民主根据地便在战火中诞生了。

为了巩固新开辟的抗日根据地，新四军从来安作战略转移。日伪军千余人又偷偷摸摸地进入了来安城。罗司令员提出袭击来安城的作战方案，命令抗战支队一部于 1939 年 11 月 21 日晚进袭来城守敌。次日清晨，日伪军将主力分为两路，向来安西北出击，攻击我围城部队，其炮火异常猛烈，但我官兵沉着应战，阵地岿然不动，敌人处于劣势，其一部向舜山方向逃窜，被我部截为四段，溃不成军。抗日支队另一部集结于滁来公路阻击来自滁县方向的援兵。经两昼夜围攻后，敌人疲惫不堪，于 23 日向滁县方向狼狈逃窜，被我预先埋伏在八石山的部队猛烈射击，吓得惊恐万状，脱去军服，四散逃生。这次战斗，缴获很多战利品，日伪军死伤 200

余人，来安城又回到人民手中。县城居民欢欣鼓舞，劳军者络绎不绝。次年 3 月 15 日，来安县抗日民主政府成立。同期，中共来安县委在张山集老油坊成立，农抗、工抗、妇抗、青抗、儿童团和民兵队伍也迅猛发展起来。

1940 年夏，正值麦收时节，日军要下乡“扫荡”抢粮了。5 月 27 日，天刚拂晓，驻滁县的日伪军纠集 1000 余人，分三路进袭来安。罗司令员掌握情报后，制定了把老虎关在笼子里打的作战方案，指挥 8 团 1、2 营和 10 团 1 营，分西北、东北、东南三路星夜奔袭来安之敌。5 月 31 日凌晨，当三路部队会师城郊时，在群众引领下，跳越城垣外壕，爬过铁丝网。此时敌人睡得正酣，我军突入其所驻街巷，把草鞋、木棒等绑在火药包上，扔向房顶，顿时烈焰腾空，一片火海，日伪军惊慌失措，鼠窜逃命。部分顽敌与我军展开激烈的巷战，逃出的部分残敌也被我民兵截击。就这样，200 余名日伪军连同他们的“扫荡”计划，随着一场大火而灰飞烟灭。跟随部队指挥战斗的罗炳辉司令员风趣地说：“日本侵略者喜欢火葬，这次是真的‘火葬’了!”

1940 年 9 月，南京等地日伪军万余人，分七路对以半塔为中心的皖东津浦路东抗日民主根据地进行大规模残酷“扫荡”，实行“三光”政策。半塔大田郢和县抗日民主政府所在地贾家圩子房屋被焚。路东根据地军民采用灵活的战略战术袭击敌人，民众坚壁清野，军民英勇战斗，在油坊集、中所集、复兴集、大刘郢等地都给敌人以重创，毙伤日伪军 600 余人，缴获大量武器弹药，使日伪军劳师无功，敌人“扫荡”美梦彻底破灭。在反“扫荡”中，赖子山民兵班长王殿发牺牲。反“扫荡”结束后，中共来安县委和来安县抗日民主政府机关由张山贾家圩子迁至今龙山乡境内的陈家港。9 月 28 日，新四军第四支队 7 团 3 营和团机炮连、特务连又在来安西北的雀子岗与日伪军 400 余人遭遇，战斗中毙伤、俘虏日伪军 130 余人。新四军连长朱春华在战斗中牺牲。

1941 年 5 月 28 日，日军第 11 师团的步、骑、炮兵及伪军约 2000 人，分四路合击驻来安张山集地区的新四军第四旅 11 团，经过两日激战，毙伤日伪军 300 余人。张山乡乡长张连禄和副乡长储兆华在反“扫荡”中牺牲。为纪念两位烈士，1942 年，来安县抗日民主政府决定将张山乡部分地区与药寺地区合并成立张储乡（今施官镇张储村）。10 月 12 日夜，新四军路东军分区独立 3 团攻打相官集日伪据点，俘敌连长以下 100 余人。次年 3 月，独立 3 团再次攻打相官集日伪据点，毙伤敌伪 150 余人。10 月 23 日，独立 3 团第三次奔袭相官集日伪据点，激战两小时，攻入据点，将 13 座碉堡全部摧毁，毙伤 80 余人，俘 100 余人，缴获步枪 180 多支，轻机枪 2 挺，以及很多军需用品。

1943 年 3 月 25 日，日伪军 500 余人，从乌衣、东葛进占相官集。当日夜，新四军来六支队闻讯后突袭并重创敌人后撤出战斗。翌日，敌恐遭再袭，全部撤离。8 月 20 日下午，日伪军一部从雷官集向中共雷官区委所在地秦宗祠进犯，与新四军来六支队在轿顶山相遇。来六支队与敌血战 5 小时，毙敌 30 余人，俘敌 10 人，缴获三八步枪 10 余支，子弹数百发。雷官基干队长王如龙在这次战斗中牺牲。10 月 22 日夜，我部某连队在水口与大英之间活动，与日伪军遭遇，战斗约 20 分钟，日伪军大部被消灭，生俘 15 名，缴获步枪 20 支，子弹百余发，余敌四散逃跑，据点所筑工事全被我军摧毁。

雷官集东连六合，西达滁县，南抵津浦铁路，北经施官可进入我抗日根据地，地理位置十分重要。敌人在这里筑巢，时常窜扰根据地，抢掠群众，截取进入根据地的物资，危害极大。我军决心拔掉这个日伪据点。1944 年 1 月 27 日，在路东军

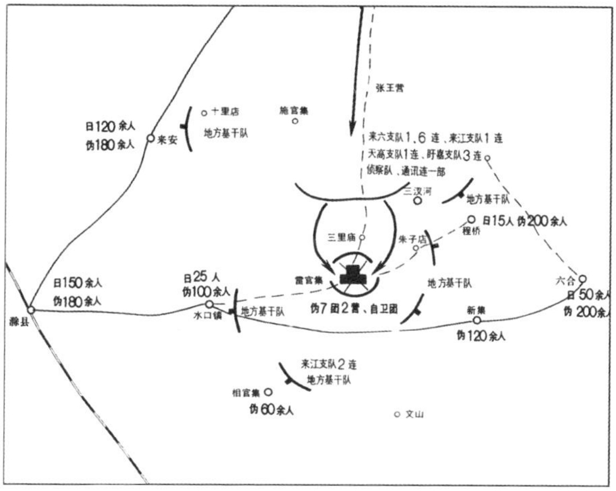

雷官集战斗要图

分区副司令员罗占云、支队司令员程启文率领下，来六支队及各地基干队部分人员配合，攻打雷官据点。经过缜密部署，严格分工，于当日晚9时，拉鹿寨，砍铁丝网，炮击敌人圩子。碉堡内敌人惶恐万状，这时又加以政治攻势，请社会名流喊话“叫关”。至第二天9时许，伪军团长焦子贤见援兵已无希望，大势已去，全部缴械，在伪军队伍中出降就擒。此次战斗俘虏伪军70余人，缴获大批武器弹药。收复雷官集后，驻相官的日伪军闻讯潜逃，来六支队乘胜又攻占了张家堡日伪据点。这年秋天，来安民兵和群众3万余人配合来安支队，拆毁明光至滁县一段铁路，致使日军交通中断一个多月，为抗日斗争赢得战机。11月9日，程桥据点伪军班长以上120余人去六合县城参加汪精卫追悼大会，途经黄木桥季香店时，被来安支队伏击，毙敌20余人，俘敌90余人。12月22日，来安支队在程桥基干队的配合下，在六合县城北羊山头伏击伪警卫3师一个营和日军一个小分队，毙伤日伪军120余人，俘获200余人，战斗结束后受到新四军军部通令嘉奖。

1945年8月16日，来安支队在路东军分区独立3团3营配合下，收复来安县城，日军逃离滁县。9月23日，新四军淮南独立旅5团攻打水口日军据点，并于24日伏击从滁县赶来接应的几百名日伪军，25日收复水口镇。至此，日本侵略军全部滚出来安县境，来安人民终于取得抗日斗争的最后胜利。

抗日战争时期，中国共产党领导来安军民，进行了艰苦卓绝的斗争，一次次粉碎敌人“围剿”和军事、经济封锁，在上百次大小战斗中毙伤日伪军数千人，威震敌胆。来安军民也付出了沉重的代价，但是他们无怨无悔，终于保住了以半塔为中心的淮南路东抗日根据地。这块根据地战略地位十分重要，正如罗炳辉司令员所说，是插在日本侵略军鼻子下的一把钢刀，对于我方则是联结华北和华南的枢纽，是一条补给线、生命线，对于华中地区乃至全国抗日斗争取得胜利都有着重要意义。因此，党中央十分重视，派来许多身经百战的老红军战士。他们的爱国主义精神，不怕牺牲，甚至喋血来安的英雄事迹，教育和激励着来安人民。

抗战胜利了，曾经征战来安，与日本侵略军浴血战斗的革命前辈仍怀念着战友鲜血染红的这块皖东热土。晚年，他们约定，身后不回故里，安葬在战斗过的塔山脚下，这是何等的革命情怀！李世农（河北省巨鹿县人，曾任安徽省委书记、省顾问委员会筹委会主任）、李清泉（江西省鄱阳县人，曾任安徽省副省长、省政协副主席）和他们的妻子都已长眠在半塔这片红色土地上。在纪念抗日战争胜利的时候，仿佛他们正以慈祥、欣慰和期待的目光守望着我们，要继承他们未竟的事业，要警惕国际风云变幻，维护世界公平公正，捍卫抗日战争胜利的这座永久的丰碑。

（凌玉昆　叶永寿，原载《滁州日报》2015 年 8 月 5 日）

第四章　民间歌舞

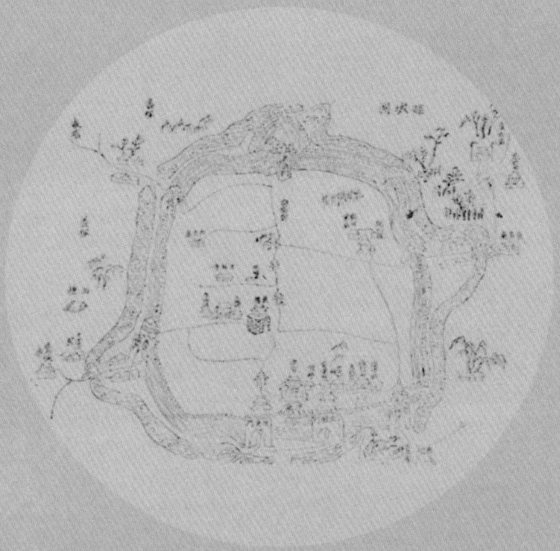

秧歌灯

秧歌灯产生于明朝末年，发源于来安县南部圩区广大乡（现属三城镇），有300多年的历史。明末，滁州之东，来安之南，原有一片沼泽地，人烟稀少。据老艺人杜官庆（又名杜寿仙，毕业于南京艺校，懂五线谱，吹拉弹唱样样精通，擅长三弦、笛子，会用鼻子吹笛子，精通秧歌灯，也是中华人民共和国成立后第一批参加秧歌灯表演的人员之一，已去世多年）回忆："我爷爷告诉我，我们这里的人，起根发脉是徽州过来的。"这一部分移民迁居至来安县的广大乡、三城乡一带定居，并圈圩造田，就地耕种，以图生计。

圩区受水涝的威胁极大，每年夏季田园常被淹没，人们便祈祷"神灵"保佑人丁兴旺，五谷丰登。起初是成群结队地说或唱一些大吉大利、颂扬"神灵"的词，继而又发展成唱农事、唱生活。在歌唱时，开始动作极其简单，以后逐步形成有歌有舞的秧歌灯雏形。

到了清朝，秧歌灯的曲调和内容都较原来丰富。朝廷利用这一形式为他们服务，既达到了继续移民的目的，又借此鼓吹"歌舞升平"。于是便在表演秧歌灯时安插一名清兵，扮成"鞑子"模样，作为追杀"鞑子"的故事进行表演。至此，秧歌灯便初次有了人物，又向前发展了一步，这便是"找鞑子"的来由。

秧歌灯一年玩3次。第一次正月初一"亮灯"，到正月十八"落灯"。在原始的唱词里有"秧歌灯，迎新春，唱罢秧歌务农情"之句，告诫人们玩灯不可忘记农事。农历三月二十八日是三城寺庙会，第二次玩秧歌灯。广大乡、三城乡一带素有"开秧门""关秧门"之俗。"玩罢秧歌灯，赶快开秧门"这句话在当地农民中广为流传。第三次是中秋节，在广大庵（旧址在费家渡）的庆丰收灯会。一年三节玩秧歌灯的习俗一直沿袭下来。有些"灯友"迁居其他地区，又将秧歌灯传带了出去。

秧歌灯名称的由来，可能是源于圩区农业生产以水稻为主，舞蹈中表现了撒种、插秧等活动，唱词中也有“阳雀喳喳贴天飞，小满处处秧歌声”“秧歌一唱心花开，万粒归仓庆丰年”。曲调大都抒情优美，有领唱、齐唱、对唱、独唱等形式。秧歌灯的唱腔很丰富，据老艺人介绍，约有60多个，但不少已经失传。至目前为止，仍保留下来的唱腔有“金垛子”“剪剪花”“九连环”“数花名”“卖杂货”“月落金钱”“看灯调”“卖饺子皮”等数十个。伴奏乐器有笛子、二胡、四胡、琵琶、三弦加上民间锣鼓。

圩区夜间抢收时，稻场上都使用圩灯、风灯照明。秧歌灯取其义而外，又以当地盛产的荸荠为形，手持灯舞，表现了农民在农忙季节，抢收抢种而挑灯夜战的景象。这在歌词中也有充分体现，如在“剪剪花”曲调里唱道：“绣对灯笼放光华，秧歌灯儿拿。”又唱：“秧歌灯儿拿，秧歌灯儿抓。”

秧歌灯均为广场演出。据老艺人回忆，上场人数原来是82人，即27组加1个“主伞”。少则31人，加1个“主伞”。因为是“灯夹戏”，演出时间较长，可以看到“两头红”。

“主伞”即在秧歌灯表演中一手持伞一手持“串铃”的领灯人。扮演“主伞”的是在当地群众中较有声望的人物，或是“老玩友”。农村的风俗，谁出钱请玩灯，就将谁的名字写在彩色布条上，挂在伞沿的周围，称“万民伞”。“串铃”是起舞、调度的信号。

角色分“鞑子”“包头”。“鞑子”为男角，“包头”为女角，在封建社会不允许姑娘玩灯，都由男的扮演，头上包一块青布，故称“包头”。

在服饰上，“鞑子”头戴清朝圆领卷边黑色帽，帽顶正中缀一红缨，身穿对襟褂，外套马褂，脑后垂长辫。“包头”的头上插花戴珠，并编织3股大辫子拖于脑后，身着彩色大衣襟衣褂，大脚裤银边。“主伞”与“鞑子”穿着相似，只是在“主伞”身上披红挂彩。

秧歌灯内容有“大场子”和“小场子”之分。“大场子”中的队形有“串花阵”“金龙盘柱”“二龙戏水”“剪子交股”以及“叠罗汉”等。“小场子”的节目有《姜太公唱鱼名》《小放牛》《对花名》《看灯》《卖杂货》等。“小场子”实际上是表演唱。秧歌灯的特点是“灯中有戏，戏中有灯”，或称之为“雨夹雪”。

秧歌灯的音乐由两部分组成：民间曲调和锣鼓。曲调多抒情、跳跃而欢乐，用来表现人物和事件，演唱形式有独唱、对唱、齐唱，在舞蹈中占据着很重要的地位，尤其在“小场”中演唱较多，形式生动活泼。锣鼓用来加强动作、节奏及变化队形。可以不完全拘泥于原来的锣鼓谱，在原有基础上可即兴演奏。这要求击鼓、敲锣两人要非常熟悉舞蹈，配合默契。“大场”中变队形时锣鼓一般不规定具体多少小节，乐队视队形的变化和演员动作演奏，演员到位或亮相时，奏最后两小节或定架锣鼓。

有关秧歌灯的发源地，还有另一种说法是源自三城寺，又被称为宝塔灯，与发源于广大乡的秧歌灯在音乐伴奏、队形阵法、人数组成等方面略有不同。

三城建于南唐，以蒋家城、龚家城、圹堆城鼎足而立，筑瓦梁堰以御北师，水势横溢，居民筑此城。北宋庆历三年（1043 年）建成三城寺，明嘉靖万历年间修，清雍正六年（1728 年）重修。该寺为圩心高地，东有固城圩，东南有广大圩，西南有三城圩，西北有伏湾，东有来安河，西临清流河。站三城寺门前瞩目远眺，浦镇群山叠翠，清流河水网如带，民间传为龙头宝地。元朝末年，朱洪武率领众将攻打南京时暂住在该寺，建都南京后，划水口姚庄、山岳、两槐、俞万郢、相官道士庄等沿来河两岸土地为三城寺庙产。故至今民间流传有“朱洪武拈卦”“朱洪武摆龙门阵”“牛娘娘劝卦”“送丐”等故事。

三城寺为道教宫观，属正一派的茅山道教。秧歌灯的前身，原为道士做水陆道场、庙会及死人坐斋、烧灵等“跑坊”产物发展形成。1955 年，在三城寺（三城小学），秧歌灯扮演领头人、灯头的老艺人花如玉（1877 年生）、林大荣（1871 年生）等 20 多位老艺人口述秧歌灯。其总阵以伏羲氏所创“八卦阵”为主体，即乾、坎、艮、震、巽、离、坤、兑，以天罡星斗、奇门遁甲的分门别类发展形成“一字长蛇龙阵”“乌龙摆尾阵”“双龙阵”“八卦阵（梅花阵）”“和盒阵”“四门阵”“二龙抢珠”“金龙盘柱”“金龙脱壳”“二龙出水”等 72 卦阵势，其中“八卦阵（梅花阵）”尤为出奇，变化万千，绕人眼目。演员以一男二女为一组，也是根据八卦的符号形成，演出各种阵式的错综变化，均以多角（三角、等腰、菱形角）组成各种圆、长形图案。

秧歌灯阵式很大，多则 200 余人，少则 100 多人。男谓“鞑子”，女谓“包头”，其中八男、十六女分若干组，每组 3 人，为花场中三十六阵式演员，余次组为张生、红娘、莺莺为一组，许仙、白蛇、青蛇为一组，以此类推，因人制宜地扮演人物。白天“跑阵”结束后，即点“鞑子”演“花场”，晚上“坐场”演戏文，即演《断桥》《武松杀嫂》《宋江杀惜》等节目。演出时，领头人手持“串铃”，为总指挥，继而扛“万民伞”者，为指挥布阵人，余下所有表演者跟随阵式游动。晚间演出更是别有一番风采：男拎绿灯笼、女拎红灯笼，右手持白扇、花扇，只见灯光闪烁，红绿相映、上下飞舞，忽聚忽散，组成各种灯光图案，甚为壮观。

秧歌灯的“纲鉴”唱词中有一段唱道：“混沌初开乾坤定，三皇五帝百业兴……高宗灭，大元兴，军民屯田五谷丰，普天同庆天下乐，秧歌子嗳，万众欢腾玩花灯。”秧歌灯可以说是来安县历史悠久、流传至今的大型民间歌舞。

秧歌灯曲调有民歌、小调、秧歌等。民歌有“金朵子”“跌断桥”“剪剪花”“对歌”“卖杂货”“满江红”“川心淮调”“银扭丝”“梳妆台”等；小调有“倒贴”“虞美人”“叶落金钱”“四季相思”“点大麦”“大补缸”“卖饺皮”“下河调”“五更今而里”“手扶栏杆”“十恨”“十笑”“叹五更”“闹五更”“虞美郎”“二姑娘害相思”“十杯酒”“十二条手巾”等；秧歌有“风摆柳”等。上述曲调均为秧歌灯点“鞑子”上“花场”节目，其中“金朵子”为主调，“上灯调”为演员上下场交换演出和走“穿花阵”必要曲牌，演奏时由笛子主引。在器乐上除有笛子，还有二胡、四胡、三弦、琵琶、唢呐、笙等。打击器乐有锣、鼓、绕钹、小锣、水钹、云锣等。

秧歌灯的服装与装饰，根据1955年老艺人花笑玉、林大荣、徐同贵等老人座谈回忆，并从秧歌灯的“纲鉴”唱词中找到依据。伊始“鞑子”身穿黄龙长袍，系绿色丝带，足穿白底虎头扯靴，头戴大檐帽顶端红长缨；“包头”（男扮女装）身穿短旗袍扯袖，领摆宽花边，足穿丝绒红球花鞋，头戴包头黑丝巾，头额扎髻，下垂作辫子，戴珠风、绒花。后改为“鞑子”身穿黑马褂，到清朝时改为马蹄袖、长辫，头戴尖顶圆形官帽，红顶球下短缨穗；“包头”改短大襟上褂长裤。中华人民共和国成立后，秧歌灯赴省、地演出，改“鞑子”服为对襟便服，黄色绣红色云边，帽子改为白毛巾扎羊角结；“包头”（女演员）穿水红彩衣，黑色围兜，头梳角髻、无辫子。

秧歌灯演出人员多，耗资大，由于群众喜爱，演出人员热爱，每遇丰收年景必演。灯头出面，与地方士绅和热心人筹资大米，以捐献大米最多者，首场登庄演出，并将资助者写入秧歌灯“纲鉴”中演唱，以致鸣谢，并按资助多少的顺序排列演出。1914年，三城富户章光旦捐助大米50石得首场演出。1919年为伏湾唐姓得首场。1921年为徐万营徐姓得首场。1929年三城寺道士的庙产佃户集体筹资，首场在山城寺庙前广场演出。1930年干旱，1931年广大圩、三城破圩，百姓饥馑，逃荒外移，均未放灯。1933年春，因圩堤加固放宽、斗门扩建竣工，圩长和修圩董事（即保长和地方士绅）为了庆贺两圩竣工，表彰功绩，亲自出面减免百姓负担，将修圩剩余资财用于大放花灯，添置服装（以往演员服装自备衣料，由灯会付工钱），改换行头、折扇，更新“万民伞”衣（头灯），上添珠凤、金花，改换“鞑子”手拎绿色“萝卜头灯”为红色“荸荠灯”（即小型宫灯），“包头”仍然是“萝卜头灯”。基本上全部换新，灯会人为了感谢圩长、圩董的功绩，正月十一日，用锣鼓、民乐、鞭炮相送，为圩长、圩董大门挂灯结彩、插金花。圩长恭请当时来安县长亲往视察，并于正月十三日上香祈求国泰民安，当晚观灯，与民同乐。接着每两年演一次，凡自愿参加的演员，以腊月二十四晚送灶“送灯”为记，写下自己名字、愿演什么角色，灯烛由道士收执。正月初四集中排练“跑阵”“演花场”，排“坐场”（演戏），正月十一点“宝塔”灯为号（该灯为三城寺道士所得，为地方金贵子孙和求子的人用一石稻子的价值才能求得，头灯“珠凤”为圩长自然所有，悬于堂屋二梁作为“纪念品”），正月十三上灯演出，二月二“龙抬头”结束。有时外县村庄来接，要演至二月底。

1937 年冬，秧歌灯在大路郢演出最后一场，此后不再玩灯。中华人民共和国成立以后，党的文艺方针使秧歌灯得以复生。1955 年，来安县文化局组织专人，拨给专款，对广大乡、三城乡的秧歌灯进行了挖掘整理。1956 年，由水口乡文化站组织的广大乡《秧歌灯》首次参加蚌埠地区会演，获表演奖。1957 年 1 月，由水口乡文化站牵头，组织水口、广大两乡合排《秧歌灯》参加安徽省第一届民间音乐舞蹈会演，荣获优秀节目奖、表演奖、优秀演员奖、挖掘整理奖等四项表彰。1959 年，《秧歌灯》参加安徽省第二届民间音乐舞蹈会演，并为苏联外长葛罗米柯和罗马尼亚、波兰、阿尔及利亚等 16 个国家的外交使节演出，受到高度评价。

1986 年春天，广大乡、三城乡一带的圩区已开始插秧。安徽省文化厅安排省歌舞剧院的两位老师和安徽艺术学校滁州分校校长李荣光到广大乡梳理指导秧歌灯表演，县文化馆副馆长陈甦、摄影师朱明和省歌舞剧院的老师早上先行到达广大乡。一行人坐下后，陈甦便对年仅 24 岁的乡文化站站长说道：“王祖道，你骑自行车去乌衣车站接一个人。”“接谁?”“接我们很著名的舞蹈家李荣光。”“那我不认识他啊”“不要你认识，下车以后，你就看哪个像舞蹈家，你判断下，放心！肯定能看出来的!”半信半疑的王祖道骑上心爱的永久“二八大杠”自行车，狂蹬七八里路赶到了乌衣车站。大客车终于来了，王祖道目不转睛地盯着陆续从车上下来的乘客。一位气质明显与众不同的白面书生模样的男同志下来了，身高有 175 厘米，瘦瘦的，乌黑的短发三七分开，浑身散发着艺术大家的气息。王祖道径直走上前："请问您是李老师吗?""是啊！你是?""陈老师让我来接您的。我是广大乡文化站的。"李荣光满面笑容："太好了！我们走吧，我坐后面。"王祖道驮着李荣光穿过乌衣老街，坐浮桥（几条船用木板连接起来），过清流河，到达广大乡。

"那些老艺术家们真好！敬业精神特别让人敬佩。白天指导我们在广大粮站空场上排练，晚上外面看不到了，就到乡会议室，参加排练的人把家里的农活都放下了，没有一个抱怨的，有高水平的艺术家现场指导，是过去从来没有过的，是千载难逢的机会。最难忘的是有一次在食品站的李家饭店吃饭，菜点多了没有吃完，我就招呼大家走，还挨了朱明老师一顿批评。"37 年后，王祖道谈起往事，仍然记忆犹新，他模仿当年朱明的口吻："小王，你现在就回家，叫你爱人拿个钵头（钢筋锅）来，打包带回家，浪费！要什么面子?！在我们南京是绝不允许这样的。你这个面子太浪费了，是不对头的。"那是王祖道第一次在饭店打包，让他终生难忘，也无限感怀那个年代艺术家们高尚的人格魅力，感慨那个年代对民间艺术的重视。吹拉弹唱都会的陈甦副馆长是三城人，除了收集整理大量的各类民间文艺资料外，经常步行或骑着自行车到各乡村指导文艺工作，对流传在圩区的秧歌灯、双喜灯更是情有独钟，仅是这次就陪同省、市艺术家们吃住在广大乡长达半个多月，安徽省电视台也跟进拍摄了秧歌灯

1986 年春在广大粮站内排练《秧歌灯》　朱明 摄

专题片。

1994 年 9 月，来安县民间舞蹈《秧歌灯》参加滁州市“民歌民舞民乐”大奖赛获二等奖。1998 年，中央电视台《金土地》栏目组专门拍摄秧歌灯表演，并将其作为中华人民共和国成立 50 周年专题节目播放。

2006 年，秧歌灯被确定为安徽省首批非物质文化遗产代表性项目，章思林为秧歌灯省级传承人。

（王道琼根据陈甦《秧歌灯》等内容改写）

洪山戏

洪山戏，原名香火戏，流行于苏皖两省的六合、仪征、盱眙、天长、来安一带，早年专为民间香火会（牛栏会、开耕会、青苗会、丰收会）演唱。香火会分内坛与外坛两派，内坛演唱称“洪山”，外坛做会名“五岳”，洪山戏从内坛得名。所谓内坛与外坛，起初均为演唱形式，手敲锣鼓，口唱七字和十字句曲调。外坛只为香火会演唱，不发展技艺。内坛因其唱腔不受演员音高限制，张开口便唱，且向叙述故事发展，故又称“大开口”（扬剧的唱腔称为“小开口”）。香火会中的大会可做三天三夜，小会只在中午两三小时，由坛主主持，唱念祷告，说唱神仙故事。为丰富内容，民间艺人又将流传于民间的唱本及神话故事，改编成提纲演唱，祈神娱人，形成了“青布手巾头上扎，老蓝布褂穿在身，手打朝阳得胜鼓，足跳香山五岳神”的最初表演形式。同时，出现了二小（小生、小旦）、三小（小生、小旦、小丑）角色行当。从此“洪山”与“五岳”逐渐分开，“五岳”只在民间做香火会，“洪山”却发展成戏班。如来安地区有朱月华班、姜有松班、吕正德班。这些戏班广泛吸收民间小调，丰富自己的唱腔，有的把神书编成剧本，开始由坐唱，登上集镇舞台，此为洪山戏的雏形。

清咸丰、同治年间，来安地方洪山戏班社增多，便在根据神书编演的剧本外，又扩大题材，如《袁樵摆渡》《唐僧取经》《魏征斩老龙》《九郎替父》《刘全进瓜》《唐王游地府》，称之为“唐六本”，主要根据唱本和章回小说编演。此外，还移植其他剧种的剧目，如《洪江上任》《张郎休妻》《沉香救母》《陈三两爬堂》《合同记》等 70 多出。曲调发展有 30 多种，常用曲调有 10 余种，唱腔类有七字调、十字调等；祈祷神曲类有娘娘调、斗法调、泼水调、宝调、联弹等；民间小调类有杨柳青、大补缸、倒贴等。同一个曲调用不同的演唱技巧可以表达多种不同的感情，如十字联弹、七字联弹，均可容纳数十句唱词。艺人在演唱前有个总的设计，把握得好，轻重缓急、喜怒哀乐都可以得到充分表现。有经验的老艺人在对曲调的艺术处理上往往能达到任意驰骋的境地。

洪山戏起初伴奏只用锣鼓（曾被称为“五岳锣鼓词”），唱一句，敲打一句，没有管弦乐伴奏，后来增加胡琴。其表演也同时发展，既保留固有的特色，如两人歌舞时“推衫子”（两人面对面相互前进后退的十字步），又吸收京剧艺术，如打“四门斗子”（打舞台四角位置）。另外，还形成正戏前三出“例戏”，人们称之为：头出戏不开口，如跳加官、跳财神、跳判官、跳钟馗；二出不动手，演员立台前，手执云帚，口诵歌功颂德之词；三出随便走，即在台上表演《小放牛》。

洪山戏的唱词与本县语言密切相关，许多唱词来自民间俚语和一般口语，雅俗兼备，朗朗上口。七字调和十字调由于口语化较强、吐字较重和没有过多的行腔，说、唱与锣鼓伴奏更显得浑然一体。

清光绪年间，在施官区域的彭岗埠，有胡锦先洪山戏班。据老艺人口传，他们曾编演《蒲包记》一剧，因反映清王朝草菅人命的罪恶，官府禁演，勒令解散班社。后来兴隆乡有姜有松班，常演《擂鼓战金山》《三代血泪仇》等，因内容大多为反封建、反侵略，也遭到地方禁演。抗日战争时期，来安县属于淮南抗日民主根据地的核心区，根据毛泽东《在延安文艺座谈会上的讲话》精神，新华社华中分社社长范长江直接领导淮南抗日根据地新文艺运动，走上文艺民族化、

洪山戏《莲花庵》剧照　朱明 摄

大众化道路，让文艺更好地为抗日战争服务、为军民服务。从 1941 年至 1945 年，来安县先后成立了半塔业余剧团、施官青锋剧团，半塔干部职工子弟学校业余剧团、半塔孩子剧团，皆属来（安）六（合）办事处管辖，积极开展抗日宣传活动。1941 年秋，施官青锋剧团王永泉将淮南文协编印的反映民兵抗日斗争的《三字经》，改编成清唱洪山戏，接着又把传统小唱本《刘文龙赶考》改编成《从军记》演出，受到来六办事处主任方毅、新四军二师师长罗炳辉及范长江的赞赏和支持。洪山戏由此迎来新生，成为当时根据地开展革命戏剧活动的主打剧种，也是全国地方戏曲演现代戏、演革命戏最早的剧种之一。淮南大众剧团内设立洪山戏实验剧团，王永泉也被调到淮南大众剧团担任艺术顾问。部队和地方剧团采用“旧瓶装新酒”的方式，利用洪山戏的曲调填写新词，演出了一批现代剧。如宣传抗日、动员参军的剧目有《破镜重圆》《保家乡》《送郎参军》《从军记》《孩子们起来吧》《盘查哨》等；揭露国民党反动统治及其罪恶的剧目有《河南灾荒》《老虎走了又来狼》《西安事变》等；宣传互助合作的剧目有《生产互助》《吴满有》《二流子转变》《小尖头扯牛不扯牛》等，这些都是当时洪山戏的代表剧目，深受淮南根据地军民喜爱，对赢得抗日战争的胜利发挥了重要作用。战争年代，剧团演员生活艰苦，演出条件也很差，以油坊里竹制的油篰做演出照明工具。演出环境更是恶劣，常在敌我双方作战的空隙演戏，有时遭到袭击，边演边参加战斗。来安本土剧团多次参加半塔集、天长县、竹镇集等文艺会演，罗炳辉

1960 年 9 月来安洪山戏剧团在滁演出后在琅琊寺合影

朱明 摄

司令员表扬半塔等剧团为“红色宣传员”，半塔干部子弟学校业余剧团被誉为“小宣传家”，并获得锦旗。

解放战争初期，来安本土剧团积极配合中心工作开展各种演出活动，新四军北撤后，各剧团先后解散，停止活动。

1957年，来安县组建洪山戏剧队。1958年，成立专业洪山戏剧团，中共中央宣传部任桂林、苏一平、戴临风等在来安县帮助挖掘遗产，培养青年演员，指导排戏，演出了《远征高歌》《万山红遍》《东风号角》《红色儿女》等一批现代戏，深入山乡圩区演出，并赴蚌埠、合肥参加省市文艺调演，获得嘉奖，在华东地区影响很大。为此，《江淮日报》以《文艺轻骑兵》为题，在头版头条报道和介绍来安洪山剧团业绩。同时，剧团也整理改编了《赶山塞海》《金镯玉环记》《六部大审》《陈英卖水》等一批传统剧目；在音乐方面，改革唱腔，将传统的锣鼓伴奏改成民间管弦乐伴奏，后通过演出实践，又将主调改成锣鼓与丝弦乐器同步伴奏，取得了成效。1965年秋，洪山戏专业剧团与扬剧团合并。不久，又宣布撤销洪山剧团编制，至此，洪山戏剧团解体。但多年来，农村中的业余剧团、半职业剧团、民间艺人仍经常用洪山调演唱。

2006年，洪山戏被列为安徽省首批非物质文化遗产代表性项目。吴德才、顾红霞为洪山戏省级传承人，杨宗菊为洪山戏市级传承人。原淮南大众剧团少年演员、著名军旅音乐家、原前线歌舞团团长何仿先生，在2009年为来安县第二届白鹭岛文化旅游节主题歌《美丽的白鹭岛》谱曲时，就融合了洪山戏七字调的旋律，优美动听，乡情浓郁。

作为地方稀有剧种，除了挖掘、保护外，洪山戏经常现身于各种文艺演出活动，也多次被《安徽日报》《滁州日报》和中央、省、市电视台等新闻媒体宣传报道。

（王道琼根据陈甦《洪山戏》内容改写）

手狮灯

来安县独山镇的手狮灯原名狮子灯，自古至今流传着一个美妙的民间故事。

很久很久以前，县城的东南方向约 30 千米的地方，有一座很高的山，名叫独山。山上住着一对相亲相爱的狮子。它俩相依为命，形影不离地守卫在独山上，保护着山上的森林、果木以及周围的庄稼和老百姓饲养的牲口。因此，虎豹狼虫不敢骚扰。当地的老百姓把这对狮子尊为护山神狮。

一天，雄狮告别雌狮到一处仙山去赴会，临行前告诫雌狮不可离开独山一步，如果遭遇到什么灾难，就向南方大吼 3 声，便会亮起 6 团火光，自能得救。雄狮去后，雌狮始终没离开独山一步，日夜为独山周围的老百姓守护森林，保护牲畜，使人们安居乐业。

也不知道过了多久，雄狮始终未归，雌狮在独山上终日哀鸣不已。周围百姓非常同情，不断地有人登山送吃的给它，可是，雌狮始终不吃不喝，老百姓无法，只有烧香祷告，为雌狮祈求平安。

一次，虎豹狼虫前来骚扰，雌狮奋力搏斗，咬死了老狼，赶走了豹子，只是那只老虎凶猛异常，雌狮虽拼命搏斗，终因势单力孤，眼看有性命危险。雌狮突然想起了雄狮的嘱咐，于是向南方大吼 3 声，突然，在山前出现了 6 团火光，上下翻飞，老虎见了，吓得立刻逃走。又过了一些日子，雄狮仍然未归，可怜的雌狮，失去了伴侣，终于忧郁悲伤而死。

当地老百姓念及狮子有灵，守山有功，便在每年农历正月十五这一天，模仿着狮子的样儿，扎了 6 只狮子灯，围绕着独山舞弄，纪念这一对狮子。民间做会时，狮子灯也去赶会期，但奇怪的是，每次赴会回来，总是见到有一头狮子在独山摇头摆尾地迎接。而且，当地老百姓已经注意到，出灯时分明是 6 头狮子，而回来时却是 7 只狮子灯。对此，谁也不愿说破。但背后却议论：有的说是雄狮回来了，有的说是雌狮显灵跟着灯队去赴会的，还有人说独山是狮子宝地。所以，每年正月十五逢独山庙会，便玩起狮子灯，而且每次都是 6 只狮子灯，从古到今，一直没改变过。

来安县独山镇的狮子灯，灯型雄伟壮观，舞起来更是气魄宏大，每只狮子灯重约 50 斤，由 3 个演员轮流表演，每个舞蹈动作都可无限反复地表演，不受音乐的限制。除“抖狮”“摇狮”“狮子理毛”等基本动作外，还有一些独到的传统技法如“狮子坐肩”（又称“狮子高跷”）、“睡狮”、“双狮推磨”、“五狮推磨”、“狮子盘球”等，有的动作吸收了民间杂技，技巧上有一定的难度。

形象而壮观的“双狮推磨”“五狮推磨”动作由出生于 1914 年的老艺人刘长生亲自创造，他祖居独山镇三汉村南圩生产队，25 岁时师从王老先生学艺玩手狮灯。艺成之后，由刘长生领班，常于六合县的六王巷、程桥、竹镇和来安县的独山、磁山、施官及来城所在地表演。因其在表演中步法忸怩，腰肢灵活，臀部略显摆动，形同女人，故群众送其艺名“刘二姐”。刘长生亲手传艺有四代人，传授的徒弟及玩友近百人。据刘长生介绍，手狮灯大约起源于清朝的康熙年间，沿袭至今，已有 300 多年的历史，它是在民间传说和独山庙会的基础上发展起来的。

狮子灯制作是颇费工夫的，主体由竹竿、竹篾、铅丝、色纸、糊精扎制粘贴而成。狮头用细竹及竹篾扎架，外糊纸须，顶部用细竹签裹

第一届永阳花灯汇独山镇手狮灯表演　王道琼 摄

上色纸，上端扎上各色纸绒球，固定起来，并在脑顶部分用一根红色绸带从耳部两旁披下。狮头颈高 45 厘米，直径 25 厘米，制作时用若干支竹圈和身体连接在一起，可以活动。狮身为长圆形，用细竹竿扎架，竹篾编制并用铅丝固定而成。狮身长 95 厘米，直径 40 厘米，扎成后呈圆筒柱形状；狮脚长 35 厘米，宽 10 厘米，向前弯曲能抱住球；狮尾长 45 厘米，系用一根软篾裹上毛须制作而成。狮耳系用一个竹圈（直径 8 厘米）于一端用细竹签固定在两前脚之间。绣球用竹篾扎成，直径 12 厘米。狮身上的毛全部用色纸剪成细毛状，有层次地粘贴而成。狮毛的色彩，可以统一用一种色彩，也可以用多种色彩美化各条狮形，但“头狮”的色彩一定要与众不同，尤其突出。露在狮子肚皮下的脚杆长 30 厘米。

玩狮有必须共同遵守的规矩，不论在何处休息，都必须将狮子灯靠在墙上，而且必须将领头的狮子排在众狮子灯的前面，其他狮子灯绝不可逾越。

中华人民共和国成立前，群众对狮子灯赋予了迷信的色彩，如某人能将狮子头上的绒球偷摘去一个，便可生贵子，此风俗流传了很多年。

手狮灯的伴奏音乐是当地民间锣鼓过流水，亦称一字锣。节奏缓慢稳健，演奏时可不受原锣鼓牌子的局限，可以从中掏“花锤”。演出时乐队要根据舞蹈动作的变化，选择与其情绪相符合的乐句演奏，为舞蹈渲染气氛。

旧时，手狮灯演员日常着装是上穿对开襟便衣，下穿便裤，脚穿布鞋。中华人民共和国成立以后，改穿蓝色或红色的运动服，面部也不化妆。

手狮灯是具有地方特色的民俗活动，每年正月初八拜庙起灯，正月十五拜庙歇灯。正月初八拜庙起灯后，手狮灯进村入户，走街串巷，为村民表演。手狮灯表演时，前有五色彩旗引路，后随 6 只狮子和 3 只红灯笼。手狮灯不仅白天能玩，夜晚在“狮子”体内点燃蜡烛表演更精彩，人们称此为“玩红灯”。手狮灯表演前需选好场地，摆放方桌陈设香案，由灯头率先登上方桌，然后“狮子”依次登上桌，先拜东南，再拜西北，祈祷驱灾除难、喜纳吉祥。

手狮灯起源于民间，反映生活，贴近现实，真实地表达了劳动人民祈盼风调雨顺、国泰民安、五谷丰登、人丁兴旺的朴素思想感情，具有重要的历史价值和艺术价值。在党和政府的关心支持下，经艺人挖掘、整理，培养新人，创新表演形式，独山手狮灯多次参加省、市、县民间花灯调演，出省交流，荣获诸多殊荣。

2008 年，手狮灯被确定为安徽省第二批省级非物质文化遗产代表性项目。傅国先为手狮灯省级传承人。

（王道琼根据陈魁《狮子灯》内容改写）

白曲

白曲，又名百曲，是来安县的稀有曲种。文山乡白曲老艺人高志平说：“百曲百曲百首曲。”大英镇白曲老艺人彭正举说：“重道白，有唱曲，方能叫白曲。”

白曲源远流长，起源于民歌小调。大英镇白曲老艺人贾树坤今年76岁，他说：“我爷爷那一代，大英集就有唱白曲的。”民间小调，内容丰富，形式多样，给白曲提供了极其丰富的创作素材和优秀的传承艺术。

白曲老人得力于前辈的口传，并广为吸收，使白曲不断地得以丰富和充实。初期的白曲活动，基本上是聚众为班，每年数次，形成规范，借民间灯会切磋交流，发展了白曲。如民间船灯舞，其中“骚鞑子”专事插科打诨，以白为主，灯头主唱，船拐子专事齐唱与和唱，这样，便形成有白有唱。如弃去船灯舞的形式，白与曲单独存在，就接近于白曲了。

白曲开始是单人独唱，后来为了满足群众的需要，运用唱、舞相间的演出形式，艺人们称“两朵花儿一齐开，文唱武玩两相宜”。白曲与船灯、踩高跷相结合，利用歌舞吸引观众，艺人们称其为“动夹静，灯串曲”。这种形式一直保持到中华人民共和国成立后。1951年大英、文山两个班在文山乡的七户村打擂台，先玩船灯，后比白曲，是来安县境内白曲的一次盛会。

白曲艺人较早地建立了白曲班社。文山白曲班主杜夕荣，将其说唱白曲技艺传给其堂弟杜夕山。杜夕山去世时已近60岁，那时杜夕山白曲班已久负盛名。大英地区也成立了以彭正举、贾树坤、周天成、余立和4人为主的白曲班子。

来安县的白曲班社以大英、文山两地为主，活动时间均在半个世纪以上。来安县的杨郢山区，民间老艺人盛世才，既玩灯也唱白曲，自拉自唱，唱白相间，自娱娱人，称为“单口白曲”。

白曲无“白”不成趣，无“曲”不成乐。白字当头，曲随其后，六两道白四两唱，足见道白的重要性。道白采用韵体，一韵到底，一气呵成。道白讲究趣味性、通俗性，嬉笑怒骂，讽刺褒贬，尽在其中。听众正是喜欢这种演出形式，所以说：“白曲无正可，热闹以为珍。”艺人们创作的道白，不矫揉造作，不之乎者也，全是口语实话，酸甜苦辣，妙趣横生。一些中篇和长篇白曲，尤其重视道白，以唱为主的小书段子也很注意唱词的趣味性。这可以说是白曲的一大特点。

白曲的唱腔十分丰富，有“大曲二十四，小曲七十六”“九腔十八调，七十二个唧的铛”等说法。艺人把曲调分为大曲、小曲两类。大曲是指那些表现力强、篇幅较长的曲调，而小曲则是指那些常挂在嘴边的小调。每个曲目安排曲调尽量避免重复，利用“旧瓶装新酒”的方法，不断更新内容，获得新的曲目。有时也视内容的需要，创作一些新的曲调。

自编自演，望风采柳，是白曲艺人创作曲目的一个特点。20 世纪 30 年代，白曲的创作之风逐渐形成，“一人主笔大家凑，没有八成热不对外端”。当时的新作有《大烟自叹》《火烧五层楼》《王文尧参军》《延安出发》《打雷官》等，大多数是反映当时生活的现代曲目。

白曲曲目可分为有说有唱、有唱无说和有说无唱 3 类。曲目来源有传统的、现代的和移植的。其中，传统曲目甚多，现代曲目也占较大分量，移植曲目极少数。曲目中多是中篇和短篇，长篇极少。

传统曲目有一部分是来自民歌。有些民歌有比较完整的情节和人物，稍做加工便是较好的曲目。有些是来自群众中的传说故事，加以唱、白表现，如《十不全招亲》《小寡妇上坟》等。抗日战争前后，人们不满于国民党的黑暗统治，白曲便出现了《蒋介石自叹》《火烧五层楼》《打雷官》《抗日英雄严独手》《抵制日货》《延安出发》《十劝赌钱人》等。中华人民共和国成立后，人民赞颂党的政策好，于是便产生了《十唱责任制》等曲目。

白曲曲目中有一些小段，结构奇特，如《百家姓》，其中每一句的前面均套上一句“歇前语”或与姓氏相关的谐音，动用某些典故，造成一种趣味，使听众对枯燥的姓氏产生兴趣。还有一个曲目《赞喜》，全段有白无唱，韵白到底，一气呵成。用在婚礼的仪式中，是白曲和民俗结合的一种形式。艺人杜夕山演出这个曲目，开始较为平稳，到高潮时，夹杂着半吟半白，引人入胜，博得听众的喝彩。

1944 年上半年，新四军、来（安）六（合）办事处在六合县竹镇集召开群英大会。会上，由来安县大英集白曲艺人彭正举、贾树坤等创作演出的新四军解放雷官集的《打雷官》，歌颂来安县武集乡抗日英雄严玉才的《抗日英雄严独手》，轰动全场。办事处主任方毅说这节目“长了革命志气，灭了敌人威风”，并在接见演员时说：“你们也是革命文艺战士，为宣传抗日出了力。”当演员走下台时，许多新四军战士围着艺人们热烈握手，问长问短。后来，彭正举班又把《抗日英雄严独手》和《王文尧参军》两个节目送到英雄的家乡演出。许多大娘、大嫂争着为演员递热手巾，送糖开水，请演员吃鸡蛋和挂面。这两个曲目在武集乡连续上演 3 场。当时，正逢乡政府召开参军动员大会，当场就有 10 多名青年报名参军。

白曲参加安徽省首届民俗文化节演出

抗日战争时期，来安县境内敌、伪、顽势力猖獗，斗争形势十分复杂。白曲艺人在这种恶劣形势下坚持演出、宣传。1944 年的一天，大英白曲班到水口镇与武集交界的一个村庄，演出《王文尧参军》与《抗日英雄严独手》。演出结束后，应群众要求，白曲艺人又为大家演出现代小戏《人财两空》。水口镇日军接到敌特的报告，前来偷袭，村干部急忙掩护演员转移。白曲班演员周天成在戏中反串农村姑娘，梳着大辫子，被日本鬼子盯住。两个群众掩护周天成向水口镇方向跑去，日军狂叫“花姑娘！花姑娘！”紧追不舍。周天成为了掩护群众离开，凭借对地形的熟悉，与日本兵在巷子里兜圈子，终于逃出魔掌，此事后来传为佳话。

中华人民共和国成立后，各乡党委、政府和文化站，非常重视对白曲艺人的思想教育，鼓励他们说唱新书。白曲艺人多次参加群众业余文艺会演，有的曲目获了奖。多年来，他们创作演出的白曲《十唱责任制》《计划生育好处多》《三老汉十劝赌钱人》《来河两岸好风光》等数十篇曲目，深受广大群众的欢迎。

2008 年，白曲被确定为安徽省第二批非物质文化遗产代表性项目。徐秀山、李奋勤为白曲省级传承人，宣永明为市级传承人。

2010 年 5 月，来安县白曲参加首届安徽省民俗文化节展演。

（陈甦，原载《志苑》1994 年第 3 期，本文末段为编者所加）

第五章　民风民俗

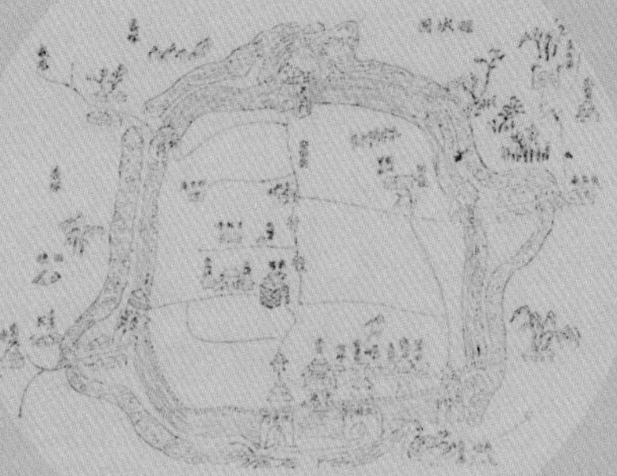

岁时习俗

春节

“爆竹声中一岁除，春风送暖入屠苏。千门万户曈曈日，总把新桃换旧符。”这是大家非常熟悉的王安石写的诗句，生动地反映了元日欢乐热闹、万象更新的动人景象。元日，即农历正月初一，也称春节，俗称新春、新岁、新年、新禧、大年等，又称过年、过大年。

在历史发展过程中，过年已逐渐形成了一个庞大的年节系列。在民间，人们从腊月二十三或腊月二十四的小年起便开始“忙年”了，围绕着辞旧迎新这一主题，纷纷祭灶、扫尘、买年货、贴年红、祭祀天地神灵祖先等等，直到正月十五才结束“新年”。而如今，随着工作、生活节奏的加快，机关企事业单位一般从除夕开始放春节假，至正月初七复工，而民间仍普遍是过完元宵节才算真正过完年。

春节是我国一年一度普天同庆、阖家团圆的节日，已深深地融入国人的血脉中。春节是中国传统文化最重要的一部分，体现了中国文化的博大精深，也体现了中华民族崇尚家庭团圆的民族文化精神。2006 年，春节民俗列入第一批国家级非物质文化遗产名录。世界上也有其他数十个国家和地区将春节定为法定节假日。

喜上眉梢　韩琦富 摄

在物资匮乏的年代，人们最盼望的就是过年。因为只有过年才能穿到新衣服，吃到好东西。记得有年春节前，领到布票的父亲特地带我去供销社买花布做新衣。站在高出我一个头的老旧木质柜台前面，被各色布料晃花了眼的我选中了一款白底碎花的确良布。这块花布被做成了罩在棉袄外面的“蒙袄褂”，伴随着我度过了好几年青涩年华。“小孩望过年，大人望种田”是我们很多人的亲身经历，更有着刻骨铭心的体验。

每到春节，在外地的人们都尽可能地赶回家中与亲人团聚，共享天伦之乐。全家欢聚一堂，吃年夜饭，派发压岁钱，守岁迎接新年。元日子时交年时刻，鞭炮齐鸣、烟花齐放，辞旧岁、迎新年等各种庆贺活动达到高潮。南北朝梁宗懔《荆楚岁时记》载：“正月一日，是三元之日也，谓之端月。鸡鸣而起，先于庭前爆竹，以避山臊恶鬼。”这段记载说明爆竹在古代是一种驱瘟逐邪的工具，寄托了人们渴求安泰的美好愿望。元日以后，亲朋好友之间相互走访拜年，各种丰富多彩的娱乐活动竞相开展。节日的热烈喜庆气氛不仅洋溢在各家各户，也充满来安各地的大街小巷，一些地方还有舞狮子、耍龙灯、玩旱船、逛庙会等习俗活动。

除夕　农历年的最后一天为除夕。除，是过、去、走的意思。夕，是夜晚。除夕就是农历年的最后一个晚上，也称除夕日。为什么叫除夕呢？传说太古时候有个凶恶的怪兽叫夕（年），总是在腊月三十晚上出来害人。后来，人们知道夕（年）最怕红色和声响，于是家家户户贴红春联，燃放爆竹、烟花，来驱除夕（年）了。

除夕，是辞旧迎新、除旧布新之日，在国人心中具有特殊意义，是这个年尾最重要的日子。这一天，漂泊再远的游子也要赶回家和家人团聚，在爆竹声中辞旧岁、迎新春。2007 年，国务院颁布休假日时，曾将除夕作为法定节假日，体现了对传统节日习俗的重视。这一天，还是人们喜迎新年最为繁忙的一天，自古流传下来的祭祖、贴年红、吃年饭、守岁等习俗是春节的重要内容。

上坟请祖。每年除夕，或者在除夕的前一天，除了忙着准备过年的衣食祭品，还有一项极其重要的活动——上坟请祖。视死如生是中华民族传承几千年的孝道伦理。每逢节庆祭祖，不仅是向祖先表达敬意，更寄托了后人对祖先的感恩与思念。春节上坟请祖的仪式相较于其他节日更为庄重和重要。据汉代崔寔的《四民月令》载：“正月之朔是为正旦，躬率妻孥，洁祀祖祢。及祀日，进酒降神毕，室家尊卑，无大无小，以次列于先祖之前，子妇曾孙各上椒酒于家长，称觞举寿，欣欣如也。”这说明，早在汉代我国的祭祖活动就已经是春节中一项十分重要的活动了。过去，有祠堂的大户，年终祭祖就要在祠堂中进行，而没有祠堂的普通人家，则需上坟请祖。但不管是大户小户、穷户富户，上坟请祖都是一项很庄重严肃的活动。按照程序，请祖前要先把有历代去世先人的家谱在正房偏墙上挂好，备好祖案和香炉、油灯、长线、纸表、供品、鞭炮等，之后才开始请祖。早饭后到祖坟各个坟头烧纸，一边烧纸一边念叨，诸如“爷爷奶奶回家过年喽”等。烧完纸便起身回家，到大门前再烧纸，鸣放鞭炮，面向大门叩头，再念叨“爷爷奶奶回家过年喽，请门神让路”，然后迈步进门，点燃明烛，彻夜不熄。进了大门以后，在门口横放一根木棍，叫作“拦门棍”，最好是桃木的，以示拦住凶神恶鬼不得进门。待到正月初二下午或者晚饭后，持族谱送祖至村外，将香纸焚化，然后将族谱收起，名为“送年”。

如今，来安人上坟请祖的仪式比较简单。因早无祠堂，大多数人家是带着鞭炮、檀香、冥币、果食等去上坟请祖。自此日开始，家中每顿饭前都要把最好的食物、菜肴先供奉给先祖灵位（遗像），然后全家人才开始吃饭，以示对祖先的尊敬和不忘先辈传衍抚育之恩。

贴春联、窗花、福字、年画、门神等。春联、窗花、福字、年画、门神等是过年的特定吉祥物，有时统称为贴年红。在来安，过去通常是由家中男人或男孩在吃年饭之前把对联、年画等全部贴好，女孩不能贴，现在则男孩女孩都可以贴。

据《玉烛宝典》《燕京岁时记》等典籍记载，春联的原始形式就是人们所说的“桃符”。春联的另一来源是春贴，古人在立春日多贴“宜春”二字，后渐渐发展为春联。贴春联也叫贴门对、春贴、对联、对子等。春联是中国特有的文学形式，以工整、对偶、简洁、精巧的文字表达人们迎新的美好心愿，也为节日增加喜庆气氛。除夕晚饭前，张贴对联。常见的大门对联有“物华天宝日，人杰地灵时”；房门对联“鱼水千年合，芝兰百世荣”；厨房对联“七事富足，五味调和”；若门前有大树，则在树干上贴“对我生财”等喜条。农村喂养牛、驴、猪等牲畜的人家也会在圈栏贴上红纸写的“牛头平安”“槽头兴旺”等喜条；如今，耕牛、毛驴这些农民曾经赖以为生的最亲密的劳动伙伴已基本上被机械取代，那些与家畜有关的春联也难得一见了。

除了贴春联，人们还贴挂彩纸，剪贴有喜鹊登梅、五谷丰登等吉祥图案的窗花和“福”字，还有将“福”字做成寿星、寿桃、鲤鱼跳龙门、五谷丰登、龙凤呈祥等各种精美图案的。春节挂贴年画在城乡也很普遍，浓墨重彩的年画给千家万户平添了许多欢乐祥和的喜庆气氛。年画是一种古老的民间艺术，反映了人民朴素的风俗和信仰，寄托着人们对未来的希望。随着木版印刷术的兴起，年画的内容已不仅限于门神之类单调的主题，变得更加丰富多彩。随着时代的发展，年画后来又衍生出年历、挂历、台历等诸多文创产品。

在过去，家家户户对过年贴门神是非常重视的。最初的门神是刻桃木为人形，后来画成门神画像。传说中的神荼、郁垒兄弟二人专门管鬼，有他们守住门户，大小恶鬼不敢进门为害百姓。唐代以后，又有画猛将秦琼、尉迟敬德二人画像为门神的，还有画关羽、张飞为门神的。门神像左右两边各贴一张。再后来，门神被画成一文一武。贴门神寄托了人们辟邪除灾、迎祥纳福的美好愿望。

安徽“村晚”　张传东 摄

年夜饭和守岁。年

夜饭，又称年饭、分岁饭、团圆饭等，特指岁末除夕的阖家聚餐。年夜饭源于古代的年终祭祀仪式，拜祭神灵与祖先后团圆聚餐。年夜饭是年前的重头戏，一般都很丰盛，家中最好的酒菜都要摆上来。必须有鸡、鱼和丸子，因为鸡谐音为“吉”，鱼谐音为“余”，丸为圆形，意为团圆。民间至今有“无鸡无鱼不算席”的说法，且仍保留着餐桌上的鱼不可吃的习俗，寓意“年年有余”。年夜饭是一年来全家老少最隆重的聚餐，特别讲究礼数。有老人的家庭都要让老人坐上席，儿子媳妇、孙子孙女依次坐下。这时一般不请亲戚朋友，有的地方根本不允许外人在自己家过年。年夜饭也要有酒水。《诗经》中有“为此春酒，以介眉寿”的语句，可见周代时就有了团圆饮酒的习俗。不过，在吃年饭前，应将水缸挑满，称之为“元宝水”，打扫的垃圾只能堆积在一起不能倒，以免将财气泼了出去；洗锅、碗的泔水也不允许流到外面。吃过年饭后，便忙着“接灶”，也就是将“灶王爷”从天上接回自己的家，此时要摆些“供点”，烧满堂香，谓之“辞年”。

一夜连双岁，五更分两年。除夕守岁之俗由来已久。晋朝周处《风土记》中载：“除夕之夜大家各相与赠送，称‘馈岁’；酒食相邀，称‘别岁’；长幼聚欢，祝颂完备，称‘分岁’；终岁不眠，以待天明，称‘守岁’。”唐太宗做过《除夜》诗，其中有“冬尽今宵促，年开明日长……对此欢终宴，倾杯待曙光”，生动记录了那时宫廷守岁场景。宋代女词人朱淑真诗云：“穷冬欲去尚徘徊，独坐频斟守岁杯。一夜腊寒随漏尽，十分春色破朝来。”守岁民俗主要表现为所有家庭都点燃岁火，合家欢聚，并守“岁火”，不让熄灭，等着辞旧迎新的时刻，迎接新岁到来。除夕夜，灯火通宵不灭，曰“燃灯照岁”或“点岁火”，据说如此“照岁”之后，就会使来年家中财富充实。现代人家守岁，主要是聊天、看春节联欢晚会、玩网络游戏、打纸牌、打麻将等，到午夜 12 点时，燃放鞭炮迎接新年的到来。但近年来，城乡禁止燃放烟花爆竹，守岁少了很多热闹。因此，也有人说，随着烟花爆竹的消失，传统的年味更失去了一抹亮色，越来越没有味道了。

压岁钱。年夜饭结束后，长辈要将事先准备好的压岁钱派发给晚辈。压岁钱原先叫厌胜钱，也叫花钱。厌胜，就是抗拒鬼神的。最早的压岁钱是汉代的五铢钱，后来是各朝代的铜钱，最后渐渐用纸币。长辈把它作为吉利、辟邪和玩赏之物交给孩子们，希望可以压住邪祟，让孩子们安然成长，满含着长辈对晚辈的关切之情和真切祝福。生活艰苦的年代，长辈们发压岁钱较少。随着生活条件的改善，压岁钱也逐年增多。晚辈上班之后，就不再接受长辈们的压岁钱，而是买物给钱孝敬长辈们。如今，随着现代资金支付方式的改变和智能手机的普及，更多的人会选择线上红包等方式派发压岁钱。

半塔地区群众过年从腊月三十到正月初五是香火不断。正月初一晚上子时接“文武财神”，初四晚间子时接“五路财神”。此外在施官与大英地区流行着另一种风俗，从正月初二至初五，凡在街上做生意的人，都要烧“利市”香。香烧得越早越好，一般都在半夜烧，但有的商人，为图个吉利，更加提前烧“利市”香的也有。他们自己有个心愿：谁抢去谁发财，谁早谁走运。为商者敬的神是“赵公元帅”。牌位上写着“赵公元帅之神位”，旁有“降龙”“伏虎”二将侍立。若是富商住有数进屋子，门都须敞开，但最后一道门不许开，以免跑掉财气。

大年初一　人们在大年初一这天通常都会早起。大人们会早早地喊醒尚在睡梦中的孩子，然后为每个孩子倒上一碗加了红糖的开水，寓意着喝了红糖水以后，嘴巴甜，见人就喊，更讨人喜欢。后来，喝红糖水的习俗随着时间的流逝也就慢慢地消失了。

早上开门第一件事是放爆竹，也叫“开门炮仗”。这个“开门炮仗”也不是什么人想放都能放的，这通常是家中主事男子的特权。女人，无论是大人还是小孩都挨不上边的。爆竹声后，满地或粉或红的碎纸屑灿若祥云，夹杂着或浓或淡的火药味，让年的意味更加浓厚。

大年初一的早饭是要等全家人到齐后方才开始。多数人家除夕晚上就将饺子包好，包的时候会在几个饺子里放一枚铜钱或钢镚等，谁吃到便预示着他（她）有好彩头，会在接下来的一年里事事称心如意。通常还会将饺子和元宵一起煮，盛的时候每个人的碗里都要既有饺子又有元宵，名曰“元宝”，寓意新年发大财，财源滚滚来。有的地方也会用老母鸡汤下挂面，寄托着福禄长寿等美好愿望。

吃过早饭后，男女老幼均着新衣、新鞋、新帽，便开始到亲朋好友和邻居家里拜年。关于拜年，有两种传说。一是传说古代有一种怪兽叫作“年”，它每到除夕都会出来害人，到了大年初一还没有被“年”这个怪兽害死的人就算是过了“年关”了，于是大难不死的人们相互走访道喜，相互祝贺，庆祝度过“年关”。另有传说，李世民在玄武门政变之后成为唐太宗，而和李世民一起打天下的元老们开始飘飘然，居功自傲起来，其中以程咬金最为突出，开始变得目中无人。尉迟敬德很不服气，觉得自己的功劳也很大。于是两个人针尖对麦芒，矛盾逐渐激化。李世民想要化解他们的矛盾，于是找魏征帮忙出主意。魏征就建议李世民在年三十上早朝的时候，先屈尊向各位臣子们拜年，然后下一道圣旨，让诸位大臣在大年初一都相互拜年祝贺，不仅要说吉祥话祝福，还要检讨自己之前的错误言行。李世民按照魏征的办法试了一下。果然，程咬金和尉迟敬德都不敢违背圣旨。尉迟敬德先来到了程咬金的家里，程咬金一看尉迟敬德先登门了，便放下了姿态，于是两个人相互拜年祝福，还向对方检讨之前的种种不是，双方重归于好。所以后来人们就把拜年当作一种相互沟通情感、表达祝福的方式而流传至今了。

拜年，是春节期间一项重要的人际交往活动。唐宋时期，有些不便亲自前往的，可用名帖投贺。明代以后，许多人家在家门口贴上一个红纸袋，专收名帖，叫“门簿”。旧时拜年分次序：初一拜家族长辈，初二拜舅舅，初三拜姑母，初四拜岳丈。给长辈拜年时，晚辈要带礼物。所拜之家，均拿出糖、烟、瓜子、花生等招待客人。随着时代的变化，来安民间互访拜年的时间或次序已经不是那么讲究了，根据彼此的社会关系，有亲戚间的拜访、串门式的拜访、礼节性的拜访、感谢性的拜访等多种形式。

旧时有拜年和贺年之分。拜年是向长辈叩岁，贺年是平辈之间互贺新年。现在，有些机关企事业、社会团体等会在阳历或农历新年来临之际通过举办“团拜会”“年会”的方式聚在一起相互祝贺，迎接新年的到来。随着时代和科学技术的发展，拜年的习俗亦不断增加新的内容和形式，电话、在线视频等已成为新的拜年的途径和渠道。

元宵节

正月十五元宵节，是我们中华民族最具有特色的传统节日之一，也是春节系列活动的第二个高潮。因这晚是新年第一个月圆夜，元宵节也叫元夕节、上元节。因历代在此节日有观灯习俗，又称灯节。此节已经有两千多年历史，经历了从宫廷到民间，从中原到各地的传播认同过程。

元宵节放灯在唐代发展成为盛况空前的灯市，唐中期以后已成为全民性的狂欢节。唐玄宗时的开元盛世，长安的灯市规模很大，燃灯 5 万盏，花灯样式繁多。皇帝命人制作巨型灯楼，金光璀璨，极为壮观。随着元宵灯会不断发展，灯节的时间也越来越长。唐代的灯会是“上元前后各一日”，宋代又在正月十六之后加了两日，明代则延长到正月从初八到十八。到了清代，满族入主中原，宫廷不再办灯会，民间的灯会却一直继续，只是日期缩短为 5 天。

来安县首届永阳花灯节暨元宵花灯表演大赛

朱晓东 摄

明朝天启元年（1621 年）《来安县志》有关元宵灯会记载：“元宵灯银三钱，文庙用……”1949 年前，来安县的民间灯会，除了正月十五的例会之外，更多的是与庙会娱乐文化结合一体。农历三月二十八日是来城城隍庙的庙会期。1935 年，来城各行业捐资扎制一座高 33 层宝塔，每层灯檐都有四个小风铃，最高的一层为头灯，几千米以外都能看见头灯上的灯光。1949 年后，除正月十三亮灯，正月十五正式玩灯可举办灯会以外，灯会的形态已经作为一种特殊的功能延伸到一些传统节日活动中。《来安县志》(1986—2005 年）载：“1984 年春节期间，来安县 400 多人组成的 34 个灯班赴滁县参加地区灯会比赛，花灯首尾长二三华里，轰动滁城。1985 年，在团县委的组织下，县城各学校还举行了一次彩灯晚会。”由此可见，当时滁县地区灯会的规模宏大，各地春节文化活动丰富多彩。农村热衷“元宵节扔火把”活动，用铁钉在铁罐子外面打上眼，一个挨着一个，用铁丝穿一个拎把，再拴上绳子。当暮色降临，大的孩子帮着从灶台底下掏出烧得通红的木头棒子或者焦炭，小心地放入铁罐子里面。然后拎着它们到远离房子和住家的田埂上去。站定后，便紧紧地握住绳子一端把罐子抡起来，一圈圈地在空中旋转。透亮的火星便从罐子的钉眼里冒出来，如一颗颗亮晶晶的星星在夜晚的田野里天女散花般地四下散去。还有的孩子直接把不用的扫帚用绳子拴住点燃了，那燃烧的“火把”在越来越快的旋转中撒下或大或小的火花。

元宵节这天，家家户户必备的美食就是元宵了。元宵作为食品由来已久。宋代，民间即流行一种元宵节吃的新奇食品。这种食品，最早叫浮元子，后称元宵，生意人则美其名曰元宝。元宵即汤圆，以白糖、玫瑰、芝麻、豆沙、黄桂、核桃仁、果仁、枣泥等为馅，用糯米粉包成圆形，可荤可素，风味各异。可汤煮、油炸、蒸食，有团圆美满之意。

除了水煮元宵外，更多的人家喜欢把元宵炒熟或油炸着吃。元宵面通常是在冬月里就要开始制作的。人们把糯米淘干净后，用石磨磨碎或者送到豆腐坊里打磨成米浆。在木盆或塑料盆里装上半盆的草木灰，上面再覆上大块的纱布，然后把米浆倒入纱布，待草木灰吸干了米浆里的水分，趁着晴好天气拿出来掰成一小块一小块地暴晒，在晒的过程中要不时地翻转米面块，直到干透。若碰不上好天，糯米面很容易变质，即便看起来是雪白的，但煮的时候会变成红色。变质的元宵面是不能吃的。

炒元宵也有不同的做法。元宵面要和得硬些，不能像煮的元宵那么软。先在锅里放点油，待锅烧热后再逐个把元宵丢进去，丢的过程中要不停地翻动，以防止粘到一块。元宵炒熟后，调些红糖或白糖水倒入锅内，待糖水煮沸便可以出锅。另一种做法是直接把做好的元宵放入油锅里煎炸至熟透。

猜灯谜　王玉春 摄

元宵节这天，除了玩灯、吃元宵外，还有猜灯谜等活动，在来安南部的相官曾有着独特的“请七姑娘”年俗，场面隆重壮观、热闹非凡。男女老少都会簇拥在这里，这又是一年里最为重要、最为真切、最为庄重的风俗，可谓之为人们精神的“图腾”，又被视为预测、预兆年景或人生的“图谶”。这一风俗已经消逝了 20 多年。每到这一天，人们就缅想着，冀望本真、淳朴的风俗再次来过。

这天一大早，由本地最有威望的耆老组织，准备好一张八仙桌子，桌面擦拭得豁亮，上面均匀地撒上一层元宵面，在一个篾制的簸箕的中心位置插上一根筷子，一截小竹竿从簸箕的两端穿过，尔后有两位年纪大的奶奶站立在桌子的两边，双手握住竹竿。

举行这个仪式必须要在村中心的一个茅厕里进行。谁也说不清这个茅厕到底是什么时候有的，也确定不了是谁家的。茅厕很大，很简易，圆形的粪池直径至少有 2 米，土围墙环厕一周。实际上粪池里就是一些家禽粪便，因为那低矮的围墙已不能使人安心如厕。在围墙的北沿生长着一棵老槐树，这棵树长势也蹊跷，树干粗壮，斜楞地倾向于茅厕的这边。树冠谡谡如伞，除了在秋、冬天，其他时节树荫浓密，足可为如厕的人带来一片阴凉。它的下沿还有一口成圆状的小水塘，清澈可人，显得极有灵气。

上午8时左右，大大小小的炮仗燃放之后，仪式算是正式开始了。只见耆老恭恭敬敬地跪立在桌边，双手合十，口中念念有词、祷告阵阵。这时人们不再拥挤、不再嘈杂，均屏住呼吸，表情也突兀地严肃起来，不大会儿，就见粪池的中央“扑嘟！扑嘟”地泛起了几个大水泡，这也就证明了请的仙人已经“莅临”了，但暂且还不能确定是哪位仙女。这个时候耆老站起身，面对着那抬着的簸箕轻盈地说道：“是哪位仙女就请跺一下！”只见那簸箕开始在老奶奶手中簌簌颤动了，顺由着在桌面上轻巧地跺动了，一般都是“七姑娘”上来，其他仙女是很难请得动、求得到的。所以，连续跺动了7次以后，人们露出了惊喜的笑容。都知道“七姑娘”最好说话，有求必应、有问必答。人们开始跪求了，上年纪的人是冀望年景好、身体健康的；年轻的是綦切自己的对象或婚姻幸福的；母亲们则冀望着自己孩子的前途命运是顺畅的。求与答，都很简练，就是：是！——跺动10次；不是！——跺动1次！

跪求的人很多，可是“七姑娘”很忙，就给一个时辰（两个小时）左右的时间，时辰一到，那簸箕中的“指针”便不再跺动了，要及时将“七姑娘”再恭送回去。虽然一年只有一次，尚有许多人没能如愿，但大家的心情是舒坦美妙的，精神是亢奋满足的。

后来不知道是什么原因，茅厕的土墙全部倒向了粪池中，渐渐地自动填平了这个存世久远、能给人们以精神向往和象征祺瑞的景地。也难怪，那早该维护修缮的土墙，摇摇欲塌就是没有人来过问，老槐树不久也出奇地失去了生命。等到人们憬悟过来的时候，再来请“七姑娘”，任你千跪万求也没有了任何讯息了……

再后来，水塘也消亡了。这个地方再也找不到过去的气韵与灵致了。只有那高高隆起的土堆还残喘着。

肯定有人会问，为什么不再去选择其他的茅厕再来延续这种风俗呢？

原因是这个茅厕年代很久，它不是用砖块垒砌的，是自然生成的。照老人们的说法，它是直通地下的，地气丰赡、凝厚，而砖块垒砌的茅厕挡住了地气的氤氲上升，同时，容易让人记住的说明不会有什么仙韵灵慧。

每至正月十五，曾参与见证过此俗的人们会缅怀着过去，祭咏着过去。没有了这个重要的年俗，年味着实有些寡淡、贫乏。

龙抬头

农历二月二是龙头节，俗称“龙抬头”，又称春耕节、农事节、青龙节、春龙节等。相传远古时期伏羲重视农桑，每年二月二都要亲自扶犁耕地，引导人们开始春耕春种。到黄帝、尧帝时仍然如此。武王建立周朝时倍加重视农桑，每年二月二举行春耕仪式，而且形成了一项国策。此时临近惊蛰，中原一带春耕生产渐入高潮，如果干旱就不能播种，所以希望老天能够下雨。伏羲号为龙师，而龙为百虫之首、部落图腾，人们就祭拜龙，祈盼龙能行云布雨、消灾赐福。“龙抬头”正式形成民俗传统节日是在元朝，反映了广大民众对春雨的期盼，希望有足够的雨水，为秋天的五谷丰登打下基础。

民间素有“二月二龙抬头，家家小孩剃毛头”之说，一些地方至今还流传着这样的儿歌，“二月二，剃龙头，春风送雨盼金秋。二月二，龙抬头，臣子耕地龙牵牛……”这一天，男子不论大人小孩都要“剃龙头”，以表示对龙王的恭敬和虔诚。大多数人家还会选择在这天娶媳妇过门。家里如果有属龙的，这

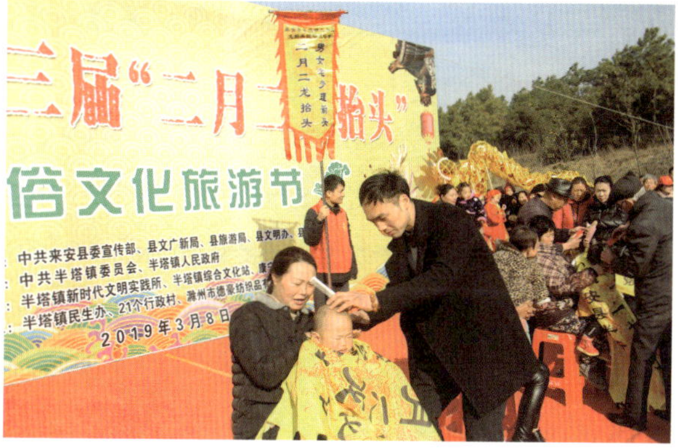

半塔镇第三届“二月二龙抬头”民俗文化旅游节

王祖道 摄

天还要烧几个菜，全家人聚餐，以示庆贺。有的人家男孩特别金贵，头上留辫子，到十二岁这年的二月二日，才将辫子剪去。老者“留胡子”，也往往选择在这一天剃去。

另外民间还广泛流传“正月剪头死舅舅”的习俗，很多人正月都不光顾理发店，直到二月二才解禁。故到这一天，每家理发店都是顾客盈门，生意兴隆。据考证，“正月剪头死舅舅”这一习俗源于1644年清廷颁布剃发令前后。当时，清廷命令所有国民必须剪发，有的人为怀念明朝，就在正月里不剪发以表示“思旧”。但又不能公开与清廷对抗，于是就有了“正月剪头死舅舅”的说法，一直流传至今。

农历二月已是仲春时节，万物复苏，草长莺飞，也是文人墨客寄情抒怀的季节。有不少古代著名诗人在二月二这天留下诗文。如，宋代王庭珪的《二月二日出郊》：“日头欲出未出时，雾失江城雨脚微。天忽作晴山卷幔，云犹含态石披衣。烟村南北黄鹂语，麦陇高低紫燕飞。谁似田家知此乐，呼儿吹笛跨牛归?”唐代白居易的《二月二》：“二月二日新雨晴，草芽菜甲一时生。轻衫细马春年少，十字津头一字行。”李商隐同题诗云：“二月二日江上行，东风日暖闻吹笙。花须柳眼各无赖，紫蝶黄蜂俱有情。万里忆归元亮井，三年从事亚夫营。新滩莫悟游人意，更作风檐夜雨声。”

清明节

“清明时节雨纷纷，路上行人欲断魂。借问酒家何处有？牧童遥指杏花村。”这是大家都很熟悉的古诗《清明》，由唐代诗人杜牧所写。清明节大概开始于周代，距今已经有两千五百多年的历史。古时又叫踏青节、三月节、祭祖节、扫墓节、鬼节等。公历4月5日前后为清明节，既是节气，也是传统节日。2006年，清明节被列入第一批国家级非物质文化遗产代表性项目名录。

随着时代的变迁，清明节的节日习俗和节日的意义也在不断变化。清明最开始是一个很重要的节气，清明一到，气温升高，正是春耕春种的大好时节，故有“清明前后，种瓜种豆”“植树造林，莫过清明”等农谚。

后来，由于清明节与寒食节的日子接近，而寒食节是民间禁火扫墓的日子，渐渐地，寒食与清明就合二为一了。而寒食既成为清明的别称，也变成清明时节的一个习俗，即清明之日不动烟火，只吃凉的食品。清明节期间，除了禁火、祭祖、扫墓、踏青、插柳等习俗之外，还有千百年来备受人们喜爱、延续至今的放风筝、荡秋千等游乐风习。

寒食禁火、祭奠先人的习俗在周代即已蔚然成风。有关寒食节则有这样的传说。春秋时期，晋国的大臣介子推，保护晋国的大公子重耳出逃。在饥寒交迫之际，为了不让重耳饿死，介子推甚至把自己的大腿肉割下来给重耳吃。后来重耳当上了晋国的大王，要给介子推封官，介子推不肯做官，隐居到大山里。重耳为了逼其出山相见而下令放火烧山，介子推最终被火烧死。重耳后悔不已，为了纪念介子推，规定其去世这天为寒食节。唐朝之后，寒食节逐渐淡化，在清明节扫墓祭祖一直沿袭至今。唐朝大诗人白居易《寒食野望吟》诗云："乌啼鹊噪昏乔木，清明寒食谁家哭？风吹旷野纸钱飞，古墓累累春草绿。棠梨花映白杨树，尽是死生离别处。冥寞重泉哭不闻，萧萧暮雨人归去。"宋朝诗人高翥也曾于一诗中描写道："南北山头多墓田，清明祭扫各纷然。纸灰飞作白蝴蝶，泪血染成红杜鹃。日落狐狸眠冢上，夜归儿女笑灯前。人生有酒须当醉，一滴何曾到九泉。"

清明节不仅是祭奠祖先、慎思追远的节日，也是认祖归宗的纽带，即便长途跋涉，也要赶回来到先人坟前祭扫。人们习惯称清明祭扫为"上坟"，时间为前十天或后十天，绝大多数人家会选在清明前十天。上坟时，要带着铁锹挖黄土放在坟顶上，谓之"亡人碗"，或称"戴帽

半塔中心小学师生清明祭扫革命烈士墓　徐艳 摄

子”，表示为坟地修葺之意。坟“帽子”要与坟内所葬者数量一致，底下要压上白纸条，称“压幡”，说明这座坟墓还有家人年年祭扫盘坟。扫墓结束后，要折一束松枝带回家插在门口，以告示乡邻亲友祭扫先人的责任已履行。若家有新丧，则要在第一个清明节置办素食，一般为四碟四碗，如果是成年男性，“上坟”时还需要带些白酒、香烟等在坟前敬上。对于安葬在公墓或陵园里的祭扫，则要简单些，一般是放上供品，在坟前上香祷祝，烧些纸钱冥币，或简单地献上一束鲜花，以寄托对先人的怀念。

中华人民共和国成立后，机关企事业单位、学校在清明时节组织祭扫革命烈士墓，聆听革命故事，追思怀念革命前辈，也日渐成为一种新的祭扫风俗。

清明时节正值春回大地，也是户外踏青的好时光。人们往往在举家扫墓之余，畅玩游乐于乡村田野。也有的人特意到大自然去欣赏和领略生机盎然的春日景象，让寒冬以来的郁结心绪在明媚的春光里飘散而去。这种踏青也叫春游，古代叫探春、寻春。古时，妇女平日不能随便出游，清明扫墓是难得的踏青机会，故民间有“女人的清明，男人的年”之说。

人们踏青时顺手折下几枝嫩绿的柳条，或拿在手中把玩，或编成帽子戴在头上，或带回家插在门楣、屋檐上。有谚语云“清明不插柳，红颜成皓首”“清明不戴柳，死后变黄狗”，可见清明折柳、插柳、戴柳在旧时是很普遍的习俗。究其渊源有三种说法，一说是为了纪念发明各种农业生产工具并曾“尝百草”的农事祖师神农氏；一说是介子推死时所抱的柳树后来复活，晋文公赐名为清明柳，并折柳成圈戴在头上，此习俗后传入民间；另一说是柳枝有灵性，具有辟邪作用。《齐民要术》中写道：“取杨柳枝著户上，百鬼不入家。”清明节亦是鬼节，因而借柳枝辟邪驱鬼自然也就在情理之中了。虽然有着不同的典故源流，但这些风俗都表达了人们对春回大地的喜悦。

旧时亦有“折柳赠别”的风俗。因“柳”与“留”谐音，折柳枝赠别亲友以示难分难离、恋恋不舍地挽留之意。这种习俗最早起源于《诗经·

小雅·采薇》“昔我往矣，杨柳依依”。另有大量古代诗词提及折柳赠别之事。唐代权德舆诗“新知折柳赠”，宋代姜白石诗“别路恐无青柳枝”，明代郭登诗“年年长自送行人，折尽边城路旁柳”。人们不但见了杨柳会引起别愁，就连听到《折杨柳》曲，也会触动离绪。如李白《春夜洛城闻笛》：“此夜曲中闻折柳，何人不起故园情。”

在柳枝摇曳的清明时节，除了单位组织的踏青等活动外，人们也会自行选择游乐方式和出游地点。而在城郊或农村，人们仍喜欢折柳插于屋檐下或戴在头上。

端午节

农历五月初五为端午节。在中国所有传统节日中，端午节的名称最多，有龙舟节、重午节、端阳节、端五节、五月节、菖蒲节等多个名称，而在来安，俗称“五月节”。

端午节与春节、清明节、中秋节并称为中国四大传统节日，世界上其他一些国家和地区也有庆贺端午的活动。端午节于 2006 年被列入第一批国家级非物质文化遗产代表性项目名录，2008 年成为国家法定节假日，2009 年成为中国首个入选世界非遗的节日。

端午节形成的历史文化因素很多，夏商周三代夏至习俗是它的主要来源。夏至以后，天气越来越热，疫情进入高发期。那时人们为防瘟疫，驱邪避毒，保证身体健康，要佩戴香袋、缠五色丝，在门上插艾草和菖蒲以防止恶气，其间还会举办一些文体活动。后来渐渐转化为集祈福消灾、欢庆娱乐为一体的民俗大节。来安过端午节的习俗与全国各地大同小异，也有一些自己的特色，天启元年（1621 年）刊印的《来安县志》即有记载：“端阳食角黍，饮雄黄酒，儿女系五色丝，簪艾虎以辟恶。”

端午吃粽子的风俗，千百年来盛行不衰。粽子，古称角黍。在甲骨文中就有了“粽子”一词。西周之后演变为端午包新黍（黏米）以献神灵的习俗。包角黍的植物叶子主要是菰叶等，后来北方多用苇叶，南方也用竹筒装米煮烤。历史上有关粽子的文字记载最早见于汉代许慎的《说文解字》，将其解释为“芦叶裹米也”。西晋周处所写的《风土记》中明确提到了“角黍”一词：“仲夏端五，方伯协极。享用角黍，龟鳞顺德。”粽子最初是用来拜祭祖先和神灵的，具体起源年代无考。东汉末年，人们以草木灰水浸泡黍米，用菰叶包黍米呈四角形煮熟，因灰水中含“碱”，称为碱水粽。晋代，正式定粽子为端午节的节庆食品，吃粽子已在全国普及，样式逐渐增多。有角者为角黍，用竹筒者为筒粽。南北朝时期，出现杂粽，黍中掺杂猪肉、鸡肉、板栗、红枣、赤豆等，还有的放一些中药材。粽子外面用五色线缠好，或用马莲草等捆缚，并被用作交往的礼品。到了唐代，粽子的用米，已“白莹如玉”，形状有锥形、菱形等。宋代时，已有“蜜饯粽”，即果品入粽。明、清两代，粽子成了吉祥食品。相传，那时凡参加科举考试的秀才，在赴考场前，要吃家中特意给他们包的“笔粽”，样子细长很像毛笔，谐音“必中”，为的是讨个口彩。

来安地处江淮之间，多种口味的粽子并存。人们在端午节来临之前，去竹林拾竹叶，扎成一小捆一小捆地放在家中。五月初四早上，将竹叶连同捆扎粽子的蔺草放大锅里用水煮开，煮的时候要倒点菜籽油。待煮透后放进大盆加入冷水浸泡着，然后把竹叶逐个顺平整反向折成块状，折到五六个的时候扎成一小扎。下午，把浸泡后的糯米淘洗干净便可以开始包粽子了。包的时候可以根据个人喜好加些红豆、蜜枣或猪肉之类的馅料。包粽子讲究技巧，拿捏要到位，捆扎要紧实，这样粽子包出来有棱有角，煮的时候不会漏米，中看又好吃。能否包成三角、四角、菱形或斧头形的四面锥体要看包

2020年端午节前夕，新安镇北门社区举办包粽子活动　田金龙 摄

粽子人的技巧和熟练程度了。晚上，将包好的粽子连同咸鸭蛋、鲜鸡蛋煮好后闷在大锅里。初五早上再揭锅盖捞起粽子和鸭蛋、鸡蛋，在碗里倒上白糖，剥开清香的粽子蘸着白糖吃。孩子们则会用头绳或塑料细线编织成网袋子，将煮熟的鸭蛋、鸡蛋放入后挂在脖子上，仿佛戴着战利品一样四处炫耀着。

端午饮雄黄酒的习俗从前极为盛行。古语云："饮了雄黄酒，病魔都远走。"雄黄是一种矿物质，俗称"鸡冠石"，其主要成分是硫化砷，并含有汞，有毒。一般饮用的雄黄酒，只是在白酒或自酿的黄酒里加入微量雄黄而成。雄黄酒有杀菌驱虫，破解蛇、蜈蚣、蜥蜴、蜘蛛、蝎子"五毒"的功效。看过《白蛇传》的人们都会记得，白娘子在端午那天喝了雄黄酒后现出原形，应该源自雄黄镇蛇的功效。明冯应京在《月令广义》中说："五日用朱砂酒，辟邪解毒，用酒染额胸手足心，无会虺蛇（古书上说的一种毒蛇）之患。又以洒墙壁门窗，以避毒虫。"中医还用来治疗皮肤病。在没有碘酒之类消毒剂的古代，用雄黄泡酒可以祛毒解痒。未到喝酒年龄的小孩子，大人则给他们的额头、耳鼻、手足心等处涂抹上雄黄酒，意在消毒防病，虫豸不叮，平安度夏。

除了吃粽子、饮雄黄酒以外，在20世纪90年代以前的农村，还流传过端午吃糖糕、油条的习俗，寓意着生活甜美圆满。那时候，通常是各家拿了面粉或白糖等原材料，放到一家去集中制作，然后根据每家送的原料多少进行分配。后来，人们便是到街道上的油条铺子买现成的油条、糖糕。那种集体的如同大家庭般的互助互利的生活生产方式虽然在农村早已消失了，但每每忆起，人们仍非常怀念那时朴素的人情与无间的温暖。

门悬艾草和菖蒲的习俗一直流传至今。有谚语云："清明插柳，端午插艾"。每至端午，人们总是将艾草置于家中以"避邪"。南北朝宗懔编撰的《荆楚岁时记》中曰："鸡未鸣时，采艾似人形者，揽而取之，收以灸病，甚验。是日采艾为人形，悬于户上，可禳毒气。"

艾即白艾，也叫家艾、艾蒿，菊科多年生草本植物，在古代一直是药用植物，性温味苦，可以去寒湿。把干艾搓成绳，点燃驱蚊蝇，用艾绒做成灸条治病，在西汉时就已使用。在来安乡村田野山坡上，春夏季节随处可见一丛丛、一片片的艾蒿，可以随便割取，或移栽在房前屋后。民间也一直有妇女产后用艾蒿洗澡或熏蒸的习俗，有通经活络、调理气血的作用。

菖蒲是多年生草本植物，属天南星科，多为野生，也可以在田中种植，古人认为它就是天星的再生。它狭长的叶片含有挥发性芳香油，是提神通窍、健骨消滞、杀菌消毒的药物。菖蒲的长叶上有一条脊线，状如宝剑，据说插在门口可以避邪，所以方士们称它为“水剑”，后被引申为“菖蒲剑”，可以斩千邪。菖蒲散发出的芳香能驱赶飞虫，使空气清新。而今，在城市乡村，在端午前的集市上都可以买到新鲜的艾蒿和菖蒲。

民间也有关于插挂艾草、菖蒲的一些传说。相传黄巢在唐僖宗时造反，到邓州准备大肆屠杀时，看见一个妇女一只手拉着一个小小孩，另一只手却抱着一个大些的孩子。他抽刀准备杀死她，又觉得有些奇怪，询问后才知道，女人抱着的大孩是她大哥的遗孤，小小孩才是自己亲生的。黄巢十分敬佩，认为她是天下少有的义妇，就挥剑砍下路边的艾草和菖蒲，让她回去挂在门上，并告诉将士们凡挂艾草、菖蒲者一律不能杀，于是形成了端午插艾的习俗。

市民购买艾草　王祖道 摄

五色丝线，又称五色丝、五彩丝。应劭《风俗通义》中说：“五月五日，以五彩丝系臂者，一名长命缕，一名续命缕，一名辟兵缯，一名五色丝，一名朱索。辟兵及鬼，命人不病瘟，又曰亦因屈原。”古代崇敬五色，以五色为吉祥色。因而，节日这天清晨，各家便在孩子手腕、脚腕、脖子上拴五色丝线。系线时，儿童不能开口说话。至于何时解线，则有三种说法。一说要到端午节后的第一个雨天，把五色丝线剪下来扔在雨中，谓之可去邪祟、禳灾异，会带来一年的好运；二说要保留 5 天时间，以后取下和糯米糅在一起，扔在屋顶上，让鸟雀叼去，传说可以消灾避难；另一说要到“七夕”才解下五色丝线连同金楮一起焚烧。实际上，五色丝线可以驱邪避瘟的象征意义远远大于实际功能。端午以五色丝线系臂，曾是很流行的节俗。传到后世，即发展成如长命缕、长命锁、香包等许多种漂亮饰物，制作也日趋精致，成为端午节特有的民间工艺品。现在的女孩们仍然在端午系五色丝线，形成一种时尚的手腕装饰。

香囊，又叫荷包、香袋、香包，一般是内装具有芳香开窍的中草药，有清香、驱虫、避瘟、防病的功效。香囊用五色丝线缠绕而成，或者用彩色绸缎等布料包上棉花，装入川芎、白芷、丁香、山艾、细辛、甘松、甘草、雄黄粉等中药粉，再用彩绸扎绣而成，下边还垂上红、绿、青、蓝、紫各种线穗，佩在胸前，香气扑鼻。端午节小孩佩香囊，传说有避邪驱瘟之意。香囊可制作不同造型，形形色色，小巧玲珑，精致可观，现已成为很普遍的民间工艺品。

六月六

早在唐代就有“六月六，晒红绿”的谚语。“红绿”指的是各色衣裳被子，六月六这一天要拿到阳光下暴晒，晒过后不发霉、不生虫。《燕京岁时记》亦载：“京师于六月六抖晾衣服书籍，谓可不生虫蠹。”皇宫里要晒“銮驾”、龙袍，皇史宬要晒档案、书籍。项维贞《燕台笔录》也云：“六月六日，本非令节，但内府皇史宬晒曝列圣实录、列圣御制文集诸大函，则每岁故事也。”

这一天，佛寺道观举行盛大的“晾经法会”，僧众要礼佛诵经，如果天气晴朗，就把所有经典从藏经楼拿出来晾晒。文人会将收藏的书籍画卷，取出来放在太阳底下晾晒一下，亦称“晒书节”。士大夫家及平民百姓也于此日晒裘衣杂物，以防上霉虫蛀。喜轿铺要晒轿围、桌围、执事旗伞的绣片以及轿夫的衣服鞋帽；估衣铺要晒估衣；皮货铺要晒皮货；药店里要晒生熟药材……旧时，没有防腐防霉药物，人们认为六月六的井水可以防霉，凡是酿造酱醋的作坊，都抢着五更初时到井台汲水，用大缸小缸储存起来，说是用它做酱造醋不长醭，质纯味正，为上乘佳品。人们也常在此日用桐油涂饰木结构的门窗和梁柱，说是可以防水防烂。

传说晋国时就认定此日是大禹的生日。唐皇甫谧在《帝王世纪》中说："鲧纳有莘氏，臆胸坼而生禹于石纽。郡人以禹六月六日生，是日熏修裸飨，岁以为常。"这个祭禹的仪式一直到宋朝还在举行着，并被定为"天贶节"。"天贶"意为"上天恩赐"，源于宋真宗赵恒。据《宋史》记载，宋真宗夜梦神人自天而降，对他说，上天将降大中祥符三篇，以示祥瑞。后来，果然有天书频频降临。宋真宗为感谢天恩，改元为"大中祥符"，规定每年六月六为天贶节，还在泰山脚下的岱庙建造一座宏大的天贶殿。对于此日盛况，《宋史·礼志》中记载："京师断屠宰，百官行香上清宫。"

民间还有"六月六，请姑姑"的风习。传说春秋战国时期，晋国卿狐偃骄傲自大，气死亲家赵衰。第二年晋国夏粮遭灾，狐偃出京放粮，临走时他对家人说，六月六日赶回家过生日。女婿得知消息，决定在此日杀狐偃，替父报仇。女儿得知消息后，于六月初五跑回娘家报告凶信。六月初六，狐偃请来女婿，让至上席就座，当众示悔，希冀两相和好。至此，翁婿前仇尽释。为了记住这个教训，狐偃每年六月六日都要请回女儿、女婿团聚一番。此事传扬出去，老百姓个个仿效，也都在六月六日接回闺女，应个消灾解怨、免灾去难的吉利。此俗相沿成习，流传至今，称为"姑姑节"。

这一天，还是 66 岁的老人们共同的"生日"。凡是岁在 66 的老人，不论是何月何日生，都要在六月初六这一天过生日。这一天出嫁的闺女也要回娘家给父母做寿，礼物是一大块肥肉。民间有"六十六，吃块肉"的说法，亦含长命百岁之意。

七夕节

“七月坐凉宵，金波满丽谯。容华芳意改，枕席怨情饶。锦字沾愁泪，罗裙缓细腰。不如银汉女，岁岁鹊成桥。”这首《七月闺情》是唐代诗人袁晖所作，生动表现了闺中女子夜晚愁怨交加、泪湿枕巾、独自悲叹的情景。这里“不如银汉女，岁岁鹊成桥”说的便是流传至今的“七夕节”了。

七夕节，也就是农历七月初七，又称七巧节、七姐节、女儿节、乞巧节等。因为牛郎织女的美丽爱情传说，七夕节便成了象征爱情的节日。

相传远古时候，一天，织女在天池洗澡，忽被牛郎看见。牛郎从没有见过这么美丽动人的姑娘，便偷走了织女的衣裳。织女裸着身子无法回天宫，见了牛郎后也是满心喜欢，便与牛郎成了亲。夫妻非常恩爱，生育一儿一女。这件事被王母娘娘得知，派天兵天将下凡逼迫织女回宫去。牛郎无奈，用箩筐担着一双儿女在后面追赶织女。王母娘娘盛怒之下拔下一根玉簪划了一下，一道天河便把织女、牛郎各分一边。那道天河就是我们现在看到的银河。牛郎、织女隔河相望，朝思暮想，凄凄切切。这情景感动了喜鹊，就在七月初七晚上飞聚天河搭起一座鹊桥，让牛郎、织女来相会。

关于牛郎织女鹊桥相会的神话，汉末应劭《风俗通义》中已有记载：“织女七夕当渡河，使鹊为桥。”此后，历代诗人都有咏牛郎织女相会之事的诗篇，遂取其为曲名。宋朝词人秦观的《鹊桥仙》曰：“纤云弄巧，飞星传恨，银汉迢迢暗度。金风玉露一相逢，便胜却人间无数。柔情似水，佳期如梦，忍顾鹊桥归路！两情若是久长时，又岂在朝朝暮暮。”尤其是最后两句，使词的思想境界升华到一个崭新的高度，成为千古佳句。

来安团县委、妇联等举办我们的节日“七夕”活动
吕华 摄

那么，“乞巧”又是怎么回事呢？因为织女是一位聪明伶俐、才高艺绝的仙女，所以每逢七月初七这一天夜晚，民间女子常三五成群面对银河，一边祷念：“七巧星，智慧星，谁看见，变聪明。”一边穿针引线，向织女求艺。直到现在，有些人还这么认为，七夕节这天如果看不到喜鹊，那就是飞去银河给牛郎织女搭鹊桥了。还有的人家结婚时喜欢用红纸剪一对喜鹊贴于窗户上，有的结婚请柬上也印有一对喜鹊图案，既寓意天赐良缘，又增添了喜庆气氛。

七夕节自古以来就是我国最具浪漫色彩的传统节日。在改革开放后，西方的情人节传进我国，和圣诞节一样成为商家炒作的洋节，受到国人的欢迎和追捧，而富有歌颂爱情专一文化内涵和审美观念的七夕节逐渐被弱化、淡化了。近年来，为了弘扬传统文化、坚定文化自信，“我们的节日”更多地结合传统，被赋予新时代文化意义走进百姓生活。来安共青团、妇联等群团组织或民间也多以举办“相亲”、集体婚礼、文艺演出等多种形式庆祝“中国情人节”——七夕节。

中元节

民间也称“中元节”为“七月半”。相传每到这一天，阎罗王就会打开地狱之门——“鬼门关”，所有的孤魂野鬼便从阴界出来，到人间各处寻找东西吃，直至七月结束才回归地府。因此，人们称七月为“鬼月”，是不吉利的月份，既不嫁娶，也不搬家。民间盛行在这段时间里对死去的亲人进行祭奠，烧冥钱元宝、纸衣蜡烛，放河灯，做法事，以祈求祖先保佑，消灾增福，或超度亡魂，化解怨气。

“鬼节”实际上源自佛教的“盂兰盆会”，早在南北朝之前就已经出现了。南朝大同四年（538 年），梁武帝以帝王身份设斋，使这一佛教节俗得以迅速蔓延。这天，各寺院要举行盛大法会，僧侣们也要沿街搭台念经，以使孤魂安息，饿鬼饱食。而道教亦有“三官三元”之说，将正月十五、七月十五、十月十五定为上、中、下三元，分别为天官、地官、水官的诞辰。中元节这天，道教信众要集中在一起共同学习老子的《道德经》，互相交流、沉思反省自身。而对于一般教众则创造了一些故事“寓教于游乐之中”。比如，道教杜撰出有个叫作陈子祷的人与龙王女儿结婚，分别在“三元”那天生下了“三官”，这“三官”主管人间的赐福、赦罪、解厄三个任务。他们法力无边，分别要在这三天到人间巡游，检查人们的道德品质好坏，对于那些道德品质好的人就给予赐福，对道德品质差的就要降罪。但道教又是一个很宽容的宗教，随时给予人们改过自新的机会，一年中有罪过的人可以在中元节这天通过各种仪礼去检讨自己和请求天地人的宽恕，因而中元节也称“忏悔节”“赎罪节”。

这个节日也是和儒家思想相通的。儒家强调孝道，当父母在生时，做儿女的自应当亲奉甘旨；当父母死后，也要“祭如在”，跟父母在世时一样。这样，佛教“盂兰盆会”与道教“中元”相融合，并与儒家的孝道思想相结合，形成了具有教化作用的“鬼节”——中元节。

由此可见，虽然中元节宗教色彩较重，有庄严的感恩、善意的超度，但也有扬善惩恶、调节人际关系的内涵，一些祭祀也融入了娱乐活动的色彩。如今，来安人在中元节这天仍延续祭祖之风，有的人家会选择这一天或提前几天去“上坟”，也有的人家会于这天晚上，在家门口或邻近的岔路口焚烧冥币敬献给逝去的亲人，祈祷先人保佑后代安康幸福。

中秋节

八月十五是中秋节，又称祭月节、仲秋节、八月半、秋节、拜月节、月娘节、月亮节。传说唐玄宗曾经在这天夜游月宫，也称为月夕。古时媳妇回娘家后必须在这天返回婆家，在外地经商任职的也要赶回家团聚，故又称为团圆节。中秋节于2006年列入第一批国家级非物质文化遗产代表性项目名录，2008年起列为国家法定节假日。

中秋节是农耕文明的产物，其核心是月文化、团圆文化，寄托着人们盼望阖家团圆、万事圆满的心愿，承载着传统的“以和为贵”的文化内涵。中秋一词，最早出现在《周礼》一书中。中秋赏月的风俗在唐代极盛，许多诗人的名篇中都有咏月的诗句，并将中秋与嫦娥奔月、吴刚伐桂、玉兔捣药、杨贵妃变月神等神话故事结合起来，使之充满浪漫色彩。“戍鼓断人行，边秋一雁声。露从今夜白，月是故乡明。有弟皆分散，无家问死生。寄书长不达，况乃未休兵。”这首《月夜忆舍弟》是诗圣杜甫所写。唐代著名诗人刘禹锡也有《八月十五日夜玩月》：“天将今夜月，一遍洗寰瀛。暑退九霄净，秋澄万景清。星辰让光彩，风露发晶英。能变人间世，翛然是玉京。”将赏月之情洗练而出，飘飘然毫无俗尘气息，读来令人神往。

最是中秋月儿圆。色彩斑斓的秋天与夜空中皎洁明亮的圆月，大自然呈现出无比绚丽的华彩乐章，而人世间也在同时演绎着无数悲欢离合。正如张九龄《望月怀古》诗所云：“海上生明月，天涯共此时。情人怨遥夜，竟夕起相思。灭烛怜光满，披衣觉露滋。不堪盈手赠，还寝梦佳期。”故中秋节以天上月之圆兆地上人之团圆，寄托着人们思念故乡、思念亲人的情愫，承载着祈盼丰收、渴望幸福的心愿。

古代中秋祭月时用月饼。月饼从何而来？相传周武王伐纣时，商纣王派太师闻仲带兵出征。太师深知兵贵神速，就命令部下做了一种叫糖烧饼的干粮带上，后来人们也仿着做，称之为太师饼。汉武帝时，张骞出使西域，带回了芝麻、胡桃，在祭月小饼中添上了胡桃仁，人们就叫它胡饼了。据说有一年中秋，唐玄宗率众祭月赏月，边吃胡饼边说胡饼的名字不好听，杨贵妃听了，抬头望望天上的明月，随口说出月饼二字。此后，月饼之名就流传开了，也成为中秋节的必备美食。

来安县舜山中心小学举办中秋节主题活动

吕华 摄

现在中秋赏月时仍

然吃月饼。这天晚上，当月亮升起时，人们通常在庭院中摆上香案，把买来的水果和家里自制的糖饼放在香案上，全家人焚香叩头、拜月祭祖，随后围坐在一起吃着月饼、水果，欣赏着如水秋月，庆贺亲人团聚，分享丰收的喜悦。俗谚："在家不敬月，出门遭雨雪。"每到中秋节的前一天，出阁的闺女要向娘家送月饼、新鲜水果，但不能送梨和柿，因梨与"离"、柿与"死"谐音，都是不吉利的。

中秋节的晚上，一些农村人家还有"摸秋"的习俗，即到野外田地里收摘一点别人家成熟的农作物，即便主人看到了也不算偷窃。有道是："八月摸个秋，摘柚抱瓜不算偷。"更有民间俗信，这天送子娘娘要下凡，未生育的已婚妇女"摸秋"若不被发现，可以早生孩子。

重阳节

"独在异乡为异客，每逢佳节倍思亲。遥知兄弟登高处，遍插茱萸少一人。"唐代诗人王维的这首《九月九日忆山东兄弟》，说的就是重阳节这一天，不能同亲人登高的伤感和无奈。

关于重阳节俗的文字记载，最早见于《吕氏春秋·季秋纪》，有载古人在九月丰收祭飨天帝、祭祖的活动。关于重阳节名称的记载，始见于三国时代。魏文帝曹丕《九日与钟繇书》中曾这样描述当时的重阳节："岁往月来，忽复九月九日。九为阳数，而日月并应，俗嘉其名，以为宜于长久，故以享宴高会。"《西京杂记》中记西汉时的宫人贾佩兰称："九月九日，佩茱萸，食蓬饵，饮菊花酒，令人长寿。"这是有关重阳节求寿之俗的最早记录。另有一说，在战国时代，重阳节在一些地方已受到人们重视，但只是在宫廷中进行的活动。

魏晋时，重阳节日气氛渐浓，文人墨客广为吟咏，出现了赏菊、饮酒习俗的文字记载。晋代文人陶渊明在《九日闲居》诗序文中说："余闲居，爱重九之名。秋菊盈园，而持醪靡由，空服九华，寄怀于言"。南北朝梁宗懔《荆楚岁时记》亦云："九月九日，四民并籍野宴"。

唐代时，重阳节被定为正式节日，列为"三令节"之一。此后，宫廷、民间都会举行各种各样的活动庆祝重阳节。如李颀《九月九日刘十八东堂集》云："风俗尚重九，此情安可忘？菊花辟恶酒，汤饼茱萸香。"重阳这天，人家都搬出事先制好的菊花酒，佩戴茱萸，登上附近的山顶，一边喝酒饮宴，一边赏玩深秋景致，直到黄昏时分才回到家里。也有玩得意犹未尽，日落都不愿意返家的。如杜荀鹤《重阳日有作》："大家拍手高声唱，日未沉山且莫回。"由此可见，在唐朝，人们欢庆此节兴致之高昂。

宋代，重阳节更为热闹。《东京梦华录》曾记载了北宋时重阳节的盛况："九月重阳，都下赏菊有数种……无处无之，酒家皆以菊花缚成洞户。都人多外出登高……前一二日，各以粉面蒸糕遗送，上插剪彩小旗、掺饤果实……诸禅寺皆有斋会……游人最盛。"《武林旧事》也记载南宋宫廷"于八日作重九排当"，以待翌日隆重游乐一番。而《水浒传》第七十一回写到重阳节菊花会，生动地展示了重阳节的民俗风情："宋江便叫宋清安排大筵席会众兄弟同赏菊花，唤作'菊花之会'……忠义堂上遍插菊花，各依次坐，分头把盏。堂前两边筛锣击鼓，大吹大擂，笑语喧哗，觥筹交错，众头领开怀痛饮。马麟品箫，乐和唱曲，燕青弹筝。不觉日暮。"明代皇宫中从九月初一就开始吃花糕庆祝，九日重阳，皇帝还要亲自到万岁山登高览胜，以畅秋志。清代重阳节风俗仍然盛行，有把菊花枝叶贴在门窗上的习俗，谓之"解除凶秽，以招吉祥"。

2021 年 10 月 10 日，来安县文联、半塔镇联合在大刘郢村举办重阳节慰问演出　王祖道 摄

重阳节发展至近现代被赋予了新的含义。1989 年，我国将每年的九月九日定为老人节，将传统孝道伦理与现代精神文明建设结合起来，使这一传统

佳节成为尊老、敬老、爱老、助老的新式节日。2006年，重阳节被列入第一批国家级非物质文化遗产代表性项目名录。2012年，新修改的《老年人权益保障法》明确每年农历九月初九为老年节。如今，每到重阳节，机关、企事业单位和乡镇、村（社区）都会组织离退休老同志或居民举办一些文娱游乐活动，或去敬老院、养老院等场所开展慰问。学校也会引导教育孩子们为长辈洗脚、捶背，或洗碗、打扫卫生等做一些力所能及的事情。普通家庭也多在这天设宴敬老、饮宴祈寿。

十月朝

农历十月初十（有的地方是十月初一），俗称十月朝，又称十月朔、祭祖节、寒衣节，是一年中最后一个“鬼节”。传说这天是阎王给鬼魂放假的日子。此时是立冬前后，气候渐渐寒冷，阎王好心给死人放假，也让活人给死人送寒衣。这天人们要带上食物、香烛、纸钱、纸衣，到已故先人坟上祭奠。在祭祀时，人们把纸衣焚化给祖先，叫作“送寒衣”。

我国自古以来就有新收时祭祀祖宗的习俗，以示孝敬祖先、不忘根本。历来有诸多典籍诗文记载了十月朝习俗。南北朝梁宗懔《荆楚岁时记》：“十月朔日，黍臛，俗谓之秦岁首……今北人此日设麻羹、豆饭，当为其始熟尝新耳。”宋吴自牧《梦粱录·十月》：“朔日，朝家赐宰执以下锦，名曰授衣，且赐锦花色，依品从给赐，百官入朝起居，衣锦袄三日，士庶以十月节出郊扫松，祭祀坟茔。内庭车马，差宗室南班往攒宫行朝陵礼。有司进暖炉炭。太庙享新，以告冬朔。诸大刹寺院，设开炉斋供贵家。新装暖阁，低垂绣廉。老稚团圆，浅斟低唱，以应开炉之序。”清顾禄《清嘉录·十月》：“月朔，俗称十月朝。官府又祭郡厉坛，游人集山塘看，无祀会，间有墓祭如寒食者。人无贫富，皆祀其先，多烧冥衣之属，谓之烧衣节，或延僧道作功德，荐拔新亡，至亲亦往拜灵座，谓之新十月朝。”更有古唱书曰：“十月里来满一年，十月忙着来上坟，十月里来十月朝，家家户户把纸烧，家家坟上飘白纸，户户送衣又送食。”

如今，十月朝相关习俗在来安仍然广泛存在着。每到农历十月，一些沿街卖杂货的商铺就会摆出摊位，摊上放满了黄草纸、元宝、冥币，纸糊或印制的衣服鞋帽，甚至还有纸制的手机、电视机、笔记本电脑等新潮用品。看到这些摊铺，人们就知道“鬼节”要到了。

民间送寒衣时，有的地方在亡者坟前祭焚，并用新土覆墓取意“保暖”。有的地方习惯在门前焚烧纸衣裤鞋帽、黄草纸、冥币等祭物。还有的在十字路口焚烧一些象征布帛类的五色纸，用意是救济那些无人祭祖的绝户孤魂，避免他们去抢夺送给亲人过冬的衣物。但凡送给亡人的衣物、冥钞诸物，都必须烧得干干净净，这些阳世的纸物，才能转化为阴曹地府的绸缎布匹、房舍衣衾及金银铜钱。只要有一点没有烧完，就前功尽弃，亡人不能使用了。所以焚烧寒衣祭物时，人们特别认真细致，总要念叨上几句：“某某，给您送钱来了。您在那边要保佑我们平平安安……”这些行为虽然看来好笑，却也反映了生者对亡人的哀思与崇敬，属于一种精神上的寄托。

冬至

冬至，既是我国“二十四节气”之一，也是中华民族的传统节日，又称冬节、亚岁、长至节等。这天北半球各地夜晚最长，白天最短，过后白昼渐长而夜晚渐短。《周礼》规定，冬至这天，天子要在圜丘祭祀昊天帝。《淮南子》亦记载，冬至这天，天子要率三公九聊迎岁，百官朝贺，君不听政，店铺歇市，学生放假。民间也要早起互相拜贺，像过年拜年那样，也去祭祀祖先。可见，冬至节在汉代以前与元日差不多，故有“冬至大如年”的说法，也把冬至节说成贺冬、拜冬。至汉代，这天还保留着朝贺的礼仪。随着新年习俗的稳定，冬至的地位虽有所下降，但仍以“亚岁”居年节之首。东汉崔寔《四民月令》中说：“冬至之日，荐黍糕，先荐玄冥于井，以及祖祢，齐、馔、扫、涤，如荐黍豚。其进酒尊老及修刺谒贺君师耆老，如正日。”南宋孟元老《东京梦华录》也说：“十一月冬至，京师最重此节。虽至贫者，一年之间，积累假借，至此日更易新衣，备办饮食，享祀先祖。官放关扑，庆贺往来，一如年节。”唐代杜甫《小至》云：

“天时人事日相催，冬至阳生春又来。刺绣五纹添弱线，吹葭六琯动浮灰。”直到清代，风俗依然如此。

此外，古时冬至还有献鞋袜的习俗。臣子向君王献鞋袜，妇女向尊长献鞋袜。魏曹植向其父曹操献上绣鞋七双、袜子若干，作为冬至贺节礼物，并上《冬至献履袜颂表》称贺：“伏见旧仪，国家冬至，献履贡袜，所以迎福践长。”可见此俗在当时的俗世生活中影响甚远。

每到冬至，人们燃香烛，放鞭炮，祭天地，谓之“接冬”。娘家为新嫁女儿送火盆、手脚炉，谓之“送冬”。在饮食方面，素有冬至吃饺子的习俗。据说有两个来源，一是来自古时女娲造人的传说。说人的耳朵冻掉了，女娲就会捏一个饺子似的耳朵给人补上。这样冬至包饺子、吃饺子，就不会因天冷冻耳朵了。另有传说东汉医圣张仲景辞官还乡后，发现很多穷苦百姓的耳朵被冻坏了。他命徒弟把一些羊肉、辣椒和驱寒的药材放一起煮熟后剁碎，再用面做成驱寒娇耳汤，让大家喝汤吃面，冻伤渐渐痊愈。娇耳慢慢地谐音成了饺子，而“冬至不端饺子碗，冻掉耳朵没人管”的谚语也随之流传。

从冬至之日起即进入了数九寒天。入九以后，有些文人、士大夫喜欢消寒活动。如择一九日，相约九人饮酒（九与酒谐音），席上用九碟九碗，成桌者用“花九件”席，以取九九消寒之意。另有绘制《九九消寒图》：自冬至日起画梅花一枝在窗上，佳人早起梳妆时，每日以胭脂随手画一圆，待九九八十一圆画满，已是杏花盛开，窗外满园春色。如今，滁州、来安的一些古典诗词爱好者仍保留着入九后即行九九消寒诗词唱和的习俗。

腊八节

“腊月年光如激浪，冻云欲折寒根向。谢女雪诗真绝唱。无比况，长堤柳絮飞来往。　　便好开尊夸酒量，酒阑莫遣笙歌放。此去青春都一饷。休怅望，瑶林即日堪寻访。”这首《渔家傲·腊月年光如激浪》是欧阳修所写。诗人把腊月的年光比作激浪，感叹岁月匆忙的同时，劝诫人们珍惜大好时光，莫让青春蹉跎。正所谓“进了腊月门，转眼便是年”。一进腊月，“年”便以倒计时的脚步临近，年味儿也越来越浓。

民间俗语“小孩小孩你别馋，过了腊八就是年”。腊八节，也是春节的第一个序曲。这个节日从何而来呢？先秦时期，我国一些地方已有腊祭习俗，节期在腊月，具体日期并不固定，腊祭这一天称为腊日。《礼记·月令》中说，此时天子要祈祭天宗，“腊先祖五祀”，让农民休养生息。可见周代就有了腊祭，而且是用猎物来祭祀祖先和门神、户神、宅神、灶神、井神等五神灵，祈求丰收和吉祥。此习俗被后人视作“腊八节”的来源之一。据西汉戴圣所编的《礼记·郊特牲》辑录，腊祭是“岁十二月，合聚万物而索飨之也”。汉应劭《风俗通义》中说：“夏曰嘉平，殷曰清祀，周曰大蜡，汉改为腊。”还有一种说法，即“腊者，接也；新故交接，故大祭以报功也”。到了汉代，明确冬至过后的第三个戌日为“腊日”，腊祭的对象是列祖列宗以及五位神灵，不过在这天并不喝腊八粥。

南北朝时将腊日固定在腊月初八。到了唐宋，此节又被赋予神佛色彩，并开始有喝腊八粥的习俗。佛教传入中国后，在洛阳建立了第一个寺院白马寺，佛事活动便在城乡流行起来。僧侣们根据教义说，佛祖释迦牟尼成道前吃了一位牧羊女熬的米粥，到菩提树下静修，于腊月初八得道成佛。佛家弟子就在这一天用香谷和果实熬粥进行纪念，除了自己吃，还施粥给善男信女们。宋孟元老《东京梦华录》中就有记载，说这天僧尼三五成群上街念佛，往佛像上洒香水，各大寺院要做“浴佛会”、送七宝五味粥与门徒，谓之“八宝粥”。各家各户也便学着熬粥，先敬神祭祖，再赠送亲朋好友，然后全家一起食用。民间更有传说喝了这种粥以后，就可以得到佛祖的保佑，因此，腊八粥也叫福寿粥、福德粥、佛粥。此后，每逢腊月初八，不论是朝廷、官府、寺院还是黎民百姓，家家都要做腊八粥。宋代诗人陆游写诗《十二月八日步至西村》：“腊月风和意已春，时因散策过吾邻。草烟漠漠柴门里，牛迹重重野水滨。多病所须惟药物，差科未动是闲人。今朝佛粥更相馈，更觉江村节物新。”从中，我们可以窥见当时腊八食粥等风俗。

到了清朝，喝腊八粥的风俗更是盛行。腊八粥的用料也更为丰富，谷类有大米、小米、糯米、高粱米、紫米、薏米等，豆类有黄豆、红豆、绿豆、芸豆、豇豆等，干果有红枣、花生、莲子、枸杞子、栗子、核桃仁、杏仁、桂圆、葡萄干、白果等。

在滁州，还流行着朱元璋与腊八节、腊八粥的传说。话说当年朱元璋被郭子兴关入监牢，正值寒冬腊月，又冷又饿的朱元璋竟然从老鼠洞找到一些大米、红豆、红枣等七八种五谷杂粮。朱元璋便把这些东西熬成粥饱餐了一顿，那天正好是腊月初八。后来朱元璋当了皇帝，为了纪念监牢中的日子，便把那一天定为腊八节，把那天吃的杂粮粥赐名为腊八粥。

每逢腊八，滁州市的琅琊寺、全椒县的神山寺等诸多佛教寺院，仍然保留着赠送福寿粥的习俗。一些善男信女为了能喝上一碗佛粥，往往半夜就出发前往寺院。

“吃碗腊八粥心里甜，安安稳稳过个年”，该俗至今不衰。近年来，随着物质生活水平的提高和生态环境的变化，人们的养生保健意识逐渐增强，充分认识到腊八粥不仅是时令美食，更是养脾健胃的养生佳品，加入薏米、红枣、红豆、桂圆等原料的杂粮粥、营养粥已成为普通人家的日常饮食，不再仅仅局限于腊月初八当天了。商场超市、粮油店铺，甚至网店也有了开罐即食的成品或搭配好的八宝粥食材出售。

祭灶

“吃过腊八饭，就把年来办。”腊月初八以后，人们就开始忙碌着迎接春节的到来。而在滁州，传统的春节则从小年，也就是祭灶这天拉开序幕。旧时民间流传的说法是“官三民四船五”。意思是官府腊月二十三祭灶，一般平民百姓二十四祭灶，水上人家二十五祭灶。来安地处江淮之间，历朝历代大批移民迁入，南北民俗风情并存，故有的在二十三，也有的在二十四祭灶。

祭灶，相传在周代已成习俗，最早叫“纪灶”，即纪念教人吃熟食的

“先灶者”。由于火的发现，人们才由茹毛饮血开始过渡到吃熟食、喝开水，所以上自君王，下至平民，对灶神的祭祀都很虔诚。灶神又称灶王爷、灶君。民间传说灶王爷是玉皇大帝派到人间的督善之神，负责管理各家的灶火，并在每年的腊月二十三日上天报告每个家庭的善恶，视情给予赏罚。清代《敬灶全书》称：“（灶神）受一家香火，保一家康泰；察一家善恶，奏一家功过……每逢庚申日，上奏玉帝，善恶簿呈电，终月则算。功多者，三年之后天必降之福寿；过多者，三年之后天必降之灾殃。”人们为能得到玉帝的奖赏，避免受到惩罚，纷纷在这一天晚上祭拜灶王，为灶王爷送行。宋代确定祭灶时间为腊月二十四。诗人范成大曾写《祭灶词》：“古传腊月二十四，灶君朝天欲言事。云车风马小留连，家有杯盘丰典祀。猪头烂熟双鱼鲜，豆沙甘松粉饵团。男儿酌献女儿避，酹酒烧钱灶君喜。婢子斗争君莫闻，猫犬触秽君莫嗔。送君醉饱登天门，杓长杓短勿复云。乞取利市归来分。”

从上面的文献诗词中，我们可以想象旧时祭灶的隆重与热闹。我没有亲眼见过祭灶仪式，倒是听母亲说过外公家以前是怎么祭灶的。这一天，会写字的外公格外忙碌，在写完自家的灶王爷奏折之后，还要帮助不识字的亲友邻居家代写祭灶奏折。到了晚上，舅舅们在大门外负责燃放鞭炮，外公将事先准备好的祭灶糖、水果、纸车、纸马等供品放在竹篾筛里。待外面鞭炮一响，外公便将筛子放到厨房灶台前，在红蜡烛上点燃一炷檀香，对着灶台墙壁正中的旧灶王爷神像，叩三个头，然后轻轻地撕下神像，放到竹筛里，接着把“请”来的新灶王爷神像用糨糊贴在原来位置，再把写好的奏折放在神像前，低头念叨些灶王多多美言之类的话。祭灶结束后，全家人就把祭灶糖等分发着吃完。

母亲还告诉我，放鞭炮是送灶王爷上天；纸车、纸马是给灶王爷坐着上天的；祭灶糖是用来糊灶王爷的嘴，免得他胡乱汇报；纸钱是给灶王爷作盘缠，托灶王爷向玉皇大帝多说些好话、多汇报些好事。早年，我也曾在农村人家的灶台上看到过灶神像和对联。还记得上联是“上天奏好事”，下联为“下界保平安”，横批是“一家之主”。另据了解，在半塔地区，在送灶这天，要蒸五个点心，象征着福、禄、寿、喜、财，在点心上用红色点上龙凤图案。也有用红纸写着寿字，放在香案上不许任何人挪动。待点心干透并绽开裂缝为吉利，因为点心也“开口笑”了，是个好兆头。

从这一天开始，不论城乡，都进入“掸尘”的活动。大家小户，从里到外，从房屋内室及门窗到地上，从大小用具到炊事用具，都要彻底地打扫和洗刷干净，所谓“一年干净到头”。不过，有些地方也有早或迟的。

如今，这些传统的祭灶风俗已经消失多年，但在年龄较大的人家，仍保留送灶的习俗，形式与摆放的供品等与旧时已有很大区别了，而年轻一代基本上都不知道祭灶是怎么一回事。反观当下，我似乎更能理解晚唐诗人罗隐的心情：“一盏清茶一缕烟，灶君皇帝上青天。玉皇若问人间事，为道文章不值钱。”

（王道琮）

生活习俗

服饰

服饰，除了满足人们物质生活需要外，还代表着一定时期的文化。“衣”字，在古代除了统指身上穿的衣服，也有狭义和广义之分。狭义上的衣，专指上衣；广义上的衣，包括一切蔽体的东西。饰，以增加人们形体外貌的华美。服饰主要起遮羞、御寒、装饰作用。我国素有“衣冠王国”之美誉。自夏、商起，开始出现冠服制度，到西周时，冠服制度已基本完善。战国期间，诸子兴起，思想活跃，服饰日新月异。隋唐时期，经济繁荣，服饰华丽开放，形制多样。宋明以后，强调伦理纲常，服饰渐趋保守。清代末叶，西方文化传入，服饰日趋简便适体。

衣着鞋帽：中华人民共和国成立前后，来安地方上的着装差异极大，主要是由于当时的政治制度及经济条件所致。一般富裕户，冬、春两季多为棉、夹袍，头上戴呢礼帽、瓜皮圆顶毡帽，足穿双梁元宝形状棉鞋。稍有身份的人家，如地主、绅士、地方名流等，便在长袍上加马褂，棉、夹袍多为黑、灰、蓝三色，而马褂亦多为古铜、暗蓝、黑色。夏季亦有穿夏布大褂、纺绸大褂，戴太阳帽的，这样便有些洋气。女人着此长袍则称之为“旗袍”。长袍的质地有贵、贱之分，丝、绸、缎、平布皆有，内装棉花、驼绒乃随身份和经济条件而别。

一般平民在冬、春两季仅穿棉袄与棉裤。棉袄多为对开领，布质纽扣为五个。妇女则可在大衣襟棉袄上加黑织贡呢或黑布背心。棉裤统称“旗裤”，不分男女老少都是将裤腰“一把掳”系上，裤脚有大裤脚，亦有用黑布条将裤脚扎住的。如果家中有长辈去世便换成白布条扎裤脚。在来安县的长山乡、杨郢乡等山区里，特别是年龄较大的一些农民，穿着长袍，不扣纽子，腰间束以布袋，胸口露于外。帽子多为“马虎帽”，俗称“狗套头”，为线织品，帽围放下，仅露两眼，便于挡风取暖。农村妇女一年四季则用三尺长、一尺五寸宽的黑布罩在头上，夏天遮阳，冬天取暖，但也有的妇女用花毛巾扎头的。老年妇女用两块瓦式“耳捂子”将头的两侧和耳朵包住，前面镶一块玉块作为装饰。

在农村，不分男女，还流行穿一种“套裤”的习俗。这种“套裤”只做两只裤脚，用布带子吊在腰上。究其原因，一是为了干活、行路穿脱方便，二是为贫困人家所需。一般平民以穿单鞋为主，并以“白跺底”为美。稍富裕的家庭子女，如学生之类，则可穿上“力士”或“回力”牌的橡胶球鞋。在农村中的农民有穿“草窝子”（亦称“蒲窝子”）的习俗，此鞋系用糯稻草捶熟后掺麻丝编织而成，取暖不亚于棉鞋。在雨季，均有穿“钉鞋”的习俗。这种鞋子全部用布做成棉鞋形状，泡在桐油里浸透，然后晾干，并事前在鞋底上钉满大号圆头钉，防水打滑，颇为实用。夏季的服饰，农民穿的都是对开襟（女的为大衣襟）、布质纽扣的单褂裤，内里极少衬有汗衫。色彩多为白、蓝、灰为主，裤头均为“一把拂”的。女的单褂多为“英丹士林”布，也兼其他色彩，不鲜艳。小姑娘能穿上花布衣也可算是称心的事。

农民的生活是穷困的。来安民谚“新三年，旧三年，补补纳纳又三年”便是明证。20世纪50年代，除了保留原有的一些样式服装而外，一般的干部、学生都风行穿“列宁装”，戴灰布八角帽、解放帽，但穿“中山装”式样的也不少。当时除了一般的平布以外，质料较好的而

20世纪30年代平民着装

又多为人穿用的是单咔叽、双咔叽布，其他如传统的哔叽布、织贡呢等也颇为畅销。到了20世纪60年代后期及70年代初期，社会上一般服饰以中山装居多，反映了当时历史条件下服饰的特点。当时服装色彩非常单调，均为蓝、灰色，以后跳出了一种黄色。到了20世纪70年代末期至80年代以后，各种化纤、人造毛呢、真丝等质料遍布市场。随之，各种款式的花衬衫、汗衫、蝙蝠衫、运动衫相继问世。而各种款色的男女滑雪衫、夹克、风衣、呢大衣、巴拿马裤、喇叭裤、牛仔裤、健美裤（踩脚裤）、羽绒服等，为青年人所喜爱，各式各样的皮鞋、凉鞋、长筒靴亦相继应运而生。衣着也由单一保暖实用型趋向保暖、保健型；款式时尚别致、流行变化较快，穿着西服打领带者也很普遍。

发型装饰：农村中未出门的姑娘，在中华人民共和国成立前都是三股编的独辫子垂于脑后，额前蓄“刘海”，辫子根部与梢部扎系红头绳。姑娘结婚时，便将脸上的汗毛绞掉，称作“绞脸”，并挽起发髻于脑后，一种是“螺丝式”发型，另一种是“馒头式”发型。两种发型均用“发网子”和银簪子稳住。当时也有较为开化的，剪梳成“二道毛子”的短发型。男子发型多为“平顶头”“站桩头”“西装头”“葫芦头”（即剃光头）等。在长山区域，也仍有蓄起长辫子盘在头上的。至于金贵子孙便在头顶上或脑后蓄“鸭臊子”。在20世纪50年代，特别是在青年男子中，时兴“一边倒”的发型。20世纪60年代以后，女子发型有青年式、游泳式、学生式、短（长）辫等，至20世纪80年代，女性大兴烫发之风，农村中的姑娘也不满足于两条辫子的发型，理发店常常座无虚席。少数男青年也烫发，视为时髦。男青年中，蓄小胡子、蓄长发、蓄大鬓发的为数甚多。农村中的男青年依此而行的，为数也不少。

旧时，富贵人家孩子戴银项圈、长命锁（金、银、玉、桃木多种）、手镯等，帽饰有“开通关煞”“长命百岁”或罗汉、八仙图等，寓意驱邪祈安、长寿延命。妇女戴首饰很普遍，质地有纯金、包金、镀金及银质，种类有耳圈、耳坠、耳环、耳塞、手镯、戒指、发簪等。梳头喜用刨花水

（梧桐树皮浸泡）、茶油，扑粉敷脸，少数妇女描眉、施胭脂，入秋以凤仙花汁染红指甲。农村妇女尤喜头上插牙拢或各式发夹。富家老年妇女的勒子上还镶嵌珍珠、玛瑙之类的珠饰，男子佩戴金戒指、金卡子（领带上的别夹）。“文化大革命”期间，上述首饰均视为“四旧”，除少数老年妇女发髻上插银簪外，其余均绝迹，男女老幼胸前多佩戴各式毛主席像章。20 世纪 80 年代后，佩戴首饰又逐渐时兴。男女订婚必有金银珠宝首饰，一般妇女佩戴戒指、项链、手镯等习以为常，富有的男人也戴金佩玉。

饮食

来安县主产水稻、小麦，豆类、玉米、薯类及其他杂粮也有生产。大米主要用于煮饭、熬粥，也有在春节蒸米糕为副食的。麦面多用作蒸馒头、擀面条、包饺（包）子、打大饼、做糕点。在旧社会，夏季麦收，家庭贫困者皆食“连麸捣”（小麦兑水磨成糊状）的麦粥，吃糙米饭的也大有人在。更穷困的，便掺兑野菜煮食。从前说的“糠菜半年粮”，即是穷困生活的真实写照。在山区及丘陵地区，收获山芋的季节里，人们便将鲜山芋切成薄片晒干，俗称山芋干子，兑在玉米粥、大米粥里食用，将主粮节省下来。长山多聚集山东籍人，擅长用鏊子摊“尖饼”（在路上作打“尖”之用，因此而得名），内裹大葱，别有风味。“尖饼”的原料用玉米面或麦面，人们吃早餐，用“尖饼”裹油条，非常可口，此习相继百年有余。玉米做成“窝窝头”，也是长山人饭食佳品。除此以外，将山芋干子磨成细面做成馒头或粑粑，呈黑色，有黏性，食之有甜味。在旧社会还有一种代食品是菱角粉，做成凉粉后，掺在蔬菜里亦可度荒。

做饭的燃料主要是以稻草、麦秆、秫秸、山草为主。在农村，也有很多农民将牛粪搓成饼状贴在墙上晒干后作为燃料。还有的农户刨田埂，将圩埂上的“巴根草”晒干后作燃料的。中华人民共和国成立后至 80 年代，农村仍以稻草、麦秸、山草为主要燃料。来城所在地的机关干部、市民、职工，逐渐地用煤以代燃料，有的用上煤油炉甚至电炉以代燃料。20 世纪 90 年代后，城乡开始用罐装液化气取代煤和柴草。进入 21 世纪后，随着西气东输工程的贯通，来城居民逐渐用上了清洁能源天然气。

在蔬菜方面，经常食用的传统菜有青菜、大白菜、萝卜、韭菜、芹菜、茄子、豇豆、菠菜、藕、地瓜、地蛋（马铃薯）、卷心菜、山药、茭白、番茄、冬瓜、黄瓜、南瓜、丝瓜、四季豆、刀豆、豆芽等。在野外和树上可供作为蔬菜的还有香椿头、枸杞头、马兰头、荠菜、灰灰菜等。配之以蔬菜的佐料主要有生姜、香葱、大蒜、辣椒、川椒、八角、醋、酱油等。此外，人们还喜欢腌萝卜干、青辣椒、雪里蕻和制作豆腐乳、豆酱、辣椒酱。

在荤菜方面，主要有鸡、鱼、鸭、鹅、猪肉、羊肉、牛肉、兔肉、野鸡、黄鳝、泥鳅、鳖；蛋类有鸡蛋、鸭蛋、鹅蛋等。特别是冬季，相当一部分人喜欢吃狗肉，借此取暖。

在饮食习惯方面，中华人民共和国成立前富者与穷者差异甚大。富人三餐不乏鸡鱼肉蛋，且讲究色香味。穷者半年糠菜半年粮，困极之时，一日两餐多喝稀饭。中华人民共和国成立后，人们早晨习惯做稀饭、炒饭、摊饼，部分城镇居民早点、消夜多为包子、油条、烧饼、馄饨等；午餐吃米饭，既炒菜又做汤；晚饭或是稀饭、米饭，或是馒头、面条，以咸菜或炒菜佐食。亲友来访或请客，菜肴极其丰富。根据客人数量，或为8碗、10碗，或为12碗、16碗。20世纪80年代以后，县城及一些大集镇宴席请客，海参、银耳、猴头菇、木耳、西米以及各种水果罐头都成了席桌上的佳肴。进入21世纪，食品消费从吃饱到吃好，讲精细、求质量、重营养。饮食不再追求单一的温饱，而是讲究口味与营养的科学搭配；生活节奏加快，促进快餐业发展，方便食品十分畅销，年轻人喜欢点外卖。逢年过节送礼，也改变过去送鱼、肉、糕、糖的做法，改送烟酒、水果、牛奶及保健品。

住房

来安县的居住条件及市政建设，在中华人民共和国成立前曾有民谣这样说：“来安县，破猪圈，老爷打板子，四门都听见。”由此可见当时的情景。但在来城、半塔、相官等地，仍有极少数的商号、士绅、达官贵人等人家建有两层楼房，均为砖木结构。此外，也还有两三进的“天井”带“四合”的住房。这些楼房及平房都有较高的“风火墙”，可于失火时隔绝火势蔓延。屋顶是小“望砖”加盖小瓦，都是柁梁站柱。有权、有财、有势的府第，门外有“隐壁墙”，墙上扣马环，地上有拴马桩，宅内有大厅、东西厢房、后厅、客厅、仓库、厨房等。农村中的大地主也有类似建筑。

在农村，贫苦的农民均以土垒墙，竹子做椽，稻草结顶。稍厚实的一些中农、富农有些墙是半砖半土坯，有的是全土坯砌墙，有的是“斗子”砖墙。而屋顶用“红柴”即茅草结顶，冬暖夏凉，可用十年左右。屋顶也有用麦秸的，但每隔数年需要修理一次。赤贫的农民也有住窝棚、租用房子的。

中华人民共和国成立后，群众的住宿条件有了很大的改变。尤其是党的十一届三中全会以后，特别是农村住房，相当一部分有了根本的变化，多数是两层楼房带凉台，有些还附带花园。住房的样式基本上保留了传统的风格，也有少数是中西结合的。新的居民点不断出现。有打油诗为证：“草房住了几代人，如今还是我姓‘穷’，自从十一届三中全会后，绿树丛中点点红。”农民说的“点点红”就是指各地不断出现的红砖瓦平房和带凉台的楼房。在农村中还逐渐出现了三层楼房。21 世纪，随着新农村、美丽乡村建设的推进，农村居住环境、住房得到了更大的改善，许多钢筋混凝土结构的漂亮楼房拔地而起。村庄规划更为合理，汉河镇相官村小李庄、舜山镇林桥村等美丽乡村公共设施配

新安镇黄坝村　韩琦富 摄

套齐全，铺设水泥道路，安装有线电视与自来水等，成为新农村典型。许多村开始修建“村村通工程”，人们出行更加便捷。

民间习俗房屋南向为佳，东、西向次之，北向最少。中华人民共和国成立前，无论什么人家，只要有一些条件的，在建新房时，都必须请“阴阳先生”看“风水”。所谓“看风水”，实际上就是在房基前后左右察看地势、地形好坏与否。要诀是建房的后面地势要高一些，门前的地势低一些，有个说法是，后高往后有“靠山”，而能“靠得住”。如果是后面有山而前面有水，那便是理想的“风水宝地”，“阴阳先生”称这种地形是“山管人丁水管财”。农村迄今沿袭一条龙建房习俗，即隔屋连山的住户，后建房的住户若在东边，前墙前沿、房顶不得超出先建的住户，否则被视为不吉，常因此引起纠纷。

新房上中梁，民间看成是一件大事，梁上要挂红布，或者写上“吉星高照”的字样贴在中梁上。并由主家或木匠师傅坐在中梁上，将事先准备好的桂圆、蜜枣以及糯米做的“欢喜团子”向下撒，任人争抢，以示庆贺。一些有声望及财势的人家上中梁时尤为讲究，在“五更三时”，所有亲戚挚友都必须到场。正厅放上一张大桌子，并摆上公鸡、鲤鱼、馒头、果品之类，先燃放鞭炮，然后由一个领班的木匠，手持板斧，很恭敬地站立在中梁前，用韵白体的语言说道：“手拿银斧新又鲜，主家是个财神星，竖木正逢黄道日，上梁巧遇紫微星，天无忌，地无忌，姜太公在此百无禁忌。神听死人口，木匠听人言，我今天说过，千年不改言。你生在何处，长在何方？你把根源说出，我替你四海名扬！木龙中听喜洋洋，它把根源说短长，生在江湖两广，长在苏州磨盘山上。在泥里只有芽籽大，出土只有麦芒长。一天两天，十天八天，一年两年，十年八年，长的枝枝叶叶，好不风光，落下了多少孔雀和凤凰。八个神仙从树下经过，乘乘阴凉，祖师爷头蔑夫，手拿板斧，劈斧砍根，小斧削枝，弯刀刮皮，刮得光光堂堂。开锣唱戏，生鸡活鱼，等到五黄六月，撬好木排，漂漂荡荡，来到长江，木排不到别处去，奔向江苏省六合县竹镇集。主家听说木头到了，拿了钥匙，打开锁梁，取了银子，装在背囊，备好驴子，骑到竹镇。到了竹镇，别处不去，上了木行，东摊看到西摊，只有一家木头，中了主家意，号了木头，叫了车子，叽叽咯咯，推到主家场上。主家请了阴阳先生，立过门向。又请瓦木二匠，瓦匠评桑棵，木匠来断梁，开始暖梁。”

在暖梁时，木匠口中唱道：“一暖东方甲乙木，主家发财又发福。二暖西方庚金金，主家是个财神星。三暖南方丙丁火，驴驼钥匙马驼锁。四暖北方壬癸水，主家是个金钱嘴。一暖暖到中梁头，代代儿孙做公侯。一暖暖到中梁腰，代代儿孙坐宝朝。小小木头圆又圆，你在高山几千年，今天主家找到你，荣华富贵万万年。脚踩楼梯步步高，远望金鸡撵凤凰。”

房屋落成时，亲友邻居要赠送对联，并在新屋里燃放鞭炮，传说“响器”能驱邪避恶。此外，主家还会让瓦匠在门头上和屋顶脊瓦的中间安装上一面圆形的镜子，叫作“照妖镜”。同时，将四根桃树椿插在新房的四周，据说也可以“避邪”。若是搬进新居后发生了意想不到的事，便将“阴阳先生”请回家看“门向”或改变“门向”。传说门朝南，便可百无禁忌，大吉大利。

住房乔迁之喜，历来在民间为人们所重视。来安县有句俗话，在乔迁时须“买块豆腐热热锅”。其意义就是亲朋好友凑些“供奉”庆贺，例如放鞭炮，赠对联、送生活用品等以示庆贺。主家置酒宴款待致谢，气氛热烈欢快。

中华人民共和国成立后，建房旧俗日衰，恭贺落成乔迁之喜成为人们交际中的礼仪而赋予新意。

用具

中华人民共和国成立前，在农村中，一个普通的农民家庭，在炊具方面，也仅有锅盆瓢勺、碗盏刀筷缸而已，筷子多为自制，做工粗糙，碗橱是没有的。从前贫农家庭没有热水瓶，就用灶上的炉子（在灶台靠烟囱处的两口锅之间）炖水；再穷一些的农民，没有面盆洗脸，就用沙罐子装水放在锅膛里炖水洗脸。在房间的摆设上，传统的盛衣用具是半截柜，以土坯支床，床上垫铺稻草。富裕户有站橱、穿衣镜等物。如三抽桌、板床、靠背椅更不是贫农所具有的。姑娘出门，娘家“淌汁”，也才能陪得起夌桌、马桶、脚盆、梳妆台。在富豪人家还有传数代的雕花板床，并配有床头柜、脚踏板。有财势的人家用“暖瓶”，家庭布置富丽堂皇，床、椅、橱、桌精雕细刻，上有花草鸟雀等吉祥图案。而贫穷人家在夏季也只能用“抱老母鸡”壶，喝生水是家常便饭。在农村中，胶鞋是稀罕之物，有条件的人家能穿上“钉鞋”，一般农民雨天穿木屐。遮雨的工具是斗笠、蓑衣，条件稍好的人家能用上黄油布伞。瓷器摆设及用具除了在殷实富户能有几件，一般农民是望尘莫及。富裕户挂中堂字画，贫农则供奉神位与“天地君亲师”。一年四季只有春节才能贴上红纸。

中华人民共和国成立后，家庭用具有了根本改观，如雨具不仅有各种款式、色彩的橡胶、塑料雨鞋，还有各种质料与花色的折叠伞、自动伞等。炊具基本上都是铝制品，一些人家煮饭用上了电炉、电饭锅、高压锅，热水瓶每家均有几只，有些人家用上了高压热水瓶。有条件人家的子女结婚，其摆设是中华人民共和国成立前的地主、资本家也不能比拟的。如有高低床、床头柜、大三开橱、装饰柜、双人沙发、三人沙发、四喇叭收录机、彩色电视机、落地电风扇、双缸洗衣机、电冰箱等。农村中则讲究脚踏车、缝纫机、手表等。即便是条件差一些的人家，如果没有几件“电气化”的时髦货，娶媳妇也是比较困难的。这一风气在 1982 年以后更盛行。

进入 21 世纪后，各种高档消费品，如空调、彩电、冰箱、太阳能（燃气）热水器、洗衣机、手机、电脑、摩托车、小汽车等在城乡拥有量迅速增长。

交际

何谓交际？汉代王符《潜夫论·交际》：“语曰：‘人惟旧，器惟新，昆弟世疏，朋友世亲。’此交际之理，人之情也。”人生于世，必然要通过语言、行为等方式与他人交流思想情感，沟通意见建议，传递信息，维护关系，等等，从而实现个人或群体的人生价值和社会价值。

人际交往首先要遵守称谓礼仪，准确的称谓能恰当地体现出当事人之间的关系。称谓礼仪有姓名称谓、亲属称谓、职务称谓、性别称谓等四个大类，称谓礼仪在我们的日常生活和外交活动中都非常重要。

旧时，不同的身份、不同的场合、不同的情况，在使用称谓时十分讲究，不可有半点差池。旧时称呼有书面和口头之分，书面称呼烦琐。在亲属称谓上尤为讲究，主要有：对亲属的长辈、平辈决不称呼姓名、字号，而按与自己的关系称呼，如祖父、祖母、父亲、母亲、胞兄、胞妹等；有姻缘关系的，前面加“姻”字，如姻伯、姻兄等；称别人的亲属时，加“令”或“尊”，如尊翁、令堂、令郎等；对别人称自己的亲属时，前面加“家”，如家父、家母等；对别人称自己的平辈、晚辈亲属，前面加“敝”“舍”或“小”，如敝兄、敝弟，或舍弟、舍侄，小儿、小婿等；对自己亲属谦称，可加“愚”字，如愚伯、愚岳等。另有远房称谓前加“族”字，去世后在称谓前加“先”字等习俗。社会称男长者为“老先生”，称女长者为“老太太”。

随着社会的进步，人与人的关系发生了巨大变化，原有的亲属、家庭观念也发生了很大的改变。中华人民共和国成立后，仅有部分旧称呼还在婚、寿、葬礼上使用，或在书面语上偶用。日常生活中，我们使用亲属称谓时，一般都是称自己与亲属的关系，简洁明了，如爷爷（爹爹）、奶奶、外公、外婆，爸爸、妈妈、哥哥、姐姐、弟弟、妹妹等；有姻缘关系的，在当面称呼时，也有了改变，如岳父——爸，岳母——妈，姻兄——哥，姻姐——姐等；称别人的亲属时和对别人称自己的亲属时也不那么讲究了，如您爹、您妈、我哥、我弟等；长辈对晚辈直呼其名，也呼儿子、女儿；无亲友关系者一般称同志、师傅，或称大伯、大妈、叔叔、阿姨、×兄弟、×姐妹。1980 年以后，“老板”“小姐”“先生”“领导”成为流行称呼，“老大”“哥们”“姐们”“头”等称呼也很常见。文化修养高的人，不少仍沿袭传统的称谓方法，显得礼貌、高雅。

除把握好称谓外，还要遵守必要的礼节。清代，下级面见上级、百姓进见官员等均行跪拜礼；路遇熟人，拱手或作揖致意。民间行路也向来重礼让三分，讲究尊卑有序。滁州清流关古路碑上曾写有“民避官、贱避贵、少避长、轻避重”等训言。辛亥革命后，禁行跪拜礼，实行鞠躬或握手礼。但民间礼仪场合，如晚辈给长辈拜年，或吊唁、求神拜佛等仍行跪拜礼。中华人民共和国成立后，见面盛行握手、鞠躬、点头示意。逢来客须央客人先行，主人随后或牵手并行，按辈分长幼宾主落座。递烟送茶，主客均要起立用双手接，茶必原沏，留餐则备酒肴。客人告辞时，主人要随行送出门外，并道别“再见，慢走”。如今，许多繁文缛节淡化，但以上礼节仍继续沿袭。尊师敬长、尊老爱幼等是人们普遍遵循的社会礼仪风尚。

（王道琮）

婚育成长习俗

婚嫁

“关关雎鸠，在河之洲。窈窕淑女，君子好逑。参差荇菜，左右流之。窈窕淑女，寤寐求之。求之不得，寤寐思服。悠哉悠哉。辗转反侧。参差荇菜，左右采之。窈窕淑女，琴瑟友之。参差荇菜，左右芼之。窈窕淑女，钟鼓乐之。”这首《诗经·关雎》创作于周代，是中国古代一首著名的从恋爱到结婚的诗作。其中“窈窕淑女，钟鼓乐之”描写了隆重的结婚场面。旧时婚姻讲究门当户对，男婚女嫁，悉遵父母之命、媒妁之言。媒妁，又称老红、月老、红娘、媒人等，已在我国婚姻史上存在了4000多年。有歌谣：“媒婆嘴巴巧，会当月下老。男女结成双，牵线架鹊桥”“天上无云不下雨，地上无媒不成亲”。媒妁根据男女两家条件，说服双方父母同意后，开始履行婚姻各个过程。古代婚姻过程分为纳采、问名、纳吉、纳征、请期、亲迎六个阶段，也称“六礼”。纳采，即男方初凭媒人议定具送求婚礼物给女方。问名，是男方派员具求婚者姓名及出生年月日时庚帖随媒人往女家，女方以其姓氏及出生年月日时庚帖具复。民间将纳采与问名合俗称“传庚”。纳吉，是以年庚八字卜得吉兆后，男方备礼通知女家，婚姻既定。纳征，也称纳聘，俗称送“聘礼”。请期，是请女方同意婚期，实与纳征兼而行之，俗称“过聘”或“下茶”。亲迎，则由新郎亲往女家迎娶新娘。古之“六礼”，行礼庄重，且每礼附加细节；手续烦琐，且每礼必具书帖往来。在此专门介绍来安的汉族婚嫁迎娶流程。

定亲　在旧社会，男女之间结婚，礼俗繁多，不一而足。凡是结婚多以指腹为婚。即双方怀孕时便相许：若各生一男一女便结为亲家，若同生男女便结成干亲，收为义子或义女。另有种称为“罗窝子亲”的，在乳婴时便订下了亲事，这就是所谓的“父母之命”。所谓“媒妁之言”，即由媒婆出面为男女双方说合。这时全凭媒人一张嘴，命运多掌握在媒人手中。

民间习俗，媒人为人提一次姻亲，男女两家需恭请媒人吃八次酒席，称“媒八席”。为媒者必须是“全福”之人，除媒人夫妻双全外，还须子孙满堂，舍此吉利不能与人为媒。

不论是“父母之命”或是“媒妁之言”，只要男女两方家长“认可”或者达成“默契”，这门姻亲便可初步“定亲”。

下礼　俗称“拿八子”或“合八字”，即将男女生辰的年月日时互送给对方。讲究一些的人家，更为重视。要用红帖，八开红纸折成四叠，正面写一双喜，第二面写男方生辰的年、月、日和时辰，第三页写女方的年、月、日和时辰，第四页写上“苏才郭福，姬子彭年”八个大字。其意为：苏东坡的才学，郭子仪的福气，姬子的儿女多，彭祖的寿高。

双方父母将对方的“八字”放在香炉下压着，要经过三天“天合”。三天内，双方的家庭如不发生任何事故，婚约便可生效；否则，即使打破一只碗，亦将导致婚约取消，认为对方的“命”不好，不能匹配成婚，更不必说任何一方出大事故了。若双方顺利通过这一关，便请算命先生来“合八子”，即掐算男女双方有无“相冲相克”之命。在此之前，为了中途不出变故，双方家长都在暗中向算命先生行贿，以便在“合八字”出问题时将大事化小，小事化了。若双方因穷困而不能向算命先生送礼，算命人也能借口为薄命者“改口”或“破法”之名来诈取财物，甚至将婚姻拆散。待这种礼俗举行过以后，才能确定“下礼”。男方为女方送去四对布及其他“茶食”，礼物的多少由家庭的经济条件和身份而定。

在来安县的北部山区，流传着另一种风俗习惯。男方在“下礼”时，必须携带一只肥公鸡为厚礼。然而在这个习俗背后，男方也要向媒人单独送礼，以免在关键时候，媒人在女方面前说坏话。

下通牒　即将男女双方具体结婚的日期确定下来。在前一个程序中，男女双方的“八字”是写在草纸上（也有写在红纸上）的，称为“草纸八字”，到了“下通牒”时，便换成了红纸写“八字”。男方要向女方送布料、糕点。有身份的人家会加蹄子肉、礼条子（即猪肋条肉）和公鸡，并请吹鼓手一路吹打将礼物送到女方家，女方家放鞭炮出迎。女方若接受了礼物，便是同意了这门亲事。

来安县旧俗婚期一定要定在“双日子”，一般以选在逢六、逢二为最好。逢六寓意福、禄、寿俱全，逢二乃成双成对之意。逢四是“出事”，不能结婚，逢七曾有“七不出，八不归，九里出门招是非”之说，逢八是“八败星”临门，是不能结婚的。“双日子”这一天，要将正、副媒人请来坐首席、二席，并由男方请媒人在席间说话，以促成双方早结良缘。来安县有谚语说：“会做媒的两头瞒，不会做媒的两头搬。”媒人在一些场合说话的分量也可决定双方的婚姻成功与否。

结婚　举办婚礼应办三天宴席。第一天称“暖房”，第二天是“正期”，第三天是“回门”。到了“正期”这天，全权指挥的人叫“知客”，担当这一职务的人必须是当地有身份与声望的人，被人尊称为“知客老爷”。他的职责是根据“礼单子”排席位，要注意将不同身份的人安排在不同的席面上，平时有隔阂的人不能安排在同一席面上。酒席到一定的时候，对一般的亲朋要“催席”。厨师上红烧肉和鱼的时候，已说明是最后两道菜了，强行逼客不能赖席。在来安县山区，这种红烧肉和鱼，上面都覆盖成双红喜字，也有特殊的成例，即在新娘房里单独摆上一桌酒席，都是主亲和重要的长辈临座，谓之“堂谢”。酒足饭饱后，“知客”领新人到场在席上说：“各位先生、女士，水酒无菜，多吃一杯，新郎新娘道谢!”

择日结婚，娘婆两家都请客收礼。“暖房”这一天，男方到女方迎娶时应“送茶”，是茶壶一对，茶杯十个（寓意十全十美），同时还送上最好的茶叶，泡上甜茶。而女方同时“回茶”，其“茶礼”与男方相等。第二天适逢“正期”，由男方发轿，在发轿之前，男方应请两位“搀亲太太”，这两位搀亲人需是夫妻双全、子孙满堂的家庭。花轿上应披红挂彩，贴红双喜字，轿杆前后各挂两红喜字纱灯。富裕人家发轿，气派尤甚。轿顶是宝塔形，一层宝塔一转子灯，轿内由两个搀亲人视察一遍，然后手端素油灯，另一手持红纸捻子，先在轿内用灯照三个来回，其意在于照妖驱邪，说是不能将邪气带到男方家去。接着便在轿内的座位下面放两只缸子，分别装上桂圆、蜜枣，寓意富贵团圆、早生贵子。用红纸捻子将缸口扎紧，然后才可发轿。轿前是吹鼓手、放鞭炮的人，媒人断后，也有些地方安排有陪媒的妇女。花轿到女方家，女方家放鞭炮迎接，吃过酒席，傍晚，将家中所有的灯点亮，新娘上轿。

女方自接受男方的通牒之后，在结婚前三个月便逐渐地节食。“正期”前三天，女方便不吃不喝，怕坐轿内“解手”，也怕在入洞房时“解手”。如发生了这些事，被认为是不光彩的事，即为“无家教”，甚至为此双方的婚事破裂。故在上轿前，母亲仍要带女儿上一次“马桶”，而有备无患。

女儿到婆家前，母亲要特别向女儿交代婚期中的有关事情。女儿出嫁，全家要号啕大哭，此即所谓“号丧哭嫁”。新娘穿红衣、红裤、红鞋，披红盖头，由亲哥哥背上轿，全家人送轿，一路吹吹打打到婆家。

花轿到婆家，男方家的人便将大门紧闭，轿子落地，吹鼓手吹打三起三落，直至搀亲人出面打“圆场”，新娘才能进婆家的门。之所以有这一礼俗，完全是有意识地捺一捺新媳妇的“性子”，以后对公婆就能孝敬了。待大门打开以后，新郎的姑生舅养老表，每人手里都拿着布口袋和“捎袋”，并将其铺在地上，让新娘脚踩走过，由赞礼人喊“捎袋传口袋，一代传一代”，其余人在旁边应和“好！”新娘不能脚沾地面，否则将会走到哪里穷到哪里。

即将出嫁的姑娘在穿新鞋

王道琮 摄

接着便是新人进新房“坐富贵”，即新郎偕新娘并排同坐在床沿上，由“搀亲太太”为一对新人送上一杯糖水，但新娘只沾唇面，不能饮下。这时，鼓乐齐鸣，新人出新房拜堂成亲。司礼人高喊“一拜天地，二拜高堂，夫妻对拜，送入洞房”等语。在送入洞房之前，请来“说喜话”的人将 15 段“喜话”用韵白体说出，具体步骤是，每到一个具体环境，对待一个具体的人和事，赞出不同的内容。这 15 个题目是：请新人下轿、传口袋、观房、看新人、拜堂、点花烛、移花烛、请新郎、请新人、要酒壶、要果碟与敬果子、交杯酒、十杯酒、撒帐子、戳窗户。现摘《赞喜》之一段如下：

一进喜房亮沙沙，我看新人满身花，
头上戴的是金花，胸前挂朵牡丹花，
面擦宫粉白玉花，二眉弯弯柳叶花，
秀目慧眼是杏花，鼻如葱管玫瑰花，
唇红小口樱桃花，耳戴坠子白银花，
大红绣袄迎春花，绿绸裙子石榴花，
红棉裤子是金花，一掐细腰杨柳花，
裤腰带上盘龙花，裤腰夹着金钱花，
怀里揣着芙蓉花，大红绣鞋配荷花，
大伯叔叔来闹喜，一脚踢他仰八叉，
叫他双眼冒金花，新人笑得嘴生花。
明年生下胖娃娃，全家笑得笑哈哈。

除此之外，新人应礼拜媒人、搀亲人、亲朋好友。礼拜之后，长辈照例应给喜钱，同辈人须还礼。酒席之后，新人事前须到门外侍立并由新郎手持灯笼，新娘手拈香送客，然后才能回房。

新人进婆家门以后，有“伴娘”陪同并履行职责：当新娘进入洞房以后，便观察动静，探听小夫妻之间在洞房之夜感情如何，有无口角争执，说些什么悄悄话，是哭还是笑等。然后据实向家长报告，以便采取相应的措施，以进行调和。在三天之内，“伴娘”的权力是很大的。新房的门是不能关闭的，“伴娘”可以自由出入，并可以随时按旧礼教处理一切洞房中发生的事情。例如“正期”第二天的清晨，新人尚未起床，她可以直接进入新房，催促新人起床，并立即检查床铺，如果在床上“见红”了，便立即向主人报喜；如床上“见白”而未“见红”，在第三天“回门”时，新郎便将垫单随身带着交给女方的父母，娘家自然不便解释，只有含恨默认自己的女儿不“贞洁”，婚姻因此而产生裂痕。

第三天是“回门”，娘家请“姑爷”接女婿。在“正期”那天，娘家应派专人送请帖到女婿家，并携请礼，为女婿摆两桌酒席，女儿女婿坐首席，由男客陪女婿，女客陪女儿。娘家父母若是有心之人，便在酒席之后，分别谈心。母亲找女儿谈心，如无母亲，便由姑妈或姨妈代替，具体内容是问答女婿为人如何，婚期感情是否称心如意，公婆待人是否厚道等。岳父邀女婿谈心，具体内容是询问其志趣、手艺、学识以及对自己女儿的意见等。然后由女方父母亲交换情况，对自己的女儿作应有的交代。女儿女婿绝不可到天黑才回婆家，有一个旧的规矩，如天黑到家，公婆的双目便会失明。

至于婚期“三天之内不分大小”闹新房在全县均有此俗。除此还有在新婚的一个月内不能“空房”，如果男方确有要事出门，便由小姑子与新嫂子同床，否则便不能白头到老。

在雷官一带，男女成亲拜堂时，另一种习俗名“串茶”，即在茶杯里放进桂圆、蜜枣，并一层层地堆成宝塔形状，寓意夫妻富贵团圆、早生贵子。这种“串茶”的礼俗是由娘家的亲姐妹们做好送来，放在“香儿”上，这一风俗在老年人寿诞之期也可通用。

新娘子第三天“回门”时，娘家的平辈姐妹们强令其挑大桶水，并将筷子撒在地上令新人拾起来。这里是有寓意的，前者挑水，水是管财的，财源不断；后者含有快生贵子之意。

在来安县的南部地区，在中华人民共和国成立前有一种“一网兜”的风俗。当一个老太太高龄去世时，同时将孙媳妇迎娶回来，这叫作“红白”喜事一齐办。

大英、雷官地区有一种“窜媒”的风俗。媒人分主媒和次媒，由办事主媒出面讲话，解决问题，而次媒则是“陪吃听讲”。如婚后男女双方发现媒人从中诈取钱财而隐瞒了一方实情的，便将主媒骑的驴子吊在树上，以示惩戒，媒人也只好遁逃而去。在三城与相官一带，另有一种风俗，女方的“属相”如果是羊，在婚期，则属虎的人便不能去喝喜酒，以免犯冲。当然在婚期之内，任何人都禁止说不吉利的话，更不能损坏任何东西，否则，都为家主视为不幸而耿耿于怀。

在旧社会，来安县有“冲喜”恶习。如果男方生了病，卧床不起，通过媒人要将女方提前娶回来为男方“冲喜”，病才能转危为安。而当时的实际情况是男方十有八九都为此送掉了性命，而女方则为此守“进门寡”。

新文化运动以来，因受西方文化的冲击，传统婚姻的元素日渐消失，婚俗渐趋文明。

20 世纪 20 年代后，城里新娘喜欢坐黄包车，农村新娘有的坐花轿，也有的坐马车、骑毛驴。少数青年知识分子流行自由恋爱。结婚时邀请地方知名人士为证婚人，双方家长为主婚人，媒人为介绍人。司仪按照拟定的婚礼程序进行。新郎着西装或中山装，头戴礼帽；新娘头上披纱，身穿旗袍，胸前佩戴红花。新郎新娘并肩而立，向主宾脱帽鞠躬。礼毕，散发喜糖、喜烟，宴请亲朋。

20 世纪 50 年代，中华人民共和国颁布《婚姻法》，革除了封建婚姻制度，提倡男女平等、恋爱自由、婚姻自主，严禁包办、买卖婚姻，宣传婚事新办、废除旧风陋俗。这一时期结婚程序非常简单，条件好的，摆桌酒，吹响唢呐、坐下轿子、撒把喜糖，亲戚街坊四邻凑一块吃个饭、喝个酒热闹一下就算结婚了。

20 世纪 60 年代，男女双方必须到人民政府登记领取结婚证书。迎娶日期多选双日或节日，不再凭生辰八字推算。婚事简化，部分青年男女摒除旧习，女方不要彩礼，男到女家落户。迎亲、回门以步行、骑自行车、坐拖拉机代替。家里条件好的请木匠制作床、衣柜和桌子、椅子等木制家具，按老一辈人的话说，凑够“72 条腿”或“36 条腿”。更多的是，只有几床铺盖陪嫁或者啥都没有。

20 世纪 70 年代后期，经济普遍好转，生活逐步走向富裕。姑娘出嫁坐上了吉普车、面包车或小轿车。手表、自行车、缝纫机是经典的结婚“三大件”。

20 世纪 80 年代，婚事新办蔚然成风。在重大节日，地方政府、妇联、共青团组织集体婚礼。随着改革开放的深化，家庭建设开始向电气化迈进，“老三件”被电视机、洗衣机和电冰箱“新三件”取而代之。

20 世纪 90 年代，婚事大操大办有所抬头。娶亲要过“五关”，即买衣服关（看家前要先给女方买套衣服）、看家关（设宴招待，下聘金，金戒指、金耳环、金项链成为订婚必备礼物），送节礼关（逢年过节送节礼）、家具关（组合家具，外加彩电、空调或摩托车、录像机、影碟机等大件）、新房关（盖独立门户新房 3 间）。迎娶时，男方家要办宴席，部分人家还要借用轿车迎送。媳妇娶进门，花费少则上千元，多则上万元。

21 世纪后，社会经济和人民生活发生了翻天覆地的变化，房子、车子和票子成为新的结婚“三大件”。每个月存钱还房贷、车贷成为现代人的新常态。随着专业婚纱摄影、婚庆礼仪公司的出现，一些传统礼俗也以新的形式渐有恢复。城乡婚姻更多地结合了中国传统和西方元素。男女双方在订婚后就拍摄精美的婚纱照。迎娶日既可以身着西服、婚纱，亦可穿着旗袍等中式传统服饰。更多的人选择在酒店举办婚礼。

生育

“蓼蓼者莪，匪莪伊蒿。哀哀父母，生我劬劳。蓼蓼者莪，匪莪伊蔚。哀哀父母，生我劳瘁……民莫不谷，我独不卒。”这首《诗经·小雅·蓼莪》生动描写了生育的艰辛和对父母养育之恩的感激。后来人们祭奠祖先的时候，都要把“哀哀父母，生我劳瘁”挂在嘴上。而数千年来，人们在生育繁衍方面创造了形形色色的民俗规范和礼仪。在古代，人们特别重视传宗接代。民间在男女婚配前要请算命先生看双方生辰八字和属相，最重要的莫过于能否生子。在男女婚嫁的时候还有各种“求子”仪式，如在婚床上放枣子、花生即寄以“早生贵子”的祝愿。这可以说是生育习俗的首个程序。

男女结婚后，双方父母最关心的就是女儿和媳妇何时“有喜”“害伢子”，也就是怀孕。一旦确定了怀孕，夫妻双方及家人都会喜上眉梢，因为有了后代，家族的香火就能延续了。怀孕所以称为“有喜”，是因为“不孝有三，无后为大”的封建传统观念深入人心。怀孕了，既意味着后世有人，同时也说明夫妻双方是有生育能力的，家族的传宗接代、人口繁衍就有了保证。

自怀孕开始，妇女的地位、身价也随之提高。全家人会对孕妇采取保护措施，让孕妇深居简出，谨慎生活，并在饮食和行为等方面加以限制。对于孕妇，俗云“酸儿辣女”“一人吃两人饭”。一般家庭都注意孕妇的保养，多食鸡鸭鱼肉、猪肝猪肾等补养身体，促使胎儿健壮。

孕妇临产的那个月份叫达月，到了达月，娘家要将婴儿出世后需用的东西送过来，或送他物，寄托希望女儿快生、顺产之意，俗称“催生”。催生礼，一般有衣、食两项。因催生礼品丰盛，往往须用担挑上，有的地方干脆就叫“催生担”。孕妇娘家要送箩窝子（摇篮）、帐子、包被子和新生婴儿软帽（俗称“被窝帽”）、和尚衣（无领、无纽扣，以绳带连系的小人衣）、口涎围、小鞋袜、尿布、红枣、红糖、鸡蛋等物。婆家也要准备相应的东西。

婴儿降生，民间称之为“添喜”，也称“临盆”“落地”。过去妇女在家临盆生育，接生的人俗称“接生婆”“产婆子”。接生器械主要是剪刀、火钳、秤钩、水盆等。农村或贫困人家用稻草铺垫，城里条件好的人家用旧衣被和油纸铺垫产床、产褥。临分娩时，孕妇穿上从娘家带来的生子裙，以示娘家人的精神支持和护佑。由于没有助产技术及设备，所以遇上难产，唯有烧香磕头，束手待毙，别无他法。产妇房忌风，忌大声，男人须回避。胎儿落地时记录时辰。接生婆接下婴儿，将脐带剪断后用石灰渍好，再用红纸包住放入瓦罐内密封，保存在母亲的床下，意为“不离膝下”。俗谓此举能使婴儿长命百岁。旧俗认为分娩必须在婆家，不能在任何亲戚家生产，即使是娘家也不例外。此俗有两说：出嫁女成了婆家的人，在娘家生产不合情理，如果母子在分娩时出了差错，娘家难以担当；另一说认为分娩有秽气，会给娘家带来不幸。随着科学的发达和医疗的普及，现代孕妇都到医院分娩，有医生、护士接生，不必请接生婆，脐带处理等习俗也就随之改变。

新生婴儿由于性别的不同，一出生即迎来不同的眼光，受到不同的对待。民间将生男称为“大喜”，也称“弄璋之喜”；生女称为“小喜”，也称“弄瓦之喜”。有些人家生男孩后，往往要在大幅红布上书“弄璋之喜”挂于大门门楣上，以向外传递信息，光耀门庭。早在《诗经·小雅·斯干》中就有记载：“乃生男子，载寝之床，载衣之裳，载弄之璋……乃生女子，载寝之地，载衣之裼，载弄之瓦。”故后人称生男生女为“弄璋弄瓦”。璋即圭璋，是春秋时功臣朝见王侯时所执的一种宝玉，使男婴弄璋，是希望他长大后做官。瓦是古代妇女纺织时用的纺锤，让女婴弄瓦，有从小就培养她勤于纺织的寓意。先秦时期，新生儿出生，若是男孩，即在门左挂一张木弓，象征男子的阳刚之气；若是女孩，则在门右挂一块手帕，象征女子的阴柔之德。近代，人们在祝贺的提法上，生男的仍多用“喜得弄璋”，生女则多用“玉胜之喜”。

产妇生育后一般休养一个月，俗称“坐月子”，整个月不出门、不干活。“坐月子”期间主要是要照顾好自己的身体，以防落下月子病。“坐月子”期间产妇不能吹风，要穿得暖和，有的还要用毛巾、围巾包住头部，不能用冷水洗脸、洗手。饮食以馓子、挂面、米粥、鸡蛋为主，清炖鲫鱼、煨老母鸡汤、炖猪蹄更是产后必不可少的，既可祛瘀又能催奶。产妇少吃多餐，不能吃太饱，饱了会伤脾胃，忌吃寒凉生冷食品，否则会落下病根。“坐月子”期间，忌生人进房，生人进房称为“踩生”，俗传会使婴儿吓出“脐带风”。新娘、孕妇亦不得进产房，怕“相冲”。戴重孝的人也不准进房，怕冲了婴儿不吉利。为了防止外人误闯，房间窗户挂红布，门上悬挂红布条或红绳，提醒外人莫入。民间产妇“坐月子”的习俗很多，其目的主要是为了保护婴儿及其母亲的健康与平安。

成长礼俗

在人的一生中，从诞生至死亡的各个重要环节，都要举行不同的仪式和礼节。在婴儿出生后及成长过程中，来安旧时的民间习俗大致有报喜、三朝、过十天、命名、满月、百岁、抓周、寿诞等仪式。

当婴儿呱呱坠地时，孩子的父亲即设香案，向祖先报喜。在婴儿出生3天内，即向产妇娘家报喜。报喜之人一般是新生儿的父亲，随身携带红鸡蛋，生男送单数，生女送双数。孩子出生3天后，便要做“三朝”。这天，大人要香汤沐浴；娘家要送“祝面”，具体的礼品有馓子、挂面、鸡蛋、老母鸡、红糖等营养品，以及婴儿包被、衣服鞋帽等，用一只大竹篮盛着，篮口盖着一块大红布。另外，娘家还要送一只箩窝子（摇篮）。给婴儿洗澡时，澡盆里要放上花生（长生果）、兰桂花之类的吉祥物，边洗边念诵“长流水，水流长，聪明伶俐好儿郎”“先洗头，做王侯，后洗沟，做知州”等祝词，以驱浊避邪。洗浴完毕，就可以给婴儿起小名。

孩子生下后到了10天便要庆贺一番。在施官、复兴、双塘、新河一带则是到12天庆贺。为何不一样呢？据说是以谐音来取吉利的。十二的谐音为“拾儿”，而“拾”来的孩子“泼皮”容易养活，不会生灾害病。到了这一天，娘家的亲戚送礼，主要是送馓子、挂面、红糖、布料，为孩子送一套东西的同时，也为大人送一套东西。婆家中午请一顿“面席”，晚上请一顿酒席。过了12天以后，婆家作兴“回篮子”，主要是送红鸡蛋、馒头，并在馒头上点红。

虽然姓名是代表称谓的一种符号，但民间普遍认为，名字与人的命运有很大关系，取什么名，由谁命名，都很讲究。来安民间一般是在“三朝”给孩子取名，也有不拘时日的，但一般宜早不宜迟。一般由家长或其他长辈为新生儿命名，名字有乳名和家名之分。乳名，也叫小名，是小孩出生后非正式的名字，如大宝、毛孩、狗蛋之类，长大后不用，但在长辈口中有时还会沿用。家名，又称大名，长辈为孩子取名时，有的先从家族辈分上排行，按家族规定的字用来作第一个字，再另行添上第二个字。有的取名要排八字，视八字中五行（金、木、水、火、土）缺哪一行而定，如缺火就以火或有火字旁的字；缺金就以金或以金字旁的字；如缺木时取有木作偏旁的字。还有的从前程事业上来考虑，如命名正文、正武等，以寄期望之情。

婴儿出生满一个月，称为“满月”。旧俗十分重视“满月”。这一天要给婴儿剃胎毛，摆满月酒，叫“做满月”。酒席上要有满月面，寓意长长远远。亲友们受邀前来祝贺，并馈赠婴儿鞋帽、红包等礼物。主人则以酒席招待，并以“红鸡蛋”等物回赠亲友。娘家还要请女儿回家吃满月饭。如今，随着时代和观念的改变，回赠的鸡蛋很少有染红的了，多贴以心形的小喜字，或以真空包装的茶叶蛋替代。

婴儿出生满100天，称为“百岁”，又称“百日”。这一天亲朋好友会赠送长命锁、项圈、手镯、脚镯等礼物来庆祝婴儿满百日之喜，往往还会顺带送一些青葱和芹菜，以祝贺小孩将来聪（葱）明勤（芹）快。婴儿要戴上寓意长命富贵的“百岁锁”、银手镯、脚镯、银项圈等。宴客酒席上必备有“百日面”、米糕，表示“长命百岁”“长高”之意。

婴儿满一周岁的生日，要为其“抓周”。届时亲戚会来送礼道贺。外婆、舅母、姑、姨要买衣服、鞋帽之类，为孩子举行穿衣服仪式。谚语说，“姑送褥，姨送袄，舅母送鞋满地跑”。旧时“抓周”时，先焚香、点烛，然后将文房四宝、钱、尺、秤斗、算盘、印章、稻谷、剪子、胭脂、骨牌、书画、水果等物品

抓周

玩具全部放在一个大筛匾里，把小孩放在筛匾中间，任其自主抓取玩耍。再根据小孩抓玩的物品预测其将来的志向与前途。此俗在 20 世纪初期已渐次淡化，或者在形式上仍然进行，但是多为增加热闹的氛围。

年龄未及五十的生辰，一般称生日。生日有整生、散生之分。旧俗，人生 10 年为秩。故凡逢十的生日，如 10 岁、20 岁、60 岁、70 岁等，均视为整生。平时的生日谓之散生。儿童过散生，谓之“长尾巴”，但并不隆重，而十岁的生日为初秩，一般都很讲究。如果孩子是留着辫子的，在这一天便由舅舅亲手剪去辫子，除此还要披红放鞭炮，然后由理发人剃头，给理发人喜钱、喜烟。亲朋好友以衣料鞋帽等礼物赠送孩子表示祝贺，主家设宴酬谢。孩子穿着父母专门准备的全新衣服鞋帽。从此，孩子便由儿童时代转入少年时代了。此后，逢 20、30、40、50 岁时只做整生，小范围设宴款待亲友。在来安民间，30～50 岁人一般不做生日，并有“男不做三（30 岁生日），女不做四（40 岁生日）”等俗语流传。人过 60 过生日谓之做寿，其中 60、70、80、90 等整生均为大寿，但有“做九不做十”之说，即逢十大寿均提前一年而不在正十那年做。50 岁称梅花寿，又称半百老人；60 岁称下寿，亦称花甲大寿；70 岁称中寿；80 岁称上寿；90 岁称耆寿；100 岁称期颐寿。

做寿有简有繁，以其家庭经济状况及寿老身份而定，通常由女儿女婿为主操办。亲朋好友登门祝寿须带礼金、礼物。祝寿礼品以寿桃、寿包、寿面、新衣服为常见，必须有红寿烛、寿桃和长寿面。隆重的还有寿联、寿幛。旧时祝寿，要张灯结彩，布置寿堂，红烛高照。在正厅墙壁中间，悬挂巨幅寿字、寿轴，或百寿图、寿星图等。寿老坐于中堂，接受亲友、晚辈的祝贺和叩拜。寿幛多为红色，上写“福如东海，寿比南山”，字以金纸剪成。寿桃系面粉蒸制的桃形馍馍，下面配以两片绿叶，蒸好后，摆成宝塔形，以托盘端上。所送寿桃的数量，一般都要超过寿老的岁数。例如，做 60 岁大寿时，客人要送 80 个以上的寿桃。有的地方或人家嫌数量太多，便做成大寿桃，以一当十，一个重达四五斤。富有之家，有送寿屏的，即在一屏风上铸成一大“寿”字，屏的上端写有称谓、贺词，下端落款，一般人家是送不起的。也有的用大红信封装钱送礼的。有的不直接送钱，而是到布店购买礼券若干馈赠寿老的，礼券与钱通用。祝寿之日，大户人家多设宴摆席，并请乐班吹拉弹唱，凡有祝寿客人登临，乐班均吹打一通。寿老的儿子闻声出门迎客。寿宴要先上茶点、鸡蛋、寿糕、寿桃等点心，然后是酒菜，最后必上长寿面，取“延绵长久”之意。中华人民共和国成立后，祝寿仪式简化，一般由晚辈赠送生日蛋糕、寿面或衣服鞋帽作为寿礼，也有送寿匾、寿联的，或拍“全家福”纪念照，直系亲属在家或在酒店为其设宴祝寿。

来安县南部的部分地区，祝寿的方式有不同之处。例如，女方过 40 岁或者 50 岁生日时，就应该由娘家“来油”（携素油）点长寿灯，而且点一天一夜，故便有“女人过寿过的是妈家的”这种说法，而男方过寿则是“过老丈人家的”，因为“女婿如半子”。

做寿为人生喜庆事，忌讳打碎家中器物，或发生吵嘴、打架。家有丧事或服孝在身者，不得上门为他人祝寿、做生。人家遇有丧事，亲朋中常常一人代表全家吊唁，而寿喜则是全家出动为一人祝寿，据说，其意在于讨寿、长命。

（王道琼）

丧葬习俗

祖上传下来的习俗，只要家中有老人，都要预先准备好棺材（也称寿材、大棺），置办好寿衣（也称老衣，分单、夹、棉 3 种），选定好坟山。这 3 件事中选坟很重要，既关系到亡者能否入土为安，也关系到子孙后代能否兴旺发达。富裕的人家请“阴阳先生”择地卜葬，而贫穷人家则只要求土质干燥向阳，对后代没有坏影响就可以了。在民间，对不同原因致死的说法也不一样。年纪大了在家病死的，称寿终正寝，也称走了、老了、去世、谢世、过背、老掉等。不是寿终正寝的，称为睡长觉、见阎王等。没有成年就死的，称为夭折、早夭，说是与恶鬼作祟有关。如悬梁上吊而死的，称缢死，说是吊死鬼作祟；投水或落水淹死的，称溺死，说是落水鬼作祟。寿终正寝的人，才能葬入祖墓；自杀或他杀的人，死后只能葬入乱坟堆中。

丧葬礼仪与孝道观念是中国传统思想文化的重要组成部分。西汉礼学家戴圣所编的《礼记》中就有多篇关于丧事的记述。“其往送也，望望然、汲汲然如有追而弗及也；其反哭也，皇皇然若有求而弗得也。故其送往也如慕，其反也如疑……亡矣丧矣！不可复见矣！”《礼记·问丧》中的这段文字真实地再现了送殡者的复杂心情。孔子曰：“生，事之以礼；死，葬之以礼，祭之以礼。”荀子亦言：“夫厚其生而薄其死，是敬其有知而慢其无知也，是奸人之道而倍叛之心也。”在儒家几位代表人物的积极倡导下，两汉以后的历朝历代都奉行“慎终追远，民德归厚”“事亡如事存”的儒家孝道丧葬观，认为孝莫重于丧。这种观念代代传承，深深地植根于国人的血脉中。

送终

老人在“咽气”即弥留之前，儿孙们要守候在身旁谓之养老送终。死后用草铺在地上并将尸体放在上面，谓之“下地单”，在死者头前放一盏素油灯，名曰“引路灯”。传说是死者得了引路灯，到了所谓阴曹地府便有钱了。死者嘴里放一枚铜钱，为“含口钱”，目的是让死者在去阴间的路上不乱开口，不与其他孤魂野鬼搭腔，埋头走他的路。据说，如果死者在去往阴间的路上多嘴，就会给家里招来恶鬼、带来灾难。来安县群众中有句俗话“穷得连个含口钱都没有”就是由此演化而来。死者不论是停在门板上还是已经入殓，孝子都要身穿三道白（头戴孝帽、腰系孝带、脚穿孝鞋，更有甚者，孝帽子不用白布，而是用稻草编织成头套和长辫子，套在孝子头上）睡到棺材底下，谓之“垫棺材底”。死者第二天入殓，此时，死者的主要亲戚都应到场，如果死者为女性，娘家的人要到场。如果死者的亲属因故迟到，要揭棺最后见死者一面，相当于现在的瞻仰遗容。如果在此时发现了死者面部呈青紫色或者是七孔有血，就意味着死者是被冤屈而死，直至诉至官府而最后解决问题才允许“闭棺”。接着便举行“堂祭”仪式，亲朋们为死者磕头礼拜。此为丧葬的第一道程序。

死者“停单”时，要用红头绳将死者的双脚扎起来，传说是使死者不能乱跑，否则将成为“游魂”，此谓“一扎”；脸上要用黄表纸盖上，传说死者到“阴间”后，防止遇到在之前死的熟人不好意思故而遮脸掩面，此谓“二盖”；人死后家里人不能吃面条子，传说是如果吃面条子，面条子便会变成锁链将死者的颈子套住而不能“超生”，此谓“三戒”。

灵堂设在家中的中堂正厅，中堂后壁悬贴巨大的“奠”字。亡者牌子、照片放在供桌正中，黑布上书“显考（或显妣）××大人（或孺人）之神主”。有的还挂遗像，上披黑纱，黑纱上挂“音容宛在”的横幅。灵位左右摆“丧杖”“引魂幡”，悬挂至亲挽联。供桌围白布，两边放置白蜡烛、鸡、鱼、肉以及果肴、冥器（纸扎的生活用具）等祭品，香炉内焚香，并在炉前供一碗倒头饭（夹生饭），碗上竖插三支筷子。两边各点燃一盏素油灯（即长明灯、引路灯），棺材下点“本命灯”，均日夜不熄。“老盆”边放草纸、拜垫，供守灵、吊唁、祭奠的人拜祭取烧。大门口贴“本宅治丧，恕报不周”，表示对一般亲友没有去报丧的歉意。

人死后 3 天到 7 天之内，请来和尚诵经文。用绳子按家庭人口打上结扣，由诵经和尚提在手中，家族人都跪在地上，在“解结”之前，每人喝一碗姜汤，然后便解下一个结扣，接着再喝一碗糖茶，这叫作先苦后甜，且寓意着死者已经死了，冤家宜解不宜结。

有权势的人家，特别是故去了重要的当家人，在 3 天之后，请来和尚“跑方”。其目的是“超度亡灵”而诵经消灾。在广场上摆 12 张大桌子，成“二四四二”形状，但也有摆 13 张大桌子，成“五四三一”形状的，即底层为五张，二层为四张，三层为三张，四层为一张。和尚依大桌子的摆设，由一名和尚领头，跑成各种阵图，速度越来越快，步子越跑越小。会功夫的和尚翻筋斗，从地上翻至最高层的桌子，然后再跃下。还会表演抛铙钵绝技，和尚右手拿一支单铙钵，左手将另一支铙钵端平，钵眼向上，将右手铙钵向天空扔去，落下时钵边正好立在左手的钵眼上，也有的向上扔大锣然后接住。此外，在这个“跑方”会上，还有玩铛、火流星、水流星等杂技节目上演。“跑方”以后，和尚登上桌子诵经，有些则说的是劝世文。最后念一段《金刚经》，超度死者结束。

出殡

为了敬重死者以及尊重死者生前的生活习惯及爱好，在安葬前，将死者生前最喜欢用的东西，能焚的当即焚化，余下的都放进棺木内为死者陪葬。在出殡之前是“磕钉”，这一仪式是由族长或者是由死者的长辈操作，即用 4 根“枣核钉”（用枣木或熟铁制成）将棺材盖四周钉严实，并在棺材头前的主钉上系根红布条子，表示吉利。主钉由族长或长辈砸，其余 3 根由“抬重”的人砸。在“磕钉”前，将钉子放在孝子的头上擦 3 下，然后才能砸进棺材。“磕钉”后，家主应赠“磕钉”礼，主要是孝布、红布及糕点等物。这时，贤子孝孙们围着棺材左转 3 圈，右转 3 圈，每转一圈并下跪一次。如果不能送“磕钉”礼，人称之为“枯钉”，说明死者无后代人，这是很凄惨的事，常因此而引起不少传闻。开吊发引（出棺）时，先将棺材移到大门外开阔场地，用粗绳木杠捆扎，抬上棺材时，踢倒垫棺材的板凳，一声呐喊，抬起就走。棺起时，由长子将烧钱化纸的瓦盆掼破，俗称“掼老盆”。

出殡时，孝子手中持“哭丧棒”。棒长一米左右，用白纸剪成条须裹在柳树棒上即成。据经常持办出殡的人说，“哭丧棒”拥有如“尚方宝剑”一样的权威，是死者封给能主持家务的掌头孝子的，持此棒的掌头孝子可以处理一些问题。在雷官、大英地区，孝子的“哭丧棒”又与别的地方不同，而是由孝子扛着一段树桩，上面甚至有树杈和枝叶。

棺木送上山之前，“阴阳先生”必先到掩埋死者的地方看好风水，抬重的人中分出数人去将坑挖好。将死者抬上山的时候，沿途均有亲戚与生前知己摆上“路祭”，即在路旁置一小方桌，放上碗筷菜肴，并烧钱化纸，燃香点烛，为死者最后送行。孝子此时见一处就礼拜一次，代表家人致谢。

死者抬上山以后，首先将棺木沉放于土坑内，然后举行“兜土”仪式，农村中称此为“兜土盖脸”。即用铁锹铲土撒在棺上，意在使死者入土为安。此时此地，孝子说道：“父亲，现在兜土了！”紧接着，在土坑的四角埋插 4 根树桩子。意指死者的后代可以在以后买庄子、置田地、发大财。此时，抬重的人乘机向家主索取喜钱，由孝子或死者的亲属给抬重的每人 5 个铜钱，叫作“五代钱”，意指死者上下五代俱全。“兜土盖脸”以后，孝子即可回家，不必守候在山上。

棺木入坑以后，抬重的人要进行“发龙”。由两人抱着“龙杠”（抬棺材的竖梁木）迎着山坡跑，跑得越快越好，边跑边说：“小龙抬抬头，代代出诸侯，小龙跑得快，诸侯一代传一代！”之后，死者家属就此赠送“发龙糕”，最后是下葬填土，放鞭炮，葬礼结束。

出棺后，要用两把扫帚在死者的房里对扫，并同时将死者睡的铺草烧掉，让送葬的人回来从火上跨过去，寓意烧掉邪气、晦气，图个吉利。厨师要在死者的大门前拦起一张大桌子，诸亲及孝子贤孙按辈排好队，依次每人喝一杯糖茶，是为定心取吉利。接着便是吃“回丧饭”，这是家主招待亲朋以及抬重的人最后一次，也是最丰盛的一次酒饭，以示感激操劳之情。还有一种风俗一直延续至今，凡是年过花甲的长者故去后，主家须买数百只带“寿”字的小瓷碗，以赠送亲友或有意让人偷碗，民俗叫作“添福增寿”“偷寿”。寿碗被偷后主家反而更高兴。

死者安葬以后，有财势的大户人家，请当地有名望和学识的人来为死者举行“唱礼”的祭奠活动。具体内容是“唱”《周易》《礼记》，也有“唱”其他古籍的。所谓“唱”其实是带有感情和节奏的高声朗诵而已，其目的是超度亡灵。县城所在地的赵敬震、余蔚芬、余富云、赵瑞德等是当时比较有名的“理教”先生。

守孝

死者安葬后，家人要送火上坟，“送火”仪式，连送 3 天，主要是为死者送素油灯，第一天送坟墓上，第二天送到半路上，第三天“留火”，即放在死者的灵位前，意思是让死者的魂灵来回都能看得见路。第三天还要为死者“圆坟”，即将坟墓填土加固，整修形态，谓之“复三”，也称“烧三天”。由“阴阳先生”推算回避的具体日期，即从死者“魂魄离身”那天算起，如果是“煞高”一丈三，便是从死者死期那天算起，第十三天便是“回避”的日子，死者的“魂魄”要“归家”，除死者的家人外，其余闲杂人等必须回避。这一天，要为死者敬面、饭与酒食之类供品，家人在死者躺的地方铺地单，铺前铺一层草灰，门大开，家人守夜，等待死者灵魂回家。至鸡叫时，以地上痕迹卜卦吉凶，叫作“回煞”。富裕人家还要举行家祭仪式，请有名望的人为亡者题字立牌位，称“题主”，并请和尚道士来家念经，超度亡灵。也有“除灵”的，请纸扎匠扎灵屋烧给死者。

死者家属守孝时间一般为七七、百日、周年。在亡后的 49 天里，每隔 7 天祭祀一次。“七七”是源于佛教影响，佛经谓人死此生彼之间，有“中阴身”，如童子形，寻求生缘，以七日为一期。若七日终，不得生缘，则更续七日，至“七七”日终。逢七必上坟祭奠，称为“应七”。其中“五七”烧灵，烧去供亡灵牌位的纸扎灵屋，“六七”由出嫁的女儿、女婿祭奠，要为亡者供三牲礼，后来有人简化成“五七”。其余各“七”均由家人祭奠。逢百日、周年，家属须上坟祭奠。过“六七”是60岁以上的老人故去后42天祭祀礼。如果不满60整岁故去不称过“六七”，而是称“过偏”，即在“五七”尾、“六七”头这天进行祭祀活动。这种活动据说是为了纪念死者。民间传说，到了这一天，死者才知道自己死了，而且是站在“望乡台”上看见亲人在哭自己。这一天，要为死者供三牲礼（猪头、公鸡、鲤鱼），送祭礼的亲朋也有“办碗”的，即在碗内盛满饭菜，并插上一朵花。据说死者在这一天是不吃家里人的饭的。在“办碗”上有个规矩，就是从“头七”到“六七”，每个“七”都应加一道菜，是对死者的尊敬。

当年每至节日，死者家属都要去坟上祭奠，以后则于清明节、十月朝去坟上祭扫。死者若为老人，儿女要戴孝3年。头一年穿白鞋，后两年穿灰鞋。3年服丧，是儒家的遗教，而逐步形成传统丧俗。3年内，未婚子女不能结婚，但在热孝期“七七”49天之内，可允许结婚。父母去世未满“七七”时不能理发，但在入棺前可理一次发。3年守孝期内，逢年过节，子女不能穿红着绿，要穿素色衣服。春节不能贴红对联，头年为蓝（灰）色，次年为黄色，第三年方能复为红色。春联内容要切合守孝情思，如“守孝三年易满，思亲百世难忘”“天下皆春色，吾门独素风”等。

在封建社会，守孝尤其重要并被广为提倡。在坟旁盖一小茅草屋，里面点一盏素油灯。孝子一百天内不许剃头，更不允许“开笑脸”，也不允许坐板凳。百日守孝期满，送一把火到坟头上。传说是“野鬼”见了火光便不欺侮“野魂”了。

在旧社会的农村，迁坟并葬还有一个风俗，即迁坟必须放在二十四节气的“大寒”以后。俗语“大寒已乱岁”就是没有禁忌。除此，清明节这天也是“乱岁”的日子，也是没有禁忌的。在这两个节气里可以迁坟并葬，举办祭奠活动。迁坟时，用火钳夹住尸骨放在盛粮食的斗里，迁进新坟，并将尸骨按照人的形状排列好，然后下土安葬。据多年的习俗说，如果在起土的时候发现蛇类特别是水蛇，便是大吉大利的事情，把水蛇看成是“小金龙”，从而让家人精神上得到安慰。如果在起土时挖出来老鼠，传说对后代不利，会出盗贼。如果死者是临时下葬，以后准备迁坟的，在安葬时不必深葬。有些人家将棺木“丘”起来待以后择日迁坟。

新丧礼

中华人民共和国成立后，广大群众在无神论思想的影响下，长期传承下来的丧俗，已开始有所改变，新丧俗已开始出现。城乡的丧葬习俗有变革，但发展趋势是不平衡的，城市、集镇变革得较快，而在广大农村，传统丧俗仍然流行，不过丧俗礼仪已渐趋简化。

临终礼俗：病人去世后，家属给遗体盖上白布单，然后给死者换上衣服，送殡仪馆火化，或仍用棺木送墓地安葬。运送时，亲属痛哭，并放鞭炮，以志哀思。

报丧：一般是张贴或在报纸上刊登讣告，载明死者姓名籍贯、生卒年月、生平简历以及对社会贡献等。农村则是口头通知有关亲属，并在家门口张贴白纸。

开追悼会、遗体告别：大多在死者遗体火化或安葬前，在殡仪馆举行这种纪念仪式。会场正中挂死者遗像，会场四周安放花圈，堂前悬挂挽联、挽词、挽幛。追悼会致悼词，遗体告别是在哀乐声中，向遗体默哀致礼，并绕场一周。参加追悼的成员胸前佩戴白纸花。

丧服：一般是左袖戴黑袖章，有的还在黑袖章上用白线缝一个“孝”字，儿女辈在黑袖章上加缝圆形白布，孙子辈则在黑袖章上加缝小块圆形红布。

火化：遗体火化时，至亲家属都要送葬。火化后，由火葬场工人将骨灰装入盒内，由家属领回，有的放家内，有的及时送墓地安葬，葬后立石碑一块。

奠仪、谢孝：亲友致送花圈或奠仪，家属则回赠白毛巾及其他相应物品，如死者高达耄耋年，则赠小花碗，谓之“偷寿碗”，这是祝愿亲友能享受同样的高龄。

守丧：死者安葬后，亲属在家内悬挂死者遗像，镜框上披黑纱，桌上呈献瓜果鲜花，以示长期的追念。亲属中的子女仍穿白衣戴孝巾。守丧时间、“七七”期间、逢七日，家属到墓地祭奠，半年、周年也到墓地去拜祭。

安葬：城市里20世纪70年代起一律火葬。在农村里到90年代基本上普及了火葬，即便是火葬，也会把骨灰盒放入棺材内再安葬。但仍有少数老年人因观念问题，去世前要求子女给予土葬。也有逝者会在生前立下遗嘱，要求将骨灰撒入大海、河流或其他地方。农村一般仍送香纸、三牲，并送礼金，也有扎送花圈和挽联的。家属则要招待素席，并回赠一定的礼物。城市有花圈出租，殡仪馆有灵堂，放哀乐。

（王道琼）

南腔北调话来安

倘若你乘坐在热气球上俯瞰皖东大地，或站在长山头，以望远镜俯视四野，或凝视着卫星地图，你就会比较清晰地发现坐落在滁州市东北的安徽省来安县，地势呈西北高东南低状，似一张太师椅，终日迎着旭日升起的方向，端放在皖东大地之上。假如能安排一位与之匹配的巨人坐在其上，他定可脚入长江，嬉戏江水，令龙王汗颜，叫群鱼生畏，让天下敬仰；那不见尽头，连绵不绝，波涛汹涌，在风与云的操纵下，曾一而再，再而三地漫过河堤，吞噬整个淮北平原而被称为“坏河”的淮河，在抵达近前时，也不得不跪拜在地，俯首称臣。也许正是这南北高低阴阳交错等方面的差异，方使得来安这个皖东小县，竟诞生出一种“特产”——在同一地区流行着风格各异的语言。比如，大家相互见面时，往往需要问候对方是否吃过饭了，或是要到哪里去的问题，在南部圩区的雷官、大英和相官与汊河等乡镇，当地群众的发音大多为“咯吃过啦”“干事咯”，且发音时，大都把嘴窝着，只留下一小指头粗的小口，让舌头在嘴巴里根据需要，把从体内呼出来的气息搅拌成语言，给发出来；到了水口、新安和双塘与张山一带，则会转变为“可吃啦”“去哪”，且发音时，全部把嘴巴放开，让舌头自然地收缩起伏；而到了复兴、舜山、长山、大余郢、半塔和杨郢等乡镇，则又是一种韵味，“吃过了没”“赶哪场子去”。

在对家人的称呼上也有着很大的差别，以三城、广大、相官、汊河为例，喊自己的父亲为“大大”“老椰”“哎椰”“伯伯”，喊哥哥为“锅锅”，称爱人为“家里头”，孩子顽皮不听话，母亲就嗔怒“你是儿老子呃!”

之所以会出现语言上的反差，除地理因素外，一是与来安的历史演变过程有着密不可分的关系。据史料记载，1934 年，来安测定的面积只有 1117.9 平方千米，而到 1949 年后，在全国重新划界设省时，来安的地域得到了扩展，国家将原属于来安的古城乡（在来安县的最北面，与现今的半塔镇、杨郢乡相邻）划归江苏盱眙县所有，将原属于盱眙县的半塔、邵集和六合县的兴隆、独山、雷官和大英以及施官等乡镇的部分，则划给了来安县，由此使得来安县的总面积增大到了 1481 平方千米。也正是这一重大的历史演变，使得带着浓浓江苏南京口音的这部分语言，被分割出了母体，生活在皖东的土地上，且一直在当地延续使用至今。二是与日军的侵略有关。据调查，目前居住在长山、大余郢、半塔与杨郢等乡镇的居民，不少是山东籍人，其主要原因是在日寇侵华期间，由于忍受不了日军的烧、杀、抢、夺，又手无寸铁，无力反抗，所以在国民党兵节节败退时，随大军举家南下，在路经半塔、长山、大余郢和杨郢等地时，见道路崎岖，山高林密，如同仙境，与外界相隔，有利于安家躲避，故这些原本生活在齐鲁大地的子民，便背井离乡，远离故土，陆陆续续地在此留了下来，并随着时间的推移，逐步生根发芽，开花结果。因此，那说话喜欢把劲用在喉部，张开大嘴，由体内发力大声地传出的又一种语言，便也随着这部分人的到来，在皖东大地上蔓延开来。三是与人们的生活范围有关。过去的来安县城设在水口，故自水口以西的人们便沿着现在的来河，相互往来，自由贸易。所以，这一部分的群众语言较为一致。而独山、雷官和大英以及施官等地过去属江苏六合县管辖，这里的群众便大多以六合为中心，开展政治、经济、文化、教育以及风俗习惯和思想道德等各个领域之间的交流与往来，故这部分群众语言，又独成一体。

不同的生活用语，不仅成为当地一道亮丽的风景，也丰富了当地群众的精神文化生活，更诞生了许许多多因语言而带来的民间故事、传说和笑话。例如，有一次，大英镇一居民到长山去拜访一朋友，由于不识路，在山里转悠了老半天，好不容易看到一放羊的老乡，赶紧问他给（gē）管带路？如果管的话，他愿意请他一道喝酒吃饭！结果听到对方回答“肿！”（肿：可以的意思）后，不由怒从心头起，当即指责对方说：“火失的，你不愿带路就算，怎么骂起人来了，说我‘肿’呢”（肿：在圩区一带理解为吃饭，但“肿饭”，就有了骂人之嫌）？可他话音未落，竟被对方冷不丁地抽了一鞭子，因为，对方把他家乡的口头禅“火失的”误听成脏话!

还有一次，相官一商人到长山去做生意，因走路热了，就把棉袄脱给了老板娘。后来歇了会儿又感觉有些冷的时候，为防生病，便又冲老板娘说：“我冷了，把凳子（棉袄）递给我!”结果老板娘以为他走路走累了，需要坐下休息，便立即端了条小板凳给了他。

“我不要冷凳子，我要热凳子（棉袄）。”结果老板娘以为他嫌冷，便将自己坐的热板凳递给了他。

我记得在1998年探亲时正逢秋种，有一天，亳州的战友造访，我们一道溜达到了田野，正好二叔在用牛耕田，嘴里不时地传出“驾”“赳”“蛤驰”“带璃”等雄浑铿越的吆喝声。战友听得一头雾水，还一个劲地、生硬地学着，犹似老外学中文般费劲、别扭、难听。

不仅如此，睿智而勇敢的圩区人民，还将方言应用到官场上，巧妙地运用方言中的谐音，惩治贪官污吏。相传，清朝来安府有一官吏，既爱财又贪色。一孪生姐妹听说后，决定惩治惩治他。于是便主动找上官吏，称呼自己一个叫“葛才”，一个叫“葛刚”，说是自己父母双亡，要是老爷愿意收留，姐妹俩愿以身相许，但条件是必须为她俩买一间门面，并借300两银子开店使用。这官吏一听，不禁喜出望外，心想：这样不仅可以得到美人，还可借鸡生蛋，为自己生财，岂不一举两得。于是他便爽快地答应了。可他哪里知道，这正是惩治他的证据，所以在收到银子、买好门面后，姐妹俩便假借给父母上坟为由，将官吏告到了州衙。

“说，门面是谁买的？啥时买的?”州府问。

“是葛才买的!”官吏答。

“你能确定?”

“能!”

“那门市里的货是谁进的？啥时进的?”

“是葛刚进的!”

“你也能确定?”

“能!”

“既然你已经承认门面是刚才买的，门市里的货又是刚刚进的，所以，本官也就不再难为你了，不再使你皮肉受苦。来人啦，给我把这个狗官推出去，就地问斩!”原来，“葛才”和“葛刚”在当地与“刚才”和“刚刚”谐音，所以使得州府错误地认为门面和里面的货物就是官吏刚才拿钱买的了！过去，州府曾时常接到百姓告状，反映该官的贪婪，属下也多有微词，但因该官处事缜密，难于取证，一时无从下手，所以，这次州官在取得确凿证据之后，以一儆百，吏民皆服。

方言也是联络感情的重要基础。方言，即是乡音。尤其是在外的游子，他乡遇故知，一种情结就会自然互动，一种依赖即会油然而生，一种感情便会悄然凝结。俗话说：走千里，走万里，莫过醉在方言里。

记得我刚入伍时，新兵的第三天晚上轮到我值班。北方的天气异常寒冷、干燥，当时部队的营房在冬天是烧炉子的，偌大的屋子里暖烘烘的。熄灯后，新兵连的曹排长走进屋轻声问我：“还有没有热水了?”我嗫嚅着嘴说道：“还有一顶锅子（就是一点的意思)。”曹排长当即一愣，忙问道：“你是哪里人?”我随即立正：“报告排长，我是安徽来安人!”排长莞尔：“既然还有一顶锅子，那就搞特（把它）舀来吧！我们俩是老乡，我家是陆（六）合的!”“陆（六）合的?”我简直不敢相信，身在千里之外的军营竟然还能遇见这么近的老乡，而且还是我们的排长。激动和幸福感顿溢身心，倏忽间冲淡了离开父母初到军营、远在他乡的思念之苦。

方言，是一种地方性语言，蕴涵着深邃的人文特点。它又像一杯酒，一杯潜存在情感之湖深层里浓郁馨香到化释不开的陈年老窖。方言，就是故土情怀，来自乡音，流淌于血液，像胎记一样是长久的人生烙印。

（杜永生）

第六章　特产美食

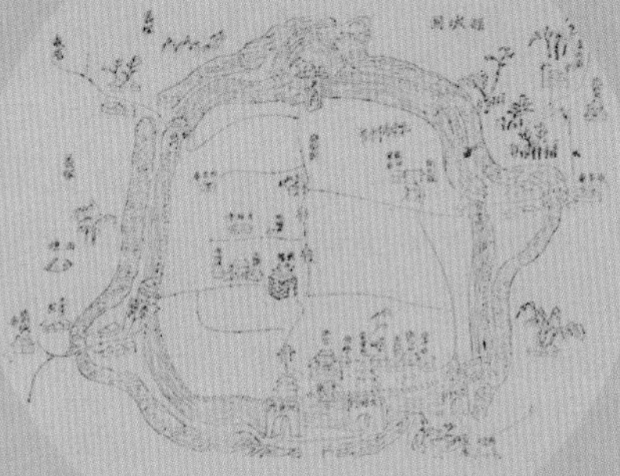

我家住在花红园

花红为苹果属，落叶小乔木，古人称为林檎。其栽培历史悠久，为书法家王羲之所深爱。宋代大诗人梅尧臣有诗云：“右军好佳果，墨帖求林檎。”宋《开宝本草》称林檎为“文林郎果”，明《本草纲目》说：“林檎，即柰之小而圆者。”

据《来安县志》记载，早在明朝嘉靖年间来安就有花红栽培，到清朝嘉庆年间，来安县城已有吴、赵、周、吕、毕 5 家栽培花红，其中以吴家花红园为最盛。当时吴家花红园的吴球，进京看望在京城任东台御史（三品文官）的叔父吴棠时，随身带上花红送给其叔父，以尽孝心。吴棠食后，觉得此果甚佳，翌日早朝时，呈献给嘉庆皇帝，适逢嘉庆皇帝胃口不佳，心情烦躁，见大臣奉献果品顿感快慰。随将此果捧在手中，视其色泽鲜艳像红花，食其味美又有桂花清香，龙颜大悦。脱口而曰：“花红也!”因系来安产，封为“来安花红”。为此，林檎易名花红，并诏令每年进贡，从此盛名远扬，成为来安县著名的土特产品。

那是 1957 年，母亲调到农业部门，被分到园艺场。说园艺场实际就是花红园（后来扩展种植苹果、梨、桃、核桃）。花红园原是一家赵姓的私人果园，1956 年，工商业改造，便交至政府，政府即办园艺场。1958 年，我和父亲从乡下随母亲到了花红园，父亲即为园艺场工人，我便到实验小学读书。

那时的花红园位于青龙街的西南侧，大约有 2 公顷的面积，临青龙街这边是围墙，但很简约，都是用土垒起来的。墙头长满野蒿、野刺，有的地段簇拥着何首乌、瓜蒌、马屎泡子和拉拉藤子的藤蔓。最南端靠围墙外住着一户汪姓外乡人家，最北端的围墙外住着两户县农工部干部。临青龙街东侧大约有 2 公顷的土地，据说是花红园扩园的备用地，上面栽着海棠幼苗和桑树、毛桃、棠梨树，都是待嫁接的砧木树。备用地的最南端杂居着近十户的居民，最北端住着汪姓、甄姓、丁姓等三四户居民。花红园的西面是一长三四百米、宽十多米的池塘，内里有自然生长的野生鲫鱼、乌鱼、汪丫鱼和白鱼。后来两边居民曾多次联合试放白鲢、青鱼等鱼种，有过较好收益。这池塘西侧是一大片空地，约 2 公顷。来城人习惯叫体育场，是放露天电影、节日集庆、体育赛事的重要场所。

我家住在花红园围墙的中部，围墙凸显部有一个门楼，门楼不高，不大，也不抢眼，平平常常。一个骑脊的小瓦房横跨墙上，有两根细木柱撑着小瓦房，玉立亭亭。门框是用杂树打的，两侧的大门各有门轴可以自由转动、关启。进了大门向右就能瞥见两间小瓦房，墙是小土坯砌的，地就是泥巴的。有一个带洞眼的白铁门立在房中间，就是这两间屋我们全家住有 50 多年（后来改造了）。小屋坐北朝南，有一棵枣树朝着大门茂盛地生长，屋后有两棵高大的柿子树挺拔而立，每逢秋季，黄澄澄的柿子飘来浓郁香气。屋的西面有十多棵紫薇，初夏至中秋，都鲜花怒放，像少女脸庞一样红润鲜亮。小屋左前方十多米紫竹婆娑动人，在紫竹旁有一眼小井，小井通泉眼，水质清纯凉爽，这条街的姑娘和媳妇常常在这里担水、聊天、打趣、互诉家常。

纵观整个园子，这个花红园的园主很有见地，独具天才。他把 20 多棵品质好的花红都栽在这个屋子前 15 米左右地方。好品种的花红，你咬一口放在那里，一个小时后来看，几乎看不到“锈”的现象。他为了有效地让花红授粉，分别在屋子前后 50 多米处栽上海棠和沙果。他还在围墙内大量种植何

花红园里大丰收　朱明 摄

首乌、瓜蒌，让这些藤蔓有效地护卫土围墙。花红园内还散种着独节莲，以化解因毒蛇、蝎子、蜈蚣的毒液给人带来的不适。这个园子有些奇特的现象：花红园黄鼬甚多，我亲眼看见它们排队蹲在墙头上，可各家各户没有丢鸡的情况。花红园树木低矮、潮湿，这里土斑蛇、乌梢蛇、火赤练蛇经常出没，我家几乎每年都有蛇光顾，可是我们一家老小从未遭到蛇的攻击。还有，每逢雨季，池塘的水会涨到园子上来，几乎每年都有鲫鱼、乌头，还有老鳖随急雨顺着垄沟跑到我家院子来，让我们美餐一顿，真是天赐美食啊！

要讲花红，那可真有说不尽的故事。首先，花红园每年会有十来种珍奇野鸟前来光顾，如画眉、百灵、白头翁、八哥、斑鸠、杜鹃、燕子、黄雀和铜嘴雀等。它们在花园里尽情地歌唱，更有那蝉不失时机地加入这大合唱中，我常常被它们叫醒。花红每逢四月中下旬，千树万树披上绿装，开着粉红色的花朵，在阳光的照射和空气的涌动下，花样妩媚动人，花香清醇诱人。它招引着无数蜜蜂和蝴蝶纷至沓来，真是“留连戏蝶时时舞，自在娇莺恰恰啼”。蜜蜂欣赏着诱人的花蕊，陶醉在那万花丛中，享受着甜蜜的芬芳；蝴蝶轻轻地颤动薄翼，召唤着它的万千朋友，翩翩起舞，霓裳动人。当你置身于此间，耳边荡起嗡嗡奏鸣曲，鼻间充满着浓郁的清香气味，像进入那仙山琼阁。每当 7 月花红成熟的时候，城里机关干部、学校的师生、近郊的农民大爷，如潮水般涌向花红园，大家争相抢购，享受着花红开园的乐趣。他们有的用花红泡酒、泡茶，有的将花红密藏于居所深处，享受花红越来越熟、越来越如桂花的香气，还有的将花红包装好，馈赠远方的亲友，把家乡的香甜传递到省内外，让他们记住故乡，记住乡愁。

1987 年，因城市建设需要，剩余的花红被移栽到复兴林场保护起来，并有了新的花红园。2016 年 12 月，原国家质检总局批准了对“来安花红”实施国家地理标志产品的保护，更擦亮了“来安花红”这张特产名片。我衷心地祝愿来安花红越来越红火，越来越有品位，越来越放出夺目的光环。

（吕绍联）

罗庄葡萄沁心脾

“小暑大暑，上蒸下煮。”在这酷热难耐的夏季，古人常爱吃葡萄。你看乔知之“石榴酒，葡萄浆”，唐彦谦“西园晚霁浮嫩凉，开尊漫摘葡萄尝”，郑允端“满筐圆实骊珠滑，入口甘香冰玉寒”。

我们现代人爱吃葡萄，更胜古人。

我娘家在红色半塔，在长山成家后，回娘家路过被誉为“皖东葡萄第一村”的半塔镇罗庄村，我常会买一些特产。近水楼台先得月嘛！

罗庄是天地的宠儿，345 国道从村中穿过，又在秦岭以南，四季分明，温暖湿润。还没放暑假，村民们家门口的摊桌上就摆满一串串新上市的葡萄。

瞧那夏黑，真是葡萄如其名。小满之后，夏黑就由青绿逐渐变成紫红，再慢慢变黑。夏至时，它就全身黑乎乎的，越黑成熟度越高。再看那阳光玫瑰，乍听这名字，浪漫得让人误以为是鲜艳的玫瑰花。我第一次见，憨憨的绿，还认为是未成熟的葡萄。其实，它是罗庄村近两年来种植的新品种。两种葡萄都颗颗硕大，你挤我碰，散发着阵阵香气。那香味勾住了我和孩子们的脚，勾住了来往路人的魂魄。路人争相购买，有的一下买几百斤，有几次

半塔镇罗庄葡萄基地 吴宗宝 摄

我都是排队才买到。葡萄珠串大，串形整齐没有坏果，有的大串重三四斤，买两串足够我们一家人吃两三天。

看到有的旅客到园里亲自摘，有次我也忍不住带孩子去逛逛。古人“抚琴端坐长廊下，一架葡萄满院香”，而当我进入塑料大棚葡萄园时，香味扑鼻，整个身心都浸入香气里。阳光透过枝叶斑驳地照耀在晶莹剔透的葡萄上，真是“绿云玄玉影参差”，让人口颊生津。

到母亲家后，小朋友的馋虫也忍到极点。我还没来得及清洗，他就趁大人不注意偷偷摘了一颗夏黑放入口中，咬一下，酸得直皱眉，眼睛眯成一条缝，下一秒尝到葡萄的甜，快速吐掉皮，咽下，咧嘴“呵呵”地笑了，就爱这酸爽酸甜。

夏黑洗去果粉后，黑得发亮，好似荆钗布裙化妆后变成大家闺秀，让人垂涎欲滴。母亲快速拿一颗，却慢慢放入口中，上下牙齿轻轻一压，果肉和皮就分开了，丰富的汁水淌满口腔，果肉亮晶晶，如温润的玉。

阳光玫瑰的皮脆，果肉软硬适中，不像夏黑那么多汁，但香甜无比。黄绿色且有光泽的，口感更好，吃完一颗，唇齿留香，丝丝凉意更让人神清气爽，幸福感溢满全身。很多人受不了夏黑的酸，那阳光玫瑰可是老少皆宜，难怪那么畅销。

夏黑和阳光玫瑰是罗庄葡萄的主角。处暑之后，浪漫红颜和妮娜皇后又错峰上市。这两款红色葡萄，名字好听，颜值颇高，味道更是甘甜。看浪漫红颜，犹如红宝石，真是“饮尽秋阳似火彤”；妮娜皇后，也叫妮娜公主，开始娇艳欲滴，像公主害羞的脸蛋儿，成熟后呈紫红色，高贵典雅，颗颗如玛瑙，使人口生蜜意，甜沁心脾。

听懂中医的父亲说葡萄功效堪比冬虫夏草。它能预防心脑血管病、抗衰老，还抗癌，多吃还不容易发胖，真是解除了爱美人士的后顾之忧啊！

罗庄村因葡萄这一资源优势，2017 年被认定全国“一村一品”示范村。让很多人没想到的是，在 20 世纪 90 年代之前，它可是全县十大贫困村之一。

1982 年，村民们就开始种植当地土葡萄，当时并没什么经济效益。1987 年，唐剑仁被选为村党支部书记，他看到村民贫困的生活非常心痛，下定决心要改变山村的落后面貌。唐书记仔细考察村里的优势和劣势，摸索出地膜覆盖“五早”作物，后来由早玉米、早冬瓜发展到近 20 个品种，其中一种就是葡萄。

唐书记发现葡萄树的根系较为发达，对土壤的适应能力很强。罗庄多土质疏松的沙质土壤，这更有利于葡萄的生长。唐书记清楚，要想让葡萄卖得好，除了上市早，还要卖相好、口味好。于是，唐书记和村里领导研究决定，派 3 名村民到全国有名的葡萄基地去学习 2 个月，并从葡萄基地购买 8000 元的葡萄枝条来扦插。

新品种的葡萄没有让唐书记和村民失望，产量高，色泽饱满，颗大如桂圆，年年不够卖。看到葡萄的效益可观，村民纷纷种植。村里现有葡萄生产基地面积已达一万多亩，还成立了农民专业合作社。村民自己致富后，还积极帮助周边的乡镇、附近的城市致富，不仅帮他们育苗、种植，还把科研技术倾囊相授。

“馥露无声翠蔓昌，藤牵硕果任君尝。”我想，这也许是古人为罗庄所作的吧！

（朱文丽）

冬桃的诱惑

清晨，踏着满目的青葱，我与几位老同志去桃丰农业生态园调研。记得前几年在一次聚会上，朋友带了一份冬桃，色泽非常鲜美，看着就有吃的欲望。我很惊讶，深秋怎么还有桃子？虽然模样没有黄桃大，没有油桃鲜，但味道却特别脆甜可口。

我问，这桃子是南方的水果吗？朋友瞪大眼睛，难道你这个老来安不知道冬桃是哪里的？

我说，不知道呀！朋友说，官不大，僚不小……由此我知道了冬桃是来安龙山桃丰的产品，也便有了去桃丰了解冬桃的想法。由于本人是搞经济工作的，对科技农业种植也不熟悉，总是没有机会和理由去调研，去桃丰了解冬桃变成了埋在我心底的渴望。

这次去桃丰调研，让我更多地了解了冬桃，也了解了冬桃的引领人老宋。

老宋是山东临沂人，全名宋金叶，当过兵、扛过枪，专业学的果林，县科协会员，20 世纪 80 年代作为技术人才由山东引进到了来安。他个子不高，黑黑的皮肤，宽宽的额头，鼻梁上架着一副旧式眼镜，给人的第一印象是农民，但镜片后面的一双眼睛却炯炯有神，让人感觉到他是一个既能干、又智慧的技术能人。

“果园林中走，桃香叶中藏。摘下品一口，美味荡肠香。”我随口就来了两句，老宋笑了笑说：“我的桃子确实回香无穷。”我和老宋谈了很久，不仅知道了桃丰，也了解了冬桃。他介绍道，冬桃的特点是个大、脆甜，成熟的冬桃果实呈圆形，两半对称，果皮底色乳白，自然条件下着鲜亮粉红色，着色面积可达 75%以上，单果重量 175 克以上，最大单果重量 378 克。果肉青绿色，肉质细腻，口感清脆浓甜，香气浓郁，耐储存，常温下可存放月余品质不变，甜度高，成熟期很晚，一般 10 月上旬至 11 月中旬成熟。当年栽树次年挂果，每株 10 斤至 20 斤，次年亩产就可达 3000 多斤左右，属于反季节水果，市场回报率高……

我听着老宋介绍，并随老宋到后山去看冬桃树，远远看，树感觉很老，但不是很高，也不是很粗壮，样子似乎很笨拙，但枝条却分散得万般柔细，枝丫肆意横行，不需要修剪，也用不着矫饰。特别是深秋之后，枝条有些僵硬，少数叶子变了颜色，红、黄相间，色彩斑斓，煞是好看。可变色原来并不是好事，而是脱落前的变态的嘚瑟，但就是这般模样，却能结出鲜美甘甜的冬桃，让人难以想象。

老宋接着介绍，冬桃最早产于江苏省沛县崔寨乡，那里栽培冬桃已有 100 多年历史。相传，清朝光绪年间，沛县有个姓吴名凤柱的人出任湖北省襄阳提督，他将冬桃从陕西引进沛县栽培。寒冬季节，冷风刺骨、雪花飘落、万木凋零、一片萧瑟，但冬桃园里却可以看到另一番景象，一株株桃树傲然挺立在风雪中，树冠上疏朗的树叶间，缀满了绿里透红的累累硕果，洋溢着一派盎然生机。

看着老宋的果园，想着马上成熟的冬桃，我便问老宋，刚才听你说来安有很多冬桃，半塔、舜山、施官、张山、独山、杨郢等乡镇都有种植，总共有桃园 1000 多亩，你能帮他们一起销售吗？

老宋对我笑了笑，说："我虽然在百味园公司有订单，但来安的冬桃品种不同，成熟期也不同，比较乱，虽然种植得多，却不成规模。尽管都叫冬桃，但冬桃品种有六七种之多，价格也难统一，目前我很难帮他们统一销售。"听老宋介绍后，我在想，来安的冬桃能否形成一个规模，成立一家公司，统一管理、统一销售呢？让来安冬桃也成为一张更加亮丽的名片……

（夏军）

半塔绿茶香万家

我与半塔绿茶，缘分颇深，不仅仅因为中国茶文化。

你若从半塔烈士陵园前的江淮分水岭来安红岭风景道向西行，一步一景一画卷，移步换景画中游。心情如同上山一样，神采飞扬。当你行驶7.5千米左右，山路偏于平缓。一片茶树映入眼帘，开始你可能是惊喜。明眸追随向远处蔓延的绿，你高昂的心情逐渐恢复宁静。茶园随着地势温柔地起伏，如同春风吹拂下湖面泛起的涟漪，这片绿波便是半塔茶场的茶园。

1957年半塔林场建成后，县农林局领导通过考察发现，半塔林场场部东西两地土质不同，于是1958年开辟两块试验田来种植茶叶。由于场部西边是白浆地和黄泥土，种植的茶叶长势喜人，而东边的沙土地则不适应。领导决定因地制宜，成立半塔茶场，并多次从大别山、淮南、福建引进茶种。通过不断繁殖，现有优质茶叶生产基地700亩，是来安县最大的茶场，并以革命老区半塔命名。刚开始，茶叶的种类很少，只有传统的“烘青”和“炒青”。经过几代技术人员的开发，茶叶在传统品种的基础上，有了贡品、极品和精品。

半塔茶场　何志贵 摄

说到贡品“云尖”，现在虽然不进贡，

但光听这“贡”字就知道很高贵，茶名更是高远、飘逸。物以稀为贵，自然采摘的要求也很严苛。

清明前后，雨水和阳光像是商量好了一样，几天绵绵细雨，几天艳阳高照，这可乐坏了茶树。新芽呼吸着新鲜的空气，日夜兼程地生长。发的新芽很少，有“草色遥看近却无”之貌。可经过一个冬天的休养生息，新芽嫩绿、饱满、营养价值最高。采时必须睁大眼睛，只采一芽一叶，多采一片叶子都要摘去。制成的茶叶也是嫩绿嫩绿的，茶形完整，远看还以为是哪位采茶女不小心漏下的新芽呢。

在影视剧里我看到毛主席不仅爱喝茶，而且喝完茶后还爱吃茶叶。我纳闷，泡后的茶叶都是“残渣”，这怎么能吃得下呢？但主席却说“这是老祖宗传下的习惯”，还说吃茶叶能保持头脑清醒。我查了资料才恍然大悟，原来茶叶中还有近 400 种益于人体健康的成分，能抗癌抗衰老。泡茶，大部分的营养还是留在茶叶里，茶水只吸收很少的营养。于是我喝茶后也常将三泡或四泡之后的“银针”或“小兰花”放入嘴中。茶叶很柔软，开始嚼很有韧性，没想到咀嚼成碎末后，香味溢满口腔，让人神清气爽，仿佛回到湛蓝天空下清新的茶园。我不禁佩服毛主席的养生之道和调节方法。

茶在人们的印象中都是文人雅士、达官显贵才喝。其实不然，茶发于神农，兴于唐朝，茶圣、茶仙、茶师之冠都是唐朝人，连平民百姓也日日离不开茶，可见当时茶产业有多繁荣。

中华人民共和国成立不久，百姓生活贫困，农村喝茶人很少，劳作之后，渴了，舀一瓢水一口气“咕咚咕咚”喝下。改革开放之后，人们的生活水平越来越高，茶在全国人民生活中变得不可缺少，我的家乡也不例外。农夫出门前，在杯中放入一撮茶叶，倒入开水后，拧盖，随身带着。寒耕热耘之后，在垄上找一石头坐下，用力拧开杯盖，猛喝一大口，抬眼看农田、耕牛；第二口则喝一小口，斯文很多，再看向远处的青山；第三口以后则轻轻抿一口，更斯文、雅致，嘴角带着笑意看向高远的蓝天白云，仿佛所有的疲倦都被茶香冲淡。茶叶的复兴梦，又见大唐。

“水是茶之母。”半塔茶场前面有一方吃水塘，其中暗含一口水井，乃山泉也。泉水煮茶，让茶叶的香气更加浓郁和甘醇，让人回味无穷。

前年我去扬州姑姑家，表哥为我泡茶时，我一看居然是“半塔小兰花”。我笑着问：“表哥，这是哪个亲戚给你的？”

表哥扑哧一笑，说：“没有哪个给我，是我在这边自己买的。”

“在扬州这样的大城市还能买到咱们家乡的特产？”表哥自豪地说：“是啊！很多茶叶店都卖半塔茶场的茶叶呢。到这边工作、成家后，也喝过很多的名牌茶，虽还不错，但少了那份回甘绵长和亲切。”

我回来后，和承包茶园的大伯说到此事。他满脸骄傲地说：“我们茶场虽是农村小地方，茶叶可直销扬州、南京、上海、淮安周边城市呢。还多次荣获省、市‘极品名茶’称号，很多酒店专用我们场的茶叶。”我听了，真为家乡的茶叶感到自豪。

我有很多亲戚是从山里走出去的，去看望他们时，常带上一盒半塔绿茶，带上一缕乡情。

（朱文丽）

买不起人参，就吃葛根吧

闻名天下的中药典籍和中华食谱中，许多植物既是浑然天成的强身健体药材，亦是人间绝妙的珍馐美馔食材。珍贵极品如人参、灵芝，平常素简如葛根、莲子。

买不起人参，就吃葛根吧！初闻此语于豆蔻年华。年少家贫，求学于南谯施集。邻窗小生来自林场深处，其父常采野生葛根，清洗、削皮、磨碎、过滤、晾晒、成块、碾粉，可谓“舍百斤葛根，只为得二斤葛粉”。

一日黄昏后，人约小河边。人穷志不短，葛根抵人参。捧得葛粉归，惹得众芳妒。那青春的葛根，透明的纯粹，成绝世的美味，一生的长情。

年岁渐长，又闻“北有人参，南有葛根”，方知葛根确是可以和人参相媲美的一种植物。在解肌退热、生津止渴等养生保健方面，二者虽身价悬殊，却多有异曲同工之效。

来安山地多见野生葛根，村民常采食之，只需劳力，阳光暴晒，无他费用。食之剩余，或送或售之于熟人亲友，价钱不计。即便是城里人，买不起人参的家庭，亦用葛根替代。此外，来安人最喜食葛根粉圆子、葛根粉饼。圆子内里用肉末、豆干、姜末、香葱等调味揉团，外滚葛根粉，上笼蒸熟，爽滑可口。饼则是将葛根粉加姜葱等调成糊状，

村民在挖葛根

倒于平底油锅，适时调整火候，并翻之，待通透两面焦黄结壳，切成三角或块状装盘即可。每至某家饭店必点此两款菜肴之一。

现今物质丰盈，肥胖者众，食葛根渐为时尚。葛根虽好，亦是药材，不宜多食久食。切记，万事有度，万物有循，过犹不及。体质不同，年岁不同，食之自度。

（王道琼）

走近半塔碧根果

我第一次知道碧根果，是缘于黄山一面之缘的成都葛姨数年前寄来的坚果美食，几个包装袋上分别标注着碧根果、夏威夷果，原产地美国等。剥壳后，饱满的果肉，酥脆香醇，味蕾得到意想不到的满足，上网查了价格还蛮贵的。此后，逛超市，每看到这类坚果，便不由得想起那份忘年交的情谊。高昂的价格，让我却步，只在做特价的时候才舍得买点。

没有想到，碧根果近年走进了半塔镇，多年难忘的回味，竟然离我如此之近。二月初的乡村，寒气依然逼人，空气中弥漫着湿漉漉的气息，村庄、道路、山峦、丘陵包裹着层层淡淡的薄雾。在半塔镇文化站原站长王祖道的陪同下，我们走进北涧村，走进碧根果现代农业产业园，畅聊有关碧根果的过往和未来。

半塔镇位于来安县东北部，东邻天长市，南邻江苏省南京市六合区，西依明光市，北接江苏省盱眙县，地处亚热带季风气候带，境内多山岭坡地，四季分明、气候温和、雨量适中、土壤优良，非常适合种植碧根果。

半塔碧根果种植基地　王祖道 摄

“绿水青山就是金山银山。”为推动绿色产业发展，围绕滁州市重点发展“三树一苗”产业方向，半塔镇主动出击，积极寻找优质合作伙伴。2018 年冬天，总部在合肥的安徽万利生态农业有限公司应邀到半塔镇考察，跑遍了北涧、兴隆、王集等多个村组，最终选定了在北涧村建立碧根果种植基地。这主要得益于北涧村独有的土地和人文优势。全村土地面积 1.3 万亩，共有 19 个村民组，而其中 16 个村民组的住户在土地增减挂钩工作中已经全部拆迁，集中到村或镇街道上建房，土地集中成片，极大地便利后续开展土地租用、种植等各项工作。北涧村也有着厚重的红色文化底蕴。在抗日战争时期，新四军二师的被服厂即设在北涧村翁大岗，生产军服、绑腿、毛巾和被单等供给各部队，这里的民风一直敦厚朴实。

2019 年 4 月 20 日，安徽万利生态农业有限公司与北涧村签订合作协议，并出资设立安徽万利淮果农业科技有限公司，注册资金 3000 万元，专注碧根果种植及碧根果产品研发与生产销售，当年即投资 1 亿元建设 7000 亩集约、高效绿色环保生态的碧根果现代农业产业园区，成为全市单体最大的产业化项目。至 2020 年 4 月，产业园区的建圃工作如期完成，30 多位贫困户就近务工，增加了收入，实现了脱贫致富。

抬眼望去，漫山遍野的碧根果树迎风挺立，一行行，一排排，仿佛一列列精神饱满的士兵整齐站立，英姿勃发，从各角度看都是那么的整齐划一。果树裸露的枝条虽然都是光秃秃的，但可以想象数月后的绿意盎然。树行间套种的小麦长势喜人，青绿的麦苗生机勃勃，散发着生命蓬勃向上的力量。在新农村居民点前，碧根果林中，占地 2000 多平方米的现代化办公楼已建成投入使用，崭新的加工厂房已进入部分设备，等待适时启用。

“眼前这片地就是我家的，以前就是一片荒坡地，种啥都不行，后来租给公司种树，一亩地 400 元租金，公司又雇我来管理果树，管理费每棵 12 元，我和村里的高兴国承包了 700 亩，有 11000 多棵果树，光管理费一年就能挣 13 万多。”村民丁月清高兴地说。

“我大学毕业后就进入万利公司工作，看着碧根果种植基地从无到有，从小到大。果树现在已经承包给 14 户人家负责日常管理维护，我们主要提供技术支持和服务。碧根果也叫薄壳山核桃，营养价值高，口感好，市场前景广阔，它本身也是优良的生态防护树种，可有效地改善地区的生态环境。”公司负责接待的年轻人王彪，是定远人，现被公司派驻在此，他满怀热情地介绍着，“碧根果项目投入周期长、见效慢，良种嫁接苗 3 年挂果，5 年小有产量，8 年以上逐渐丰产。今年这里的部分果树已开始挂果，收果 1 万多斤，运到合肥进行深加工，产品没有对外售卖，只发给公司内部人员作为节日福利。这里摆了些样品，欢迎品尝。”

禁不住美食的诱惑，我们从王彪打开的样品小罐中取出碧根果品尝起来。这是去壳后烘烤的奶香味果仁，颗粒饱满，酥脆可口，是我一直怀念的味道，不由得问道：“碧根果什么时候才能量产销售呢?”

“因产量达不到，公司目前对碧根果只进行去除杂质、分级筛选、去壳等初期加工，后期烘焙、包装是委托第三方加工的。像三只松鼠、恰恰等知名的食品加工企业，产品市场占有率很高，我们目前是没有办法竞争的，未来也将延续这样的方式，产量大的话就在本地进行加工，为规模大的食品加工企业提供优质原材料。”

为了解决前期的收益问题，进一步提升产业园的生产效率，做到“以短养长，长短结合，因地制宜，全面发展”，半塔镇与公司携手深入谋划发展良策，创造性地提出“碧根果＋小麦（夏季）”“碧根果＋高粱（秋季）”的生态循环立体农业系统解决方案。2021 年公司投入 1000 万元引进滴灌设备，做到节水环保，实施两季套种，同时在林下套种西瓜、油菜等其他农作物，极大提高了农田的利用效率，产业园实现亩均收益增加 1400 元，产值达到 800 万元。2022 年碧根果加工厂房的建成更为实现碧根果本土深加工打下了坚实的基础。

“在果林内套种高粱，既降低了碧根果栽植期和生长期内企业的投资压力，也提高了土地综合利用效率，依据林粮根系分布的不同，可以全面利用土壤养分，做到林粮优势互补，获得良好的经济效益。一片土地，双份收益。”王站长接着说道，“镇里以后将围绕碧根果产业园与附近的环釜山水库风景带，打造生态旅游休闲度假区，实现生态致富，绿色发展。”

望着高大的办公楼和厂房，望着茫茫苍苍的碧根果林，我满心期待着未来半塔碧根果的丰产和深加工，满心期待着一个社会效益、经济效益双丰收的“碧根果林下经济特色小镇”在不远的将来呈现在这片红色土地上，让更多的人能够买得起，可以品尝到这坚果中的极品美味。

到那时候，我便可以买些在本土加工烘焙好的、对外公开销售的碧根果，寄给成都的葛姨，告诉她这是来自皖东红色小镇半塔的坚果美味。

（王道琼）

半塔麻油

在来安县半塔镇，除了厚重的让人敬仰的红色革命印记，还有着丰富的令人贪恋的舌尖美味，醇香的半塔麻油就是其中之一。

根据文献记载，我国在汉代以前的食用油均是从动物身上提炼出来的，称为“脂、膏”。植物油的获取大约始于东汉，一开始多用于制作绢布、点灯照明或作为战争中的燃烧物使用，也被用于造船、车子的润滑，制作防水、防雨用具，作为护肤和化妆用品，还可用脂油或配合其他药物来治疗皮肤病等疾病。

芝麻油可能是植物油中最先大量出现并用来食用的。《汉书》中记载，张骞从西域带回芝麻，称之“胡麻”，因其含油量丰富，遂逐渐被广大人民所喜爱和食用。崔寔《四民月令》中多次提到种植、买卖胡麻，可见当时胡麻在人们日常生活中占据重要地位。三国时期，人们已大量使用芝麻油。东吴孙权攻魏合肥新城，魏将满宠“募壮士数十人，折松为炬，灌以麻油，从上风放火，烧贼攻具”。

魏晋南北朝时期，植物油的食用已比较普遍。北魏贾思勰《齐民要术》中叙述的诸种烹调方法、菜谱及用料中，有不少运用芝麻油、荏子油、麻子油以及猪、羊、牛等动物油的记载，而食用的植物油中最好的是芝麻油。唐《食疗本草》记载食白麻油“滑肠胃，行风气，通血脉，去头浮风，润肌”。北宋沈括的《梦溪笔谈》也提到“如今之北方人，喜用麻油煎物，不问何物，皆用油煎”。到明代时，食用植物油的种类日益增多。著名科学家宋应星所著《天工开物》记载“凡油供馔食用者，胡麻、莱菔子、黄豆、菘菜子为上”，并用图文详细说明众多植物油榨取的方法。

明朝天启元年（1621 年）刊印的《来安县志》中有关物产记载：“胡萎为元荽者，五胡石勒僭号中原，以胡为禁，如胡桃为核桃、胡麻为脂麻之类”。清末举人余培森 1907 年所著《来安县乡土志》载：“植物制造：

米、面、酒、麻油、菜油、花生油、布。”由此可见，来安种植芝麻和榨取芝麻油的历史源远流长。

半塔地处江淮分水岭，境内多丘陵山地，特别适宜芝麻、高粱、棉花、花生等农作物生长。1940 年 9 月，日寇一万余人兵分七路对路东进行大规模“扫荡”，半塔镇的油坊大多关门歇业。为了解决群众的吃油问题，打破日寇的封锁破坏，抑制不法生产经营者和地痞流氓对人民的盘剥敲诈，半塔人杨言德在区委的支持下兴办民众合作社，首先办起了榨油坊。合作社卖油每斤比市价低两角，农民用芝麻与合作社换油，每斗比市场上多换半斤。农民纷纷入股，前来买油换油，合作社的生意越做越红火，从经营油坊扩大到食盐、毛巾、肥皂、火柴、火纸、口碱、香烟等生活用品及药品，有力地抵制了不法商贩以及商霸对民众的剥削行径，恢复了根据地的经济贸易，方便了群众生活，稳定了社会秩序。

20 世纪 50 年代初，半塔米厂在厂区南部新建了麻油生产车间，一排普通的白墙红瓦的房子，前墙大门两侧的大窗户用镂空水泥花窗合砌而成，上方留有半块花砖高的空隙以便通风。这排老房子至今仍然保留着，只是在附近后建的库房映衬之下，显得格外地破旧不堪。曾经风光无限的半塔米厂和麻油厂已然沉寂多年，当年使用过的大米生产设备仍静静地沉睡在大楼里，作为固定资产登记在册，无人敢轻易处置。而麻油厂厂房早已租赁他用，透过斑驳的镂空花窗，依稀可见里面摆放着杂乱的物品。过往的辉煌与热闹，只能找曾经在这里奋斗过的当事人去了解。

早春二月，在半塔镇文化站原站长王祖道的陪同下，我见到了来安县金塔麻油厂厂长唐道山。出生于 1955 年的他亲历并见证了半塔麻油从辉煌走向没落，又在他的手中得以延续传承。他的讲述让我们感慨万端。

中华人民共和国成立后，半塔米厂厂长曾仁照邀请唐道山的父亲唐义德到来安带徒榨麻油。唐义德 18 岁就在老家江苏省六合县的榨油坊里拜师学艺，技艺老到的他到半塔后，不仅教会了米厂的一帮人，儿子唐道山也得到了真传，掌握了榨油技术，后来还成为麻油生产车间主任。

麻油的制作工艺大致经历三个时代。第一代是木榨，第二代是拉丝榨，第三代是液压榨。唐道山亲历了三个时代的榨油工艺，在他的库房里，至今还保留着3台第二代螺旋榨油机。听闻他的介绍后，我方才明白第一代木榨麻油的过程：原料用筛子震动筛选，去除杂质，炒熟后用大碾子碾碎，然后进行蒸麸，再用蓑衣草包裹成直径约一尺的饼坯，再上木榨压榨。木榨是用百年以上树龄的木头分成上下两片，在中间处挖出一条弧形的凹槽，制作出用来装饼坯的榨膛，饼坯有序地装入榨膛后，在饼坯的一侧塞进木块，木块之间插入一个三角形木楔，然后人工推动半空中悬挂着的石板（重约三百斤）撞击木楔。随着压力的不断增加，木楔被打入榨膛，榨膛中横放的木块会对饼坯产生挤压的力量，从而一点一点地挤出饼坯里面的油脂。据称50千克芝麻用木榨能打出20千克左右的麻油。

唐道山现在使用的全自动液压榨油机已经不需要多少人工了，清杂、炒、蒸、榨、装油等各道工序相较过去要简便多，既省力，也省心。芝麻倒入料包，用提升机提到震筛上进行清杂，干净的芝麻进入料斗后再进入炒锅（一次能炒100千克左右）。这个环节很关键，要根据芝麻颜色掌握调控火候，约25分钟，取少许芝麻放在手中捻碎后观察判断，若芝麻仁呈棕黄色就可以进入榨机。没多一会儿，芳香扑鼻的芝麻油便从榨机的下方流出来，上方出饼渣。麻油饼渣含有丰富的蛋白质，是良好的饲料蛋白添加物，而在物资匮乏的年代，饼渣是可以食用的，用来做粥、做面食等。麻油制作的最后一道工序是将过滤好的麻油装瓶待售。唐道山通常根据市场销售情况适时进行生产，开机的时候只需雇佣七八个工人帮忙，年采购芝麻原料约70吨，麻油产量在30吨左右。因规模和产量所限，他没有添置自动灌装生产线，依然全部采用人工灌装。

20世纪下半叶，半塔芝麻最红火的时候，粮站、米厂里堆得到处都是，用不完的芝麻也源源不断地输送到外地。进入21世纪后，农村劳动力纷纷外出务工，尤其是近些年来，耕地特别是旱地被大量抛荒，芝麻种植量、产量锐减，根本无法满足本地榨油需求，唐道山的麻油厂原料只能从省内其他地方或河南、湖北等地采购。

与麻油打了一辈子交道的唐道山仍然亲自操持着麻油厂的日常事务，他说："这些年有好多人找过我，有想学技术的，也有想合伙做生意的，我基本上都拒绝了。现在有的人、有的油厂、有的小作坊只想挣钱，昧着良心做假油、差油，质量上根本没有保障。我这榨油技术只能教给有良心的、没有坏心眼的人，不能把半塔麻油的牌子给弄砸了……"

年近古稀的唐道山时常怀念数十年前半塔麻油的荣光岁月。那时的他，年轻阳光，勤奋刻苦，浑身有使不完的劲，钻研起技术来没日没夜，直到搞懂搞通方才罢休；那时的麻油车间，热火朝天，欢声笑语不断，人们只想着如何生产，如何提高产量和质量，很少计较个人的得与失。

20 世纪 80 年代起，国内制作麻油开始采用榨油机。1983 年，半塔米厂第一次使用 95 型螺旋榨油机。榨油机是制造出来了，但由于技术达不到，在实际应用中，含油量高的芝麻竟然榨不出油来。国家把攻关项目下达给安徽省，安徽省又指派给滁县地区粮食局，来安县作为重点单位接受了攻关任务。当时全县共有 7 家米厂生产麻油。面对崭新的完全陌生的榨油机，半塔米厂最初尝试用农糠混合榨油，但榨出来的麻油里有着粗涩的农糠味道。

向来注重人才培养的曾仁照厂长任命 20 多岁的唐道山为麻油生产车间主任，直接参与此次攻关任务。唐道山带着几个人连天加夜窝在车间里反复试验，终于一次性出油成功，这在全国也是首次。

榨油机攻关成功，让半塔米厂此后迎来高光时刻，有关部门领导到厂里调研，召开现场会。调研结束后，厂里雇用大客车为领导们送行，领导亲切地对唐道山说道："小同志，好好干，今后前途无量。"

这样的鼓励和赞誉也更加激发了唐道山的工作热情，在他的带领下，麻油生产车间里的 3 台榨油机最高产时每月出油达到 110 吨，有时还超过这个产量。那些日子里，他参与接待过 20 多个省、市来人参观考察，全国最大的上海油脂五厂、山东鲁南油脂厂也来考察。凤阳县御膳油脂有限公司董事长马家山的父亲马骞也曾通过滁县地区粮食局工业科的介绍，带了 7 人在半塔米厂跟班学习 45 天，河南安阳油厂副厂长也带了 7 人吃住在半塔 45 天跟班学习。

在计划经济时代，麻油便宜得很，只有几毛钱 1 斤，上海 9 个区都调用半塔麻油。无论是官方，还是民间的迎来送往，芳香四溢的半塔麻油算是拿得出手的土特产，也备受各方喜爱。

“那时候有好多油厂都不如我们半塔的，但后来远远地走到了前面，有的现在已成了知名的大企业。”唐道山不无感慨，“远的不说，就说近的，凤阳御膳麻油厂现在就做得很好！”

人人称道的好厂长曾仁照 1985 年离任，孙光厚接任半塔米厂厂长，六合县粮油厂想调走唐道山，厂里坚决不放人，唐道山也就继续留在了半塔。随着厂长一任接一任地调整更换，半塔米厂的生产经营也逐步走上了下坡路。2000 年，半塔米厂、半塔麻油厂分开经营。2002 年，国有粮食系统第一次改革，“粮老大”风光不再，唐道山和诸多同仁一道下岗。2003 年，半塔麻油厂正式承包给行外人，不久即关门歇业。

下岗后的唐道山很不甘心，建起了自己的麻油厂。他开始是在姐姐家的院子里做麻油，2008 年在上学郢买下私人住宅进行改造，先后投入 50 万元，建成包括芝麻库、瓶子库、包装车间、滤油车间等占地 2000 平方米的金塔麻油厂。他始终坚持品质第一，主打产品“塔山”牌纯芝麻油，畅销本省及江、浙、沪一带，他的油厂也被授予“滁州市旅游商品生产示范企业”。

“虎年已展十分锦，兔年再登百步楼”，看着金塔麻油厂大门两边的这副对联，我祈愿着半塔麻油的香味能飘得更远，祈愿着半塔麻油有朝一日能重现昔日的辉煌，即便不能，也可以让更多的人了解她的前世今生。

（王道琼）

“麒麟”稻米香四溢

来安大英镇依江而秀，水丰土沃，稻米飘香，自古以来素有“小江南”之称。这里的人们勤劳能干，阡陌交通、鸡犬相闻，怡然自乐，人与自然共生，勾勒出一幅美丽的天然画卷。

结缘大英，是20世纪90年代末。好友吴阿顺是本地村民，有一年他带了大半口袋米（约有六七十斤）送给我，让我尝尝他种的米。白米放在手中，粒粒精细饱满，自带的稻花香散发着最纯的芳香和泥土的气息，让我不由得想到种它的土地肯定是富饶的沃土。

和吴阿顺约好时间在大英相见。

正值秋日的黄昏，吴阿顺开着手扶拖拉机，颠颠簸簸、尘土飞扬……他领着我在田间地头，告诉我他祖辈一直居住在这儿，对这儿的一草一木了如指掌，对每一条河流都浸入了情感。大英镇地理位置相当优越，长江支流横贯，四季分明，雨水充沛，使得这儿的植被生长茂盛，瓜果香甜。

我们走在田埂上，极目远眺，一眼望不到尽头的沉甸甸的稻穗颗粒饱满。在徐徐清风吹动下，稻浪起伏，刷刷作响。偶有庄稼人拿着铁锹，弯下身去在田边放水或搭坝，保持田地的水量。

大英耘泰种植基地　姚玲 摄

吴阿顺指着前方挑着鳝笼的人告诉我，那是村里的徐祝艺，他精明能干，头脑活络，副业收入相当可观。只见他赤着脚，卷起裤管，在河沟涧有水草的地方放鳝笼。跟着吴阿顺一起追上，问询捕获鳝鱼的情况，徐祝艺朴实敦厚，满脸堆笑道：“这儿水清无污，草厚浓密，小鱼小虾自然多，鳝鱼喜食活物，所以在这儿能捕获到肥壮的鳝鱼。”他的脸上满是难以掩饰的喜悦，“搞得好的话，一个晚上能捕到十几斤，又是百把块钱的收入……”

随着夕阳西下，草丛里的响声开始杂乱，蛙声、蝈蝈声、蟋蟀声、不知名的虫声……“蝉鸣蟋蟀叫，各唱各的调”，大自然的交响乐盛宴正式拉开序幕。

吴阿顺还对我说：“大英有种水稻是本地独有的，离开这儿就种不出这个味。传说在春秋战国时期，战乱四起，民不聊生，神兽麒麟都没有安生的地方。当它飞到大英上空时，看到这儿的民风淳朴，与世无争，适合生存。于是它将含在嘴里的稻种丢在了大英这片土地上，经过一代代种植繁育，形成了特有的地方稻种。本地人常说，不吃菜都能干上两大碗米饭。”

有这样优质的生态环境，难怪种出的稻谷米香四溢，让人流连。品质优良的来安稻谷远销省内外。进入 21 世纪以后，随着农业现代化快速发展，在粮食加工行业摸爬滚打 20 余年的陈顺成下定决心在原粮产地投资创办大米加工厂，2003 年 4 月在来安县汊河经济开发区成立滁州金弘安米业有限公司，并于 2011 年在大英成立种植基地，流转农民土地近万亩，精心打造稻谷绿色有机高标准省级示范区，开启“田成方、林成网、路相通、渠相连、旱能灌、涝能排”的现代农业新篇章。2018 年，该基地被省农业农村厅批准为“优质粮生产基地”“中国好粮油生产示范基地”，2019 年被省技术监督局批准为“优质水稻标准化示范区”，2020 年被确定为市级现代农业产业园，2021 年被确定为省级现代农业产业园。

每一粒优质稻米，都是用心培育的。金弘安米业联合安徽大学、江苏农科院等科研院所进行产学研深度合作，从选种、育苗、施肥等方面开展科研，种植出的优质绿色水稻，稻米腹白小，甚至没有腹白，角质度高，米色清亮，有些带有特殊香味，煮出的饭也甘香，软而不黏，适口性好。基地种植有机稻米 1329 亩，稻田生产采用种植绿肥、稻鸭共养、太阳能灭虫灯、人工拔草、施有机肥等栽培措施，亩产水稻 300 千克左右；将稻谷加工成“瑞福麟”品牌大米出售，亩收入 3000 元以上，比常规水稻亩增收 1000 元以上，是水稻提质增效的一种创新模式。

营养健康一直是人们追求的，金弘安通过新加工工艺，实现了大米腹白少，整斤率高，留胚率适中，色泽鲜亮、丝顺光滑。

大英这片沃土是来安县的瑰宝、皖东的粮仓。金秋时节，五彩晚霞洒落万顷良田，余晖映人，丰收的喜悦荡漾在每个人的脸上，陶渊明笔下的“桃花源”也莫过于此人间美景。

（陈守令）

采藕就是踩藕

来安县南部圩区的汊河、三城、水口、雷官、大英等乡镇主产汊河莲藕。丰富的水资源、优质的土壤、充足的光照使得这一带莲藕具有独特的品质，多为 9 孔和 10 孔，洁白的节段饱满均匀，肉质厚重脆嫩，味美甘甜清脆。

我的老家在三城镇赵庄，那里藕塘连着藕塘。荷花飘香的时候，农人对藕有一种特殊的依恋和期盼。

一般在秋冬的季节，大伙都会把一两个藕塘水抽干，先逮鱼后挖藕，以供中秋或春节之用。

我们庄子有七八口藕塘，靠本庄子人是消费不了这么多水产的。大多留着，等来年春请藕侉子来踩，把七八口塘藕集中取出，用船送到浦口、南京卖，总能卖个好价。家家都能在春荒时节有个好收入，孩子上学、姑娘出嫁都能得到妥妥当当的安排。

20 世纪 50 年代，故乡的藕成批量卖，都是在初春。此时，水乡春意盎然，万紫千红。从惊蛰到清明是藕侉子踩藕最活跃的时间段。为什么要在这段时间踩藕呢？我分析有以下原因：一是那时会从水里钻出嫩荷芽，便于

万亩莲藕助脱贫　吴宗宝 摄

踩藕人寻找目标；二是地气开始上升，农谚讲得好，惊蛰惊蛰，蛇虫不歇（意思是地气上升，天暖了蛇虫蚂蚁出洞了）；三是可以借此机会调整藕的疏密度，有效地控制每口塘藕的生长；四是藕踩得早不影响当年藕的正常发育生长；五是踩迟了藕抽青丝了，不好吃。

藕侉子究竟何处人，我至今也未搞清楚，听他们说话的口音，现在我初步判断，可能是五河、泗县那里人。他们一般是三到五个人为一个团队。惊蛰前后他们会沿着清流河圩埂走乡串庄。“老板，踩藕吗？”他们着装也很特别，厚厚的棉裤，空心棉袄，棉袄外系着两围长长的腰带，一般是红色的，也有特别的是，系着红丝织腰带。

妈妈告诉我：“这些藕侉子出门，挣的是血汗钱。家里老娘、妻子都等他们带钱回去度春荒呢。那扎着红丝腰带的一般是新婚的后生，那丝腰带是其妻子用蚕丝日日夜夜精心织出来的。红色，中国人自古视为避邪消灾的吉祥之色。”我听了，方知他们真的是不容易。庄子每年谈包塘踩藕的事，妈妈和庄子大多数人都会推举吴家表伯伯去办理。表伯伯读过私塾，也是我们固镇村走南闯北的名人。全庄子的起藕大事，表伯伯当然是众望所归的谈判代表。

1956 年初春的一天，表伯伯与藕侉子的代表在圩埂上用手比画着。我很好奇，只听得藕侉子的代表大声嚷道：“在家靠父母，出门靠朋友。借我一条路，永远兄弟处。”

表伯伯回道：“青山永在，绿水长流。踩好藕，兄弟有。干活做人图个修。风物长宜目光远，天下大事靠德行。未来的路长着呢。雁过留声人过留名，只要你名留固镇圩，踩藕的生意任你为。”

那天晌午，清流河畔赵庄路段圩埂上挤满了人，踩藕就要开始了。爆竹响了，红烛亮了，高香烧了。四位踩藕人踏着稳健的步伐，走上塘埂来了。他们个个像铁塔一般，胳膊大腿上的肌肉上如钢球一般硬生生绑定其身。此时，表伯伯一手提着一个老母鸡壶也走上塘埂来了。老母鸡壶是我们南乡农家必备茶具，此时它充当了酒具。表伯伯今天一早就到乌衣刘家槽坊灌了两老母鸡壶白酒。20 世纪 50 年代，老家农忙下地干活前家家都要充一老母鸡壶茶放在自家桌子上，有的人家还编个草焐子把它焐上，以防茶早早变凉。那时的茶叶，大多是三春时节家庭主妇在丘陵山坡上采摘的山里红（野山楂）叶子，晾干后炒制而成的。但它有特别的香味，能解渴消乏。

此时，表伯伯一声吆喝，从人群中走出四个后生，各捧出一个大海碗。表伯伯一手把一个老母鸡壶，哗啦啦……每个大海碗里酒浆荡漾。“喝!”四位“出征”壮士接过海碗一扬脖子，底朝天了。塘埂上传来阵阵掌声。四位壮士，挥去袄裤，走下藕塘向寒冷宣战，向塘藕宣战，霎时间藕塘传来阵阵战斗的呐喊。这四位壮士像四台翻掘机一样，他们脚如铁铲一般顺着藕的走向，稳稳妥妥地把一支支白生生的藕整整地踩出，同时还将踩出的藕整齐码放好。

那年，赵庄几口藕塘都被这几位藕侉子整理个遍，双方各得其所，共赢共胜，皆大欢喜。

又是一个踩藕年。1957 年春，这个踩藕团队如约而至了。当然，还是吴家表伯伯接待他们。因有了前度合作的基础，大家都心照不宣。赵庄百姓都是老实人，对所议条款没有疑义。

倒是我们这些娃娃有心思了。我、大牛子、栓柱子、六一子、绕脐子想跟藕侉子学踩藕。让我去跟藕侉子说，拜他们为师。学出来上可孝敬父母，下可交上好朋友，自己也有零钱花。我禁不住发小们的鼓动，那天晚，我真的跑进他们的住处说明了来意。“哈哈哈!”他们笑起来了，笑得那么无奈、笑得那么悲情，又笑得那么直白。“宝子，你认为踩藕是那么简单、那么好玩？它可是世间最苦的差事！首先是饿（这些藕侉子每天都是半饱的），其次是冷，三是脏。我们是被老家那种特定的环境逼迫下才入这个行当的。你们要好好学习，将来给国家干大事。干我们这等活的人，以后会越来越少了!”我听了这话，感觉没了指望，扫兴而回。

虽然学踩藕没戏，但是这“踩藕”没有个尝试总是一个心结。那年清明放假，是一个艳阳天。发小们那天都发誓去井塘（也是庄子的一口藕塘）踩藕去。我和发小们不知天高地厚，大家脱了裤子就跳，水漫过了头，上衣湿了，书包也掉到塘里去了。水刺骨的寒，风也人来疯，使劲地刮。好在大家都会水，慌慌张张总算爬上了岸。回去后都发了一次烧，踩藕从此打住。

三年困难时期来了。全村人也都赶到这口野藕塘，希望能寻些充饥的东西。我和老爸几乎天天来到这里转悠，总是无功而返。有一次，在这野藕塘一角处意外看到一片枯藕叶，别人都没在意。我和老爸却径直奔向那里，还真踩到了一支野藕，让我家稍缓了那场刻骨铭心的饥饿。

后来，我们全庄、全村的人也都来过这个叫大坝的野藕塘。说实在的，此时这个大坝野藕塘已筋疲力尽，她贡献了自己的一切，救活许许多多饥饿的老百姓。我曾提议在这大坝原址上立一块功德碑，让子孙后代永记这口藕塘，永远不要忘记过去。

2015 年初秋，三城人民响应习主席“绿水青山就是金山银山”的号召，退耕还湖、退耕还藕。他们在大坝原址上打造了万亩藕湖。我的两个侄重孙（重孙子辈）经过几轮竞争，获得这藕湖管理上岗证。2020 年中秋，我应邀赶向藕湖岛。车在藕湖埂上驰奔，荷在湖中摇曳。

我上了藕湖岛，别样的莲香扑鼻而来，嫩荷透着丝丝清气撩动着我。

“攀龙、攀柱你们在哪里?”

“小太爷，我们来了!”荷花深处传来声音。

“欢迎小太爷上岛指导工作!”两侄重孙上岸，拉着我的手，谈着聊着。无意中触碰到 60 多年前那场踩藕的事，他们比我还清楚。“还不是想学踩藕吗，那年我也得了一场肺炎。”我说。

“小太爷，今天想不想踩藕?”我接过话头：“那敢情好啊!”两侄重孙带我到一处藕荷浓密处。我脱掉长裤、鞋袜，脚顺着那小荷杆（小荷叶下才有藕，大荷叶下基本没有藕）下到藕泥用脚左右崴崴，一直通到顶。不出十分钟，一支整藕踩出上岸了。两个侄重孙和岛上的员工热烈地鼓掌。

我理解这两孩子给我这踩藕的安排是想让我了却多年踩藕的心结。中午，侄重孙的盛情难却，我和同行的文友在岛上与岛上的部分员工一起用餐。情深意浓，其乐无穷。

下午临行，我告诉吕家小辈："请你们转告你爷爷和六一子、栓柱子、绕脐子爷爷，明年清明在赵庄等我。我们再一起去井塘'踩藕'。"

（吕绍联）

繁茂的林桥蜀桧

“这样的小苗10平方米能育苗6000棵，能卖到9万元。”顾成友站在林桥苗木大棚里，告诉前来采访的滁州市作协主席贾鸿彬，一旁陪同采访的我很是惊讶，照目前我的年收入还不抵这20平方米苗木的收入啊！可见，智慧的眼光和专业技能是多么的重要。

全国乡村特色产业亿元村——舜山镇林桥村完全是靠实干获得这项殊荣的。自20世纪60年代起，林桥开始种植苗木，历经多年发展形成闻名遐迩的特色苗木产业，主产蜀桧、龙柏，蜀桧产量居全国首位，素有“蜀桧市场风向标”之美誉，龙柏产量位于全国前三名，畅销全国。

林桥的今天都源于50年前的那次因缘际会。1973年立冬，林桥大队支委、大队林场首任场长施圣玉带着20岁的林场技术员顾成友前往南京林学院（现南京林业大学）请教苗木花卉栽培技术。此前，林桥和南京林学院没有任何交集。此后，南京林学院与林桥结下不解之缘，先是派专家到林桥考察测土，发现林桥一带土壤呈微酸性，适合栽种蜀桧、龙柏等，接着就赠送了一大批蜀桧、柏类苗木。春节后，林桥大队在黄泥坝生产队建起了第一个苗圃园，面积15亩。

这一年，施圣玉升任大队副主任，分管林业生产，顾成友则接任林场场长。他手把手地带出了60多名苗木繁育、栽培技术骨干。通过传帮带，林桥苗圃人才滚雪球般扩大，先后建起了小鸡场、银杏队东坝等4个苗圃园。1976年春天，第一家到林桥谈购买苗木的是徐州淮海战役纪念馆，基于对烈士的崇敬，林场免费送了一卡车苗木。其后，江苏丹阳和昆山林业部门、滁县地区林科所等都到林桥买过苗木。当年，苗木营业收入2万多元。

农村土地大包干以后，林桥苗木逐步走上腾飞之路。在农田中建立的苗圃都分给了在林场上班的农户经营。一些对苗木市场前景看好的人家，纷纷安排子弟到外面拜师学习苗木生产技术。施圣玉的儿子施邦和到上海植物园边做杂工边学技术，顾成友让弟弟顾成杰到琅琊山管理处学习苗木管理栽培技术……这些人学成归来后成为林桥第一批苗木种植专业户。1983 年底，林桥苗木面积突破 1000 亩。这一年，因为带领群众致富有方，顾成友被来安县委聘任为舜山人民公社管委会副主任，1989 年底调任双塘乡任乡长。其后 20 多年，转为国家干部的顾成友无暇再过问家中的苗木，顾成杰挑起了顾家苗木培植经营的担子。1983 年苗木市场火爆时，1 棵 1 米高的蜀桧苗（成长期 3 年，1 亩地可以育成 1000 棵）能卖 30 元。家里有 1 万多棵 1 米多高的蜀桧，顾成杰想着扩大再生产，大部分留着做母树，用枝条扦插育苗。

1985 年后，很多地方发展苗木，供大于求，苗木市场开始疲软。在长达 6 年的时间里，苗农备受煎熬，苗木卖不掉，有些人家就砍了当柴草，回过头来再种粮食。顾成杰和其他苗农则经常外出赶集卖苗木。

1992 年春节过后，滁州市林业局要绿化 104 国道两边，需要大量超过 1.6 米的蜀桧。顾成杰得知后急忙用手扶拖拉机拉了 3 棵蜀桧赶到地区林业局，负责项目的副局长看后很满意。双方签订 15300 棵购销合同后，顾成杰不仅把自己家和村里李正兵、丁必胜等人家的蜀桧卖掉，还到外地组织货源，从中赚了一笔可观的利润。

苗木市场开始回暖，林桥苗木也走出了困境。1997 年，经营不善的舜山园艺场改制拍卖，顾成杰竞拍到手。他把 60 多亩品质差、产量低的果木树全部刨掉，改建苗圃，当年就辐射带动周围十几个农户，扩展

林桥村民在扦插蜀桧育苗　吕华 摄

苗圃达200多亩。到了2000年，顾成杰流转了上千亩的土地，栽种蜀桧、雪松、栾树等几十个品种。常规的绿化工程，不出林桥，都可以配齐。

2002年后，林桥苗木进入发展黄金十年。村党总支鼓励支持苗木专业大户、农民合作社带领村民连片种植，规模经营，并于2003年注册“林桥”商标，所有经纪人、合作社、营销点全部以此商标对外宣传和经营，打响林桥苗木品牌。

村里还成立了林桥经纪人支部，培养了一支500余人的苗木经纪人队伍，打通外地销售渠道。村里利用项目资金，给22个村民组安装了66个调频高音喇叭，方便苗农接收苗木收购信息。此外，先后修建苗木货场7处，主干道变成柏油路，次干道变成水泥路，车辆下雨天也可以开到地头。许多村民盖起了楼房。绿树村边合，红瓦映青山，成为林桥又一道风景线。

有很多人和媒体记者慕名到林桥村参观采访。县委宣传部原副部长黄学海说：“来参观的、采访的，我都带他们看。看什么？一看林桥路，二看林桥树，三看林桥小别墅，关键是看党支部！”

“家家会种树、户户能卖苗，‘公司＋合作社＋农户’是林桥村的苗木产销模式。”林桥村党总支副书记杨满田接着说道，“目前全村苗木种植面积有1.2万亩，其中蜀桧种植面积达6500余亩，辐射带动全县发展种植苗木花卉近18万亩。我们引进了2家龙头企业，连续举办6届华东苗木花卉交易博览会，盆景大师王恒亮开设了大师工作室，自2021年起免费教学造型苗木培育，已有近600人次参与学习，一些苗农尝到了转型的甜头。”

因为毗邻江淮分水岭风景道，除了拓展传统的苗木种植业务范围，往精品盆景造型艺术升级转型，林桥村还有更长远的规划。未来林桥村将依托苗木产业搞乡村游，吃上“生态饭”，做好“绿文章”，把生态优势转化为经济优势，实现产业的多元化发展。

（王道琮）

长山蜈蚣

蜈蚣是一种历史悠久而又常用的中药材。蜈蚣的别名有“百脚”“百足”等。滁州是安徽省药用蜈蚣的主要产区，除天长市外，其他各县（市）、区均产，其中以来安县产量最大，而野生蜈蚣资源最多的则是来安的长山。

长山蜈蚣体型大，头板和第一背板均呈金红色，药农称之为“金头蜈蚣”。少数背板呈墨绿色，人们叫它为“铜头蜈蚣”。蜈蚣爪多为黄色，最末爪为赤褐色，胸部呈棕黄色。入药蜈蚣多是成把或散装，稍有腥味，并具有特殊刺鼻的臭气。

长山蜈蚣质优价高，性温，味辛而微咸、有毒，入肝经。据化验，蜈蚣含有两种类似蜂毒的成分，即组织胺物质和溶血蛋白质。此外还含有酪氨酸、亮氨酸和蚁酸、脂肪油、胆固醇等。蜈蚣有息风止痉、消肿解毒之功能，主治疮疡肿毒、恶血积聚、小儿惊风、角弓反张、口眼歪斜、风癣。还可治疗癞皮病、破伤风、百日咳等疾病。据有关专家试验研究，发现蜈蚣、水蛭注射液对小白鼠肝癌细胞有抑制作用。各地临床实践证明，蜈蚣的药用价值日益广泛，已经引起国内外医药界的关注与重视。滁州地区产的蜈蚣，除国内医疗用药外，还提供部分出口，远销东南亚。

长山蜈蚣

长山地处江淮分水岭地区，遍布丘陵和低

山地。蜈蚣春天栖息在阴暗潮湿的杂草丛中或乱石堆下；夏季躲藏在沟渠、路旁和田埂等处的缝隙中；秋天则在背风向阳的土坡、树洞、树缝隙等比较温暖的地方。总之蜈蚣畏日光，昼伏夜出，生活在温暖、阴暗、潮湿、避雨和空气流通的地方。

蜈蚣系典型的肉食性节肢动物，主要以昆虫为捕食对象，获取其软组织和汁液，大都在温度25℃以上的夜晚八时至次日凌晨四时为捕食活动的高峰期。蜈蚣适应性强，抗病能力强，生长快、产量高。它的繁殖与成长有点特殊，也会自相残杀，假如有一年药材公司减少收购，第二年再捕捉的话，就会递减。如果正常捕捉，每年会以20%的速度递增，也就是说越抓越多，有点像小龙虾。

长山居民70%属于山东移民。春夏之交，长山蜈蚣是村民们的主要经济收入来源。20世纪六七十年代，药材公司收购价每斤70～90元（干制品），现在活蜈蚣每斤就可以卖到300～500元。目前长山蜈蚣年产量20余吨，已经形成了产业，畅销海外。每到捕捉季节，农村信用社都专门发放蜈蚣收购贷款，辅助药材收购部门完成收购，4至7月份，全国各地药商云集长山。过去收干制品，现在为了抢货，活得就要。一般惊蛰以后，第一声春雷响过，山民们就忙活起来了。

近年来，为合理开发利用，促进长山蜈蚣中药材长期稳定生产和开发，张山镇实施蜈蚣药源保护，合理、有计划划片捕捉，使长山蜈蚣源源不断提供医药市场需要。

（刘元海）

雷官板鸭传美名

“薄如方片糕，嫩得不用嚼，咸淡随口味，一戳油直冒。”来安籍著名作家曹玉模在《过雷官集》文中如此盛赞切盘后的雷官板鸭。雷官集，今为雷官镇，地处来安县东南部圩区，域内河湖交错，良田密布，生态良好，适宜麻鸭生长繁育，故有“板鸭之乡”“千年水乡古镇”之称。

一方水土一方情，一道美食传美名。早在1862年雷官板鸭即已问世。雷官集过去制作板鸭的有十几家。由于制作方法、配方不同，所以每家板鸭口味也不一样，其中要数谢复兴家的为最好。他采用的家传陈年老卤秘方具有100多年的历史，若把手伸进老卤里，只需几秒钟，手上皮肤顿时起皱、麻木；把手拿出来，手面立即凝上一层盐霜。

谢复兴制作板鸭从杀鸭、搴鸭到卤煮都与别人不同，独具一格。其板鸭外表色泽光洁，呈乳白色，食之肥而不腻，肉质细嫩紧密，入口顺滑醇香，风靡大江南北，闻名全国。

过去，人们大都知道南京板鸭，而雷官板鸭却鲜为人知。其实，南京板鸭的原料就主要来自一江之隔的雷官集等地。每年板鸭应市季节，南京的一些经商老板，把这里的鸭子或者把这里加工好的板鸭运到南京，挂上南京板鸭的招牌出售。雷官板鸭制作的宰、卤、晾、煮四道工序是不肯向外人透露的，总是严守秘密。俗话说：“先尝后买方知好歹。”嘴是分金炉，一品尝就知道。多少年来，谢复兴板鸭一直是南京大三元酒家的名菜，顾客慕名而来，点菜必有谢复兴板鸭，被誉为美味佳肴，长兴不衰。中央新闻纪录电影制片厂1958年专门至雷官拍摄纪录片《兴旺图》，记录谢复兴板鸭饲养至加工全过程，并载入《中国食品工业年鉴》。

中华人民共和国成立后，来安县食品公司和供销社曾先后试办过板鸭厂，都因遇到种种困难而作罢。党的十一届三中全会后，雷官板鸭先是由谢复兴的后裔谢康成个体经营，年产2000余只，生产规模很小，供不应求。1984年，在来安县委、县政府的直接关怀下，广开门路，多种渠道筹集资金24万元，办起了雷官板鸭厂，谢康成担任副厂长，负责全厂的技术指导，并把珍藏的一缸陈年老卤奉献给厂里。1986年4月，板鸭厂兴建了大小冷藏库各一个，库容160吨，可储存板鸭近20万只。同时盖起了一幢建筑面积240平方米的办公楼，厂房、屠宰房25间，成为初具规模的乡镇企业。每逢稻子成熟上场季节，也正是雷官板鸭厂最繁忙季节。加工出的板鸭被抢购一空，冷库无存货，生意十分兴隆。但至20世纪90年代末，由于企业改制等因素影响，雷官板鸭厂退出了历史舞台。2002年，曾于1989年拜谢康成为师、学习制作板鸭和全鸭宴技艺的费学海，在雷官板鸭厂原址创办海德生态园，恢复雷官板鸭传统制作，让老手艺焕发出新活力、新光彩。

雷官板鸭1997年被评为安徽省乡镇企业优质产品，1998年荣获“安徽名牌农产品”称号，2013年被列为滁州市第三批市级非物质文化遗产代表性项目名录，费学海为市级传承人。2014年，雷官板鸭被授予“安徽老字号”，2020年获准注册“国家地理标志证明商标”，央视大型系列纪录片《中国影像方志》第741集“安徽来安篇·美食记”特别讲述雷官板鸭故事。

全鸭宴部分菜品　吴宗宝 摄

雷官板鸭从选料至烹饪有其传统方法和要求。首选当地体长身宽绿头麻鸭，胸部及两腿肌肉饱满，两腋有核桃肉，去毛净重1.75千克以上。宰杀前须以稻谷催肥，遵循“炒盐腌，清卤覆，晾得干，焐得足”的制作工艺，方能成就其“皮薄肉嫩、肥而不腻、松嫩可口、咸淡适中、味鲜醇香”的独特品质。

雷官板鸭煮前用温水洗净表皮，浸泡至回软。煮时水中放少许生姜、葱和茴香，并从鸭翅下开口处塞入适量同类佐料，再用一根长约 4 厘米空心竹管插入鸭肛门，以利汤汁内外对流。待水温热后放入鸭子，使腹内灌满水，浸两分钟后则提起鸭脖，让腹内水经竹管流空，再使腹内灌满水，盖上锅盖，将水烧至 90 度，浸煮 15 分钟。再次使腹内水流空、灌满，翻身，温火煮 20 分钟，水沸后停火焐 10 分钟，捞起稍加冷却即可食用。如此煮法方能确保雷官板鸭口味地道纯正。

当今多为小锅小灶，难以按照上述方法烹饪，故在家里煮吃雷官板鸭总感觉差那么一点味道。20 年前有幸应邀赴雷官吃全鸭宴，初看满桌二三十道全是与鸭有关的美味佳肴甚是惊诧，食欲立马奔腾，无奈心大肚皮小，只能每样都尝到，再多撑不了。

雷官板鸭历来是滁州人招待宾客、馈赠亲友招牌佳品，也吸引省内外无数食客慕名而至大快朵颐，而今亦随着电商的翅膀飞往五湖四海。若到滁州，不妨去雷官寻访百年老卤传承人家，品尝纯粹地道的板鸭味道，而须提前预订的全鸭宴更会让味蕾陶醉，回味悠长，一生难忘。全鸭宴的每道菜都有鸭作为原材料，有板鸭、香酥鸭、鸭排、鸭附件等 50 个品种，色香味俱全。

（王道琼，原载《二十四节气里的滁州味道》，黄山书社 2021 年 9 月）

寻常人家卤肉香

在漫长的人类社会发展史中，传统的农耕文明占据了相当长的一段时期。牛作为重要的耕作牲畜和运输动力，为人类担负了极其繁重的生产任务。同时，牛肉还具有特别高的营养价值，也是人类的主要肉类食品。故在数千年的人类文明史上，有关牛的名篇佳句如九天星辰，数不胜数。

“耕犁千亩实千箱，力尽筋疲谁复伤？但得众生皆得饱，不辞羸病卧残阳。”这首《病牛》，是宋代诗人李纲诗作，描绘了牛任劳任怨、唯有奉献的一生。尽管，我没有体验过“牧童骑黄牛，歌声振林樾”的悠然自得，也不曾在布谷声声中驱牛入画，在和风细雨中播种希望。但那“天苍苍，野茫茫，风吹草低见牛羊”的草原美景，辽阔深远的浩瀚之美一直萦绕在心间，“老牛亦解韶光贵，不待扬鞭自奋蹄”的老黄牛精神也会时不时提振我偶尔懈怠的灵魂……我想，不管多久远，不论身在何处，我都不会忘记那个料峭的冬日清晨，在清冷的寒风中向着四面八方逸散的特色醇香卤味，它时不时就勾动起我的味蕾，那是皖东小镇汉河独有的味道，也是家乡的味道。

汉河“吴记”牛肉

30 多年前，我刚刚走上工作岗位，每一天的工作是从集贸市场零散税收管理开始。那天清晨，寒风凛冽刺骨，我紧挨着市场里一个烧饼摊的炉子，裹身而立，等候着第一炉烧饼出炉。烤着炉火，闻着饼香，聊以充饥，顺便御寒。

当我买了两块热气腾腾的酥烧饼准备转身离去的时候，耳边突然传来热情的话语："彭税官，别光吃烧饼啊，来来来，我给你加一点配料，绝对好吃！包你今天吃了明天还惦记着再吃。"

"吴老二，今天怎么这么早就出摊了？除了牛肉，你哪里来的配料？总不能让我拿烧饼蘸你家的牛肉卤吃吧？"

"怎么可能让你只蘸卤汁呢？今天免费让你搭配品尝，以后你会天天来照顾我生意的。"吴老二一边说话，一边拿起刀，把烧饼从一侧剖开，然后落刀如雨，动作娴熟地把牛肉切成了薄片。两块单纯的酥烧饼，在吴老二的热情招呼下，很快就变成了牛肉酥烧饼。在刚出炉烧饼的热气熏烤下，"吴记"卤牛肉特有的香醇便被激发了出来，弥漫四周。一口下去，妙不可言。原来，酥烧饼偶遇"吴记"牛肉，居然是如此美妙！烧饼的酥脆焦香，牛肉的醇酽卤香，混合到一起，你中有我，我中有你，你侬我侬，此情该用何饰辞？一个字：绝！

天下没有免费的午餐，自然也就没有免费的早餐。一次免费，终身买单。此后，牛肉酥烧饼便成了我的挚爱早餐，早餐费用也因此大增。每每遇到吴老二，我都会提及此事，笑谈他的憨厚。后来，去西安旅行的时候，当我品尝了陕西特色美食肉夹馍的时候，不禁想起汉河的牛肉酥烧饼味道。

吴老二是一个憨厚耿直的汉子，大名叫吴立慧，作为"吴记"牛肉的第四代传人之一，自幼便跟随父亲打理家里的卤牛肉生意，也算是汉河镇的地方名人。如今，吴老二已年近六旬，说起"吴记"牛肉，他不禁眉飞色舞，眸子里透着光亮。他说："我们家牛肉之所以好吃，主要原因是我们一直秉承家族传承，从牛肉食材的选择，到 10 多种调味香料中药材配制，再到宰杀清理、生肉腌制、文火卤煮、老卤浸泡等整个卤制过程，全部按照工艺要求严格进行操作，甚至还要考虑到季节温差变化去调整相应的工艺。从 100 多年前曾祖父吴明生开始立业，至今已传承了 5 代，在传承中汲取精华，在实践中发扬创新，标准是越来越严格，味道自然也就越来越完美。”

“吴记”牛肉所需要的食材，全部来自云南散养的草饲耕田牛，择牛标准很严格，牙口在 6 年以上，体格健壮的水牯牛，肉质紧实，韧劲十足，口感极佳。“吴记”牛肉，采用传统的人工方式进行现场宰杀，“庖丁”解牛，游刃有余，“吴丁”解牛，只需一刀。去血，剥皮，摘除多余的脂肪、松散的赘肉，切割，一条活牛便被打理成数百个牛肉块，每块重约两斤。然后便是生肉腌制环节。生卤环节，自然少不了特制的卤味料。腌制好的生牛肉，按照牛身的不同部位，依序放入专门定做的大蒸锅中，添入“吴记”专有的熟卤料包，大火烧开，撇去浮沫，文火炖煮两个小时便可出锅，在袅袅娜娜的雾气中隐约着它们极佳的品相。此刻的牛肉熟了，但也只是半成品，还需要放入特制的熟肉老卤中浸泡入味。两天后，劲道醇香、风味独特的“吴记”卤牛肉便可以大快朵颐了。牛舌、百叶、蹄筋、牛腩、腱子肉，应有尽有，色美香醇，味优形正，每一款都能勾起你的口腹之欲，让你垂涎欲滴。

从一条活牛到香气四溢的卤牛肉，前前后后需要 6～8 天。100 多年来，吴家人按照家族传承的卤制方法，日复一日，年复一年，周而复始，坚持不懈。时光荏苒，不负执着。岁月，在醇厚的老卤香中回味悠长；日子，在温柔的慢火炖煮中丰盈幸福；“吴记”，就在这一代又一代的传承中发扬兴旺。

对每一个人来说，做好某一件事情、某一项工作不难，难能可贵的能够一辈子甚至几代人执着坚守、持之以恒。“吴记”牛肉，虽然只是寻常生活中的一味卤菜，却也蕴含着执着坚守的工匠精神。

春秋时候，诸侯会盟，会盟的一道仪式便是割牛耳取血，“执牛耳”，便是那个时代地位的代名词。如今的“吴记”牛肉，不再是局限于小镇集市上售卖的普通卤菜了，在年轻的“吴记”第五代传人们的努力下，注册商标，真空包装，精美礼品盒，“吴记”牛肉已经成为来安特色美食的一张精致名片。网店、微商，“吴记”牛肉的醇香已经伴随着互联网，飘向四面八方。我想，曾经名动十里八乡的汊河“吴记”牛肉，执卤肉界“牛耳”有期可待了。

（彭明）

蟹鲜秋味浓——汉河蟹黄汤包

数年前，烟花三月时节，有外地挚友说想去扬州，走一走大运河，逛一逛东关街，如同当年隋炀帝那般，顺便看看名扬天下的琼花，品味脍炙人口的扬州包子。我知道朋友钟爱美食，笑曰：“你小子想吃包子就直说，何必绕那么多的弯子。”

说走就走，数友集结同行的扬州二日游开启。当然，重点只为享受扬州慢生活。连续两天，品尝了富春茶社和冶春茶社的包子后，朋友赞不绝口地说，就冲这包子，值得每年下一次扬州。

见朋友如此钟爱扬州汤包，便告诉他：“等季节到了，我带你去一个小地方，品尝一下那里的蟹黄汤包，你肯定不会再想每年相约扬州了。”

秋高气爽，菊黄蟹肥，朋友们依约而至，来到了皖东小镇汉河。推杯换盏，把酒言欢，席间的高潮自然是热气腾腾的蟹黄汤包上桌之际。曲终席散，朋友点评道：“不到扬州，不知道扬州汤包的味道好；到了汉河，才知道汉河蟹黄汤包的味道妙。老兄，明年此时，我们还会过来，可以无美酒，可以缺佳肴，蟹黄汤包不可少。”

汉河蟹黄汤包　吴宗宝 摄

溯源汉河蟹黄汤包，有说源自南京六合龙袍。在我看来，尽管六合龙袍的蟹黄汤包比较有名，但汉河蟹黄汤包在做法上与其还是有一定差异的。20 世纪 80 年代末，我初至汉河工作，蟹黄汤包便是镇上数家饭店的特色时令菜品，以胡姓人家经营的石潭餐厅（后改名为嘉宾饭店）较为出名。

那时候，汉河镇蟹黄汤包的馅料多为实馅，主要是以猪后座瘦肉、皮冻、蟹肉、蟹黄混合调配而成。猪肉的淡红，蟹肉的白嫩，蟹黄的金灿，蟹膏的玉透，各领风骚却又相互包容，你斑斓着我，我映衬着你，把各自的鲜美糅合起来，实惠而味美。而六合龙袍的蟹黄汤包，馅料多为汤汁。因此，我认为汉河镇的蟹黄汤包，并非源自六合龙袍，而应该算是小笼汤包的改良版本。换言之，彼时，汉河镇的蟹黄汤包应该称为“蟹黄包子”，也算是小镇特有的时令美食。

1995 年，汉河本土人氏冯恩会、唐继萍夫妇成立“荟萃酒家”（后改名为永乐园大酒店），不断改良唐母传授的蟹黄汤包的配方和制作工艺，开发出其独有的汤馅蟹黄汤包。至此，汉河蟹黄汤包逐步形成以石潭餐厅的实馅和荟萃酒家的汤馅为代表的两种风格。

如今，嘉宾饭店已经终止经营，实馅蟹黄汤包亦随之渐渐淡出人们的记忆。而永乐园大酒店的蟹黄汤包却越来越鲜美，远近闻名，每天慕名前来尝鲜的客人络绎不绝。同时，便捷的冷链物流，也让“永乐园”蟹黄汤包走出小镇，走向远方，成为省内外人家餐桌上的时鲜美味。

“壳薄胭脂染，膏腴琥珀凝。”这是古人之赞，也是永乐园的择蟹标准。永乐园的蟹是一只一只挑选出来的，而试吃则是每一批次择蟹后必走的流程。清洗干净，蒸上十分钟，壳薄而膏腴黄丰，蟹肉白嫩甘鲜，辅之以严格标准的馅料调配和烹蒸流程，裹匠心而成的汉河蟹黄汤包自然能“包”打天下，勾动八方食客蜂拥而至。

“蟹之肥美，抵得上江山之美。”聆听着永乐园大酒店创始人唐继萍女士的话语，思绪流淌，我仿佛走进了一个唯美的秋日美境：秋韵菊香，时光慢摇。灵巧的手指如蝶穿花，一只手旋起面箕，一只手快速碾动擀面杖，眨眼间，一小块面箕子便被擀成了薄薄的面皮。面皮窝在掌中，竹片挑起一团馅料，在面皮中心轻轻一抹，指尖攒动，面边褶起层叠如祥云朵朵……很快，一只只白嫩圆润的汤包便有序端坐在笼屉中，如一朵朵丰盈的白菊含苞待放。

灶台上，炉火正旺，热气翻腾，鲜香四溢的蟹黄汤包出笼了，又是一番别样风情。高温熏蒸后，汤汁浸润后的包子皮愈发透亮起来，薄到极致，吹弹可破，显得更加丰腴白嫩。在雾气袅袅中，汤包隐约散发出诱人的鲜香。色美，香艳，味鲜，一应俱全，让人垂涎。心头，总会涌起抑制不住的冲动，渴望着能尽早地啜上一口。

酒过三巡，菜过五味，人已微酣。此刻，蟹黄汤包也该拿捏着时点粉墨登场了。作为宴席上的压轴，蟹黄汤包自然不能上席太早，否则，在以鲜香而名闻坊间的蟹黄汤包面前，其他菜品便会黯然失色，让人食而不知其味。上席即是高潮，自然不可冷场。品尝蟹黄汤包，胜如打铁，一定要趁热吃，一旦凉了，不但会失去了特有的鲜香之美，而且会有让人难以忍受的蟹腥之味。

刚刚出笼的蟹黄汤包，白白嫩嫩，在热雾中缥缈，仿佛藏于深闺的美娇娘。所以，品蟹黄汤包，须得小心翼翼，怀有呵护之心。否则，稍不小心，皮薄多汁的蟹黄汤包便会落个破皮漏汁的下场，鲜香之味自然也会随之流失。有“吃货”总结道：“摇一摇，晃一晃，护全底部不漏汤；屏住气，稳起手，夹住包子不放手；轻轻提，快快移，挪到碗中再喘气；先开窗，后喝汤，荡气回肠一口光。”

一叶可知秋，蟹鲜秋味浓。朋友们，待秋风起时，我在小镇汉河等你。

（彭明）

犹记水口鹅煲香

水口鹅煲是水口镇的特色美食，形成于20世纪90年代末。1994年，大学毕业的我被分配到乡镇工作，辗转八载，其间在水口镇整整两年。常忆往昔，土地虽然贫瘠肥沃有别，但百姓都很珍惜，很少有田地抛荒。夏秋征收，从“三提五统”到农业税，从大余郢至12里半，再至水口，走村入户，或步行，或骑自行车。

在水口镇工作生活的岁月里，繁忙时节，我常常住在村里与村干部、百姓同饮同食，最喜欢山尧老村支书自制的咸菜。花生、萝卜、黄瓜、莴苣、辣椒等每经其手腌制，咸淡适中，百吃不厌。常常自己购买水口李家卤鹅带到村里与众人分享。时有包村助手同行，身宽体胖的他吃过午饭后倒床就睡，鼾声如雷，众人闻之常忍俊不禁。每当忙碌至夜半，我便歇息独宿于村部或老支书、村干部家。

话说李家经营卤菜多年，置摊档于道路旁。多有城里干部下乡，常购卤鹅就餐于李家，吃得次数多了就渐渐生厌，便让李家改做红烧。李家所用老鹅，皆为当地土鹅，散养于田地，放逐于河湖，食杂草，喂谷物，饲养两至三年，重达15斤左右。择一硕壮鹅宰杀，而后切块，以开水去土腥味，待水分沥尽，倒入热油锅中翻炒，再视火候适时转入砂锅，加水、盐、酱油、生姜、桂皮、辣椒、大葱等佐料，

水口鹅煲

半只清炖、半只红烧，至两小时，鹅肉味香醇厚四溢，再用不锈钢火锅盆盛端上桌，搭配豆制品、时令蔬菜涮食，谓之鹅煲。食者皆惊叹鹅煲味道纯正鲜美，与卤鹅大相径庭。

“喝鹅汤吃鹅肉，一年四季不咳嗽。”此谚语遂被广而告之。鹅，又名家雁，禽八珍之一。鹅肉富含多种氨基酸、维生素、微量元素，为人体所必需，且有消热解毒、降血脂血压、降胆固醇、养颜美容等功效。

初至水口，鹅煲已兴，每只约 30 元，辅菜六至八样。滁宁等地宾客争相邀请，驱车前来一饱口福之快。以鹅煲为著名的饭店，亦增至数家。水口鹅煲声名远扬，终成皖东名菜。盛行之时，曾陪客人月食数次，食毕身上衣物头发皆附有浓香，同事闻后即知为鹅煲，呼吸之间亦有余味缠绕不绝，所谓口齿留香莫过于此。

2003 年初，我调到县城工作，后来又带女儿居住滁州，早出晚归，几乎没有机会再食水口鹅煲，却听说它的价格逐年上涨，做法也有些许变化，或加猪蹄膀，或加中药材等共煲之，使鹅肉“甘平无毒，利五脏，解五脏毒，止消渴，补气之功效”愈显。

某年，我偶然在凤凰西路延伸段，看见一店面牌匾为“水口鹅煲”，品读再三，倍感亲切。某日，皖北同学携学生来游琅琊山，便邀其就餐于此店。师生无拘，交相赞叹，味美难忘，他日若来，再食鹅煲。此种情状，在同学中口口相传，竟成时尚。其后，常有异地学友特地赶来品尝。有出差来滁者，亦会绕道来安，去一品水口鹅煲。

在水口有多家饭店主打鹅煲，其中“蓬莱鹅煲”规模较大，在来安县城、滁州市区均有连锁店。水口鹅煲 2012 年被评为安徽名菜、来安县十大名菜。

（王道琮，原载《二十四节气里的滁州味道》黄山书社 2021 年 9 月）

再尝半塔全羊汤

皖东古镇半塔，古因白塔而名，近因淮南抗日根据地半塔保卫战名震全国。陈毅曾云：“在华中先有半塔，后有郭村，有了郭村，才有黄桥。”21世纪后，民风淳厚、生态良好的红色半塔又以美食全羊汤而名声在外。

阳春三月，有同仁自皖南而来，陪其游半塔。友人领入山中再尝全羊汤。望暮色苍茫，忆及青春年华，常听同事聊及老刘和全羊，每有贵客必带至其家。身为异乡人，不知全羊为何物，更无从知其味。某日下午，朋友招呼数人同行，没有说明去哪里。山路逶迤，颠簸难行，东摇西晃，终停山顶，砖瓦房数间立于丛林，羊肉香味扑面而来，方才知晓朋友心意。

老刘，全名刘建发，年纪50有余，笑脸相迎，端茶递水，寒暄片刻，即入厨房。羊肉已焐于铁锅，热气缭绕于木盖之上，刘妻添柴于灶底。闻满屋香味令口水欲滴，便转到屋后，行至水塘。群鸭白鹅悠然游于水上，有农肩扛犁耙，左手牵牛缓行田垄之间，夕阳西下，万物寂然。

陶醉于乡村美景，闻呼方返回。方桌中置大号白瓷脸盆，盛满全羊汤，周围荤素菜肴数种。遂闻碗中全羊汤味道，用汤匙搅动以辨食材。未及，老刘讲解于近旁。方知所用之羊为“笨羊”，散放于山中，食野草，饮清泉，偶喂玉米黄豆，肉多肥膘少。

半塔全羊汤

取其所有能食者分处之，切小块入大锅，先大火煮，再小火焐，六时辰后方可食。老刘以生姜、大蒜、香葱等为佐料，另加芝麻、枸杞等十多味中草药，以增羊肉“暖中补虚，补中益气，开胃健身，益肾气，养胆明目，治虚劳寒冷、五劳七伤”之功效。故寒冬常食羊肉，既可抵御风寒，又可滋补身体，民间亦有“要想长寿，常吃羊肉”之说。

老刘自制全羊汤口感清淡不腻，肉质嫩软鲜香。赞叹之声此起彼落，好饮酒者划拳行令，好乐者引吭高歌。少顷，汤肉尽盆底现，老刘复上满盆，众人兴尽方归。

老刘与全羊汤闻名乡野，亦多次被邀至县、市做全羊汤以宴贵客。其后，数家全羊汤馆纷现于街市，声名日益远扬，人皆冠之以半塔全羊汤，遂成为地方特色美食。

轿车驶离半塔、大余郢街道，穿行山岭之中，水泥路面弯曲平坦，再无昔日颠簸之感，丛山绿树萌新芽，野花芬芳溢满窗。至罗庄大洼山头上，暮色已浓。未见老刘，但见其子刘明军忙碌。瓦房依旧，内外墙白如雪，近旁二层小楼在建。睹物思人，物是人非，当年欢聚场面恍若隔世。

“半塔全羊汤 2018 年上过央视《美丽中国乡村行》栏目，一天只做一大锅，须提前预订。”刘明军至桌前，笑而欲以好酒敬宾客。

“再尝刘家全羊汤，已时隔 20 余年，此味最纯正地道，最让人难忘。”感慨之余，起身为同人再舀全羊汤。

（王道琮，原载《二十四节气里的滁州味道》黄山书社 2021 年 9 月）

寻味“屯仓一网捞”

来安县舜山镇有道名闻皖东的美食——“屯仓一网捞”。初到来安县的客人，往往会被主人带到屯仓水库边吃个“小鱼锅贴”。对主人来说，那是尽地主之谊，行热情待客之道；对客人来说，也是一个很惬意的行程，圆了远离城市喧嚣，享受乡野美食、口腹之快的美梦。本地人也常常会三五人相邀，循道而往，大快朵颐。这道美食促进了当地旅游事业的发展，也被写到歌里，唱遍大江南北。

“屯仓一网捞”是大杂烩，将屯仓水库里放养的草鱼、餐条鱼、昂刺鱼、鲫鱼、鲢鱼、草虾、毛蟹、小龙虾等一起烧炖出来后，再沿着锅沿下方贴上一圈面饼。鱼肉口感嫩滑，汤鲜，风味独特。它最初诞生于一个农家土锅土灶的私房饭店。我第一次去吃饭的时候，好像是 2002 年春天，其时，饭店灶台还在露天地。久违的农家饭菜和城市以及乡间都不再有的大锅饭、炕面饼、烧杂鱼，配上炒南瓜、炸公鸡、炒鸡蛋等纯粹的家常菜，但就是这样的家常菜，这样的标准配置，却让人大快朵颐之后，回味无穷。

食客有言，很多饭店的厨师利用各种调料精心炮制的菜肴，偶尔吃吃，还不错，但是这大饭店的菜吃久了，就腻了，不想再吃。“屯仓一网捞”让那些城里人久违的味道一下子呈现出来，当然获得好评如潮。咸辣鲜香的杂鱼配上大锅贴饼，那家伙，就两个字——好吃！

屯仓一网捞 吴宗宝 摄

好的菜肴，遇到懂的人，也算是鲜花赠美人，宝剑配英雄。小葱拌豆腐，萝卜干就稀饭，绝配。

认真地说，“屯仓一网捞”的确有其不同凡响的地方。家住屯仓水库边上的周大军是“屯仓一网捞”的创始人、大掌柜，也是坚守者。“屯仓一网捞”出名后，食者纷至沓来，需要提前预订方能吃上。

即便生意再好，周大军都不敢大意。“屯仓一网捞”自有其成功的原因。环境幽雅，风光旖旎，来安古十景中的“石固呈祥”“舜歌樵乐”均在其境。人不缺吃，缺少的是令人心旷神怡的环境，此其一也。其二食材地道，做菜的食材都经过严格筛选。不是野生鱼不要，不是农家菜不要，生姜大葱都得精挑细选。其三烹调讲究，杂鱼的配伍也十分重要。杂鱼中，如果少了某种鱼，那这份杂鱼的味道就有不到位地方。

“鱼煮千滚，吃肚里安顿。”就是说，耐心地煎炕，再辅以生姜辣椒，经过长时间小火慢炖，熬制出的杂鱼味美汤浓。每人小碗里盛上汤，面饼蘸汤，味道最好。

再好的美食，如果不接地气，也没多少人光顾。“屯仓一网捞”物美价廉也是成功被人接受的主要原因之一。“人间烟火气，最抚凡人心。”一个美食如果高高在上，怎么能被大众接受呢？周大军曾被问及为什么不利用政府主动投资进行饭店升级，他说，如果搞得高级豪华，饭店的成本也加大了，这个“一网捞”就不知不觉中远离了大众。

有一次，我的几位同学远道来玩，就餐“屯仓一网捞”。自我感觉热情是够了，但总感觉自己太小气了些。几位同学说这菜量足，都拦着不让多点菜。结账的时候，感觉差点意思，因为平均每个人不到 40 元的消费。一位女同学嚷着，已经撑了。这让我越发觉得“屯仓一网捞”真是价廉物美。

环境好，食材好，搭配好，赶不上人好。周大军人真不错。2020 年疫情期间，他就开着车给各个防控卡点送饭。这可都是免费的啊！心肠好，菜才能做得好。

（张万松）

平安是“福”——回味独山小豆腐

转瞬间，一年已近岁末，家家户户都开始筹备着过年。随着一场雪的到来，窗口溢出氤氲的烟火，匆匆的行人，年味越来越浓了。

看着老妈在厨房忙碌地准备着年夜饭，我也开始数着菜谱：“黄豆排骨、炸酥鱼、炸元宝、春卷、肉丸子、豆子炸鸡、香肠、板鸭、卤牛肉……”

“你去联系他们，看什么时间到家，三年了，都没有好好聚聚了！”妈妈微笑的脸庞在灶火的映射下更加的灿烂。

从窗口望去，一条条回家的路在白茫茫的雪域中，纵横交错，犹如内心交织的阡陌，突然想起一道思念已久的家乡菜肴。

初次品尝这道菜，还是 20 世纪 80 年代初在独山镇。我大学毕业分配至此，同人相邀独山饭店，掌柜潘荣推荐了这道特色菜——独山小豆腐。

一只白色的汤盆盛着白色的豆腐，表面飘散着的葱花在沸腾的气泡中翩翩起舞，犹如滚滚而逝的江水中的几粒漂浮不定的浮萍。

潘掌柜体形壮硕，两道长眉飘至脸颊，道骨仙风般地闪进房间，满脸笑容地说道：“这是本店特色菜，欢迎光临，也欢迎小同志在此安家！”

潘掌柜的笑容和热气腾腾的菜肴让我顿时有了亲近的感觉，不自觉地拿起汤勺盛了一勺送进口中。

“哎哟！烫！”我忙不迭地伸了伸舌头，一边斜视着掌柜。

“不能急哎！”潘掌柜急忙拿起一只汤勺，用汤勺在汤盆里搅和

独山小豆腐

一下，然后顺着盆沿挑起一勺小豆腐放在嘴边，顺着勺边把汤汁吸进嘴里。

“这样吃，就不烫了。”他放下汤勺，局促地搓着双手望着我说道。

随着多次接触，我对独山小豆腐也有了更多的了解。独山小豆腐以当地的优质小黄豆为原料，用河边 5～7 米深的土井水浸泡 3～4 小时，然后用手推小磨磨成豆浆，经土灶大锅烧开豆浆后，再加入适量的石膏水，俗称点卤（卤水点豆腐）。不一会儿，雪白粉嫩的豆腐就出来了。点卤是技术活，石膏水放多了，豆腐就会变老，放少了，就不能成豆腐。

20 世纪 60 年代，潘荣为了使独山小豆腐发扬光大，在原有基础上，将豆腐制作工艺加以改进，制作出烩豆腐、烤豆腐、油炸豆腐干和麻辣豆腐等菜品，菜品更具多样化。或松软或脆嫩可口的豆腐佳肴，让人看了食欲大增，食后难以忘记。经过一代又一代人精心实践，独山小豆腐制作工艺成为一门绝技流传下来。南来北往的人们只要来到独山，都要带上几斤豆腐回家尝尝。

我第一次吃的那盆豆腐是将土灶烧制的豆腐切碎成粒，再辅以猪肉粒、虾皮、花生碎、葱姜碎、榨菜碎、芫荽碎、猪油、香油等，通过多道烹饪工序，明油亮芡后盛盘。一圈一圈貌似火山喷发的气泡在豆腐表面层叠荡开，形似一盆沸腾的火焰，既没有肉的荤腥油腻，豆腐也糯糯爽口，豆香十足。既怕被烫嘴，又期盼美味。就是在一种纠结的情结中，一勺一勺地品赏这道美食。

“历经千火百炼，不失其味！”这是潘掌柜引以为自豪的话语。一盘简简单单的豆腐，一盘始终冒着热气泡的豆腐，一盘本味依然的豆腐就这么实实在在流传着。

关于独山小豆腐的传说有许多，值得大家去探索和前往品尝，而我难以忘怀、回味无穷的还是那一盆自始至终冒着热气泡烫嘴的豆腐。

30 年过去了，我也辗转了许多工作岗位，但潘掌柜关于小豆腐的话始终记在心里，提醒自己恪守本分、不失热情、努力工作。

豆腐，一种平平凡凡的家常菜，其寓以“福”的寓意，寄以平安的祝福，给予了平凡中的不平凡。

今天，终于迎来了母亲翘首期望的家人团聚的新年。

年夜饭在即，亲人也将团圆。愿祖国强盛，家庭和美，平安是“福”!

（吕万生）

汉河月饼

妈妈年轻的时候在乌衣的一个糕饼店打工，每天都累得直不起腰。就那样还是吃了上顿还不知下顿。1943 年秋的一天，一个日本兵骑着东洋大马在乌衣街横冲直撞，说什么要抓新四军探子。眼看就要撞到一个小脚女人，此时妈妈一个箭步蹿出，双手抱定这个小脚女人。这个小脚女人得救了，妈妈却被撞得鼻青脸肿。小脚女人要感谢妈妈。妈妈说："都是乡里乡亲的，是我应该做的。"当时的街长做主，让妈妈认这位小脚女人为干妈。妈妈从此就有妈妈了（妈妈 10 岁时就没了妈妈）。这个干外婆是十里八乡有名的节妇，也是有名的富人。当即找到糕饼店老板说，让一个高超的糕饼师傅传一些手艺给我干女儿。妈妈在那里就学会了做蛋糕、月饼等手艺。乌衣糕饼店那个张师傅当时做出的月饼和蛋糕在当地是很有名气的。人们都深知他的手艺好，俗话说得好，名师出高徒。可想而知，妈妈的手艺是不低的。

1950 年初，妈妈参加了工作。从那时起妈妈就决心跟定共产党。她从村民委员会主任干到小乡乡长、公社副职兼妇女主任。每年中秋节，她都会提前回来，亲自为我们做月饼。有一回我问妈妈："糕饼店的月饼为什么上面会贴上一张小正方形油白纸?"妈妈告诉我："那原本是一个约定，当年那张小方纸上是有字的，中原汉人相约中秋节起事，推翻元朝。"后来乌衣当年做月饼、蛋糕的老师傅早就换门庭了，也有的因年事已高，无力而为了。

好在随着经济的发展，人们生活水平不断提高，各地名特产品也日益增多。据我所知，当下来安名吃、名产、名特有名气的有雷官的谢家板鸭、长山的烤全羊、张山的狗骨头、舜山的一网捞、烟城的小花生，来城吴家、宋家卤老鹅、卤猪头、卤鸭子真是一绝。每逢节假日来临的时候，来安很多父老乡亲总是大一包、小一包采用抽真空的法子，把家乡的美食送上火车、汽车和飞机，从而快速送抵远方的亲朋好友处，让他们与我们一道分享故乡的味道。仅说汉河，就有蟹黄包、乔氏小笼包茶、卤牛肉、月饼。改革开放后，这个镇成了来安著名的经济开发区，宁滁对接的桥头堡，商贾云集，工商巨头常来常往。他们看重的是这里天时地利人和的投资环境，也喜欢上这里的名吃。汉河的名吃也多多，特别是汉河的月饼更受到前来投资的老板和务工的“打工仔”的青睐。

汉河月饼

汉河月饼始创于1984年，以“王传宜”为注册商标品牌，其生产工艺独特，精工实料，皮薄馅厚，香醇可口，价格实惠。深受消费者的厚爱与好评，被誉为“家门口”的月饼。汉河月饼有五仁、椒盐、豆沙3个品种。

多年来，汉河月饼一直是来安人中秋馈赠亲友、家庭聚会的美味主角，寄托了来安人中秋最淳朴、最真挚的思念。过往的投资者、打工者、探亲访友者、外出求学者，还有漂洋过海做生意者，只要在中秋前后离开来安，他们都肯定会从家乡捎上几盒五仁、椒盐或豆沙月饼，把家乡的特产带向全国各地、世界各地，让故乡的美食香满全球。我想久居海外的侨民，他们或许凭借着这月饼的香气会又找到故乡人，找到当年的同学、朋友、知己，也许还有找回当初恋人的感觉。

圆圆的月饼，不仅是故乡的标志，也是中华民族朴实的标志。中国的饮食文化是悠久的、独特的、伟大的，也是能与世界共享的。汉河月饼，愿你在这良好的氛围中有创意、有发展、有突破。

美丽的故乡，我的家；汉河的月饼，永飘香。

（吕绍联）

《来安文化丛书》编撰后记

2021年1月29日，来安县十七届人民政府第74次常务会议研究通过《来安文化丛书》编撰出版实施方案。2月20日，时任县委副书记、县长杨文萍签发《来安县人民政府办公室关于开展〈来安文化丛书〉编撰工作的通知》(来政办电〔2021〕9号)，时任副县长魏凯主持召开《来安文化丛书》编撰启动会。

历经两年多时间，《来安文化丛书》编撰告竣。在这套书籍即将出版之际，特作此后记。

《来安文化丛书》是中华人民共和国成立后首套反映来安地域文化的综合性书籍，也是来安县文联自1991年成立后首次承担大型政府文化工程。丛书编撰任务是光荣而艰巨的，对于地方文化和文学艺术创作的总结、传承与发展，具有历史意义。对来安人民负责，对来安历史负责，对来安文化文艺事业负责——正是本着这样的初心和信念，以来安县委宣传部原副部长、县作家协会顾问黄学海，县文联主席、县作家协会会长王道琼，县作家协会秘书长王强等为主要成员的丛书编撰者们克服一切困难，砥砺前行。两年多来，有些人没有等到丛书编撰完成便离开人世，这样的遗憾无法言说。他们中，既有最初拟定的编撰人员，也有拟选编作品的关键作者，还有相关书稿中的当事人。《来安风采》主编、来安县原文化局退休干部田玉龙在2021年8月25日突然去世，享年73岁；2022年2月17日，《影像来安》拟选编老照片作者朱明突然去世，享年88岁；2022年7月25日，《来安风采》收录的现代人物、上海市政府原副秘书长李开亚因病去世，享年93岁；2023年2月15日，《永阳墨韵》初期参与者、来安县美术协会会长梁士军因病去世，享年60岁……所以，从某种程度上来说，《来安文化丛书》也是在与时间赛跑，趁着了解、熟悉来安地域文化的专家或当事人还健在，最大限度抢救性地搜集、整理、挖掘、编撰，使之成书，以期为来安，为后世留存下可资借鉴参考的地域文化书籍。

为了编好这套丛书，来安县政府批拨专项经费，县政协、县委宣传部、县财政局、县民政局、县文旅局、县教体局、县统计局、县卫健委、县水利局、县交通局、县农业农村局、县林业局、县经信局、县委史志研究室、县档案馆、县文物所（博物馆）、县供电公司等有关部门、单位和各乡镇均给予大力支持和积极配合。为了编好这套丛书，众多作者积极投稿，编撰者不分昼夜加紧赶稿，滁州市文联、滁州市委史志研究室、滁州市作家协会等部门的领导、专家，以及省内外相关单位的负责同志和文联同仁也给予热情帮助……

在此，我们谨向所有为《来安文化丛书》付出过辛勤劳动的人们表示衷心的感谢！

由于编撰者水平有限和缺乏经验，本套丛书不足之处在所难免，敬请广大读者批评指正。

来安县文学艺术界联合会

2023年8月17日